KB262281

시와 문학의 탐구

詩와 文學의 探究

시와 문학의 탐구

김 대 행

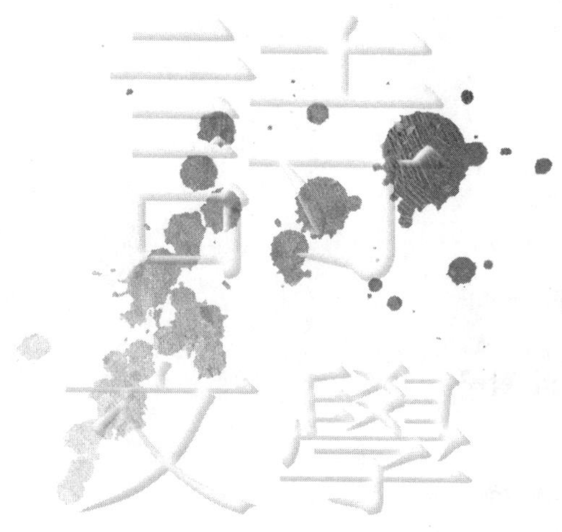

도서출판 역락

시와 문학의 탐구

초판 인쇄 1999년 12월 15일
초판 발행 1999년 12월 25일

지은이 김 대 행
펴낸이 이 대 현
펴낸곳 도서출판 역락
　　　　서울시 중구 필동 3가 28-19
　　　　진성빌딩 306호
T E L   2268-8656
F A X   2264-2774
E-mail YOUKRACK@hitel.net
　　　　youkrack@hanmail.net

등 록   1999년 4월 19일 제2-2803호

ⓒ 역락출판사, 1999

정 가 10,000원
ISBN 89-88906-19-5-93810
＊잘못된 책은 교환해 드립니다.

　내가 우리 문학에 관심을 둔 이후로 걸어 온 길을 생각하면 한 마디로 '방황'이라는 단어가 가장 잘 들어맞을 듯하다. 물론 고전시가에 주로 눈을 대고 있기는 했지만 자료며 방법이며 그저 닥치는 대로 관심을 갖다 보니 참 어지러운 길을 걸어왔다는 느낌이다. 그것이 부끄럽지만 나의 실상이기에 여기 그런 관심의 궤적을 모아 본다.

　'제1부 문학 탐구의 발자취'에서는 연구사와 관련된 문제를 살폈다. 공부를 한다는 것은 일차적으로 연구사의 확인에서 출발하는 것이고, 그것이 궁극적으로 가서 닿아야 할 자리도 연구사에서의 위치에 관한 것이리라는 생각이다.

　'제2부 작가 의식의 탐구'에서는 문학의 가장 중핵적 담당자라 할 수 있는 작자의 의식이라는 문제를 살폈다. 전기적 사실 자체를 넘어서서 작가론이 지향해야 할 방향이 어딘가에 대한 고심의 흔적이 얼마간은 드러날 것이다.

　'제3부 북한 문학의 탐구'는 언젠가 통일이 오리라는 믿음을 가지면서 그 거리와 전망을 아울러 본 것이다. 통일은 당위적인 명제이지만 그 과정이 그렇게 손쉽기만 할 것은 아니라는 두려움도 여기에는 담겨 있다.

　'제4부 문학 탐구의 길 찾기'는 연구의 방법에 관련된 고민들을 담았다. 문학

자체가 사람들의 곁에서 멀어져 가고 있다는 이 시대에 어떻게 하는 것이 문학을 문학답게 하는 연구일 것인가는 아직도 숙제이지만, 그런 문제에 대한 고민이 드러나 있기를 바란다.

어찌 보면 방황의 자취만이 보일 글들이지만, 그리고 설익은 생각들을 그대로 안고 있는 껍껍한 글들이지만 부끄러움을 무릅쓰고 세상에 내놓기로 한 것은, 이것이 숨김 없는 내 자신의 모습이기 때문이다. 20세기가 끝나간다는 반성보다는 21세기가 온다는 희망에만 들떠 있는 듯한 이 어수선한 한 해의 끄트머리에 굳이 서둘러 이 책을 내는 것도 조금은 정돈된 자세로 새 세기를 맞이해 보자는 개인적 반성이 담겨 있어서다. 잘못된 점이 있다면 겸허하게 뉘우치기도 하고 싶다. 부디 잘못을 바로잡아 주는 친절을 베풀어 주시기 바란다.

언제나 그렇듯이 이 책도 많은 도움이 있어서 세상에 나오게 되었다. 특히 역락출판사의 이대현 사장께 대한 감사의 마음을 여기 밝혀 적는다.

1999년 섣달 끄트머리에

김 대 행

목차

제 1 부

문학 탐구의 발자취

문학 연구의 변모 양상

— 고전시가 연구의 방향과 성과

연구의 변모를 생각하는 까닭

어처구니없을지는 몰라도 근원에 자리잡고 있는 질문을 하나 던져 본다. 도대체 문학은 왜 연구하는 것일까? 문학을 연구한답시고 세월을 보내기도 하였고 그것으로 밥을 먹고 있는 자가 이런 질문을 던지는 것은 돌연하고 맹랑해 보일는지도 모른다.

그러나 곰곰 생각해 보면 이에 대한 대답이 손쉽지 않다는 데 문제가 있다. 나도 한 때는 그런 생각을 하였다. 순수한 앎이란 얼마나 아름다운가? 마치 '산이 거기 있으므로'라고 등산의 이유를 말했던 알피니스트처럼 다소의 신성함까지 그 대답에는 잠복해 있다. 그렇다. 순수한 앎을 추구하는 일은 인간된 자의 자랑이며 영광이기도 하다는 데 이론이 있을 수 없다.

그러나 그것이 문학을 연구하는 이유의 모든 것은 아닐 듯하다. 실제로 문학은 복잡하게 설계해 지은 건물처럼 밖으로나 안으로나 그 쓰임새로나 매우 다양한 모습을 보여 주는 것이 사실이다. 이 엄청난 다양함 앞에서 '문학이 거기 있으므로'라는 대답만을 던지고 마는 것은 실상에도 부합하지 않을뿐더러 문학의 다양성을 위해서도 많이 부족하다는 생각이다.

그리고 그것은 문학의 연구사를 일별해 보더라도 사실에 근거한 대답이 아님을 알게 된다. 이제 살피게 되겠지만 문학의 연구는 '문학이 거기 있으므로'보다는 '문학이 우리에게 가치 있는 무엇이므로'에 답해 온 과정이다. 그것을 자각했건 그렇지 않았건 그에 무관하게 문학의 연구는 무언가 필연적인 물음에 답해 온 과정이라 할 수 있다. 이제 그런 관심에서 문학 연구의 변모 양상을 살피려는 것이다.

이 글이 관심을 가지고 있는 문제는 다음과 같다. 1945년의 광복으로부터 50년의 세월이 지난 지금에 와서 문학, 그 중에서도 고전시가의 연구에서 어떤 성과를 말할 수 있는가와 그래서 앞으로 어떤 전망을 할 수 있겠는가를 가늠해 보려는 것이다.

따라서 그 동안에 나온 주요 연구 업적의 목록을 정리해 보이는 것은 별로 의미가 없을 것이다. 그런 일이라면 이미 몇 차례에 걸쳐 작업이 이루어진 바도 있다. 중요한 것은 그 동안의 연구 성과를 어떻게 규정하고 그 특징과 경향을 무어라 명명할 수 있는가 하는 문제이고, 그러한 경향의 분석을 바탕으로 장차의 연구 전개에 어떤 점을 전망할 수 있는가 하는 문제일 것이다. 그것을 한 마디로 하기 어렵다면 몇 갈래로라도 집약해 보는 것이 이 관심에 부응하는 길이 될 것으로 본다.

지향은 이러하지만 그 논의는 쉽지 않다. 논의가 어려운 까닭은 이런 것이다. 식민지 지배를 벗어나 자력으로 고전시가를 연구해 온 세월이 반세기나 되었다. 그것은 결코 짧지 않은 세월이라고 할 수는 있다. 그러나 그 정도의 과거만을 가지고 미래를 전망하기가 쉽지 않다는 점이 문제이다. '개구리 뛰는 방향'일 수도 있는 인간의 동태를, 그것도 국학 연구라는 분야에서 앞으로 전개될 방향을 미리 알아차린다는 것은 어쩌면 초월적인 능력을 요구하는 것인지도 모른다. 이 점은 이 논의의 한계이면서 곤혹스러운 숙제이기도 하다.

그러나 전망을 위한 자료라는 관점에서 지나간 50년의 성과를 점검해 보기로 한다. 그렇기 때문에 연구 목록의 정리 자체가 큰 관심거리가 되기는 더더욱 어렵다. 다만 연구사의 흐름이 어떤 요인들과 관련을 맺으면서 이어졌는가를 살핌으로써 그 요인을 통해 앞으로의 전망을 생각해 보고자 한다.

연구의 의미 변화

향가(鄕歌) 해독(解讀)의 연구사를 여는 금자탑이자 국문학의 연구가 고전시가에서 비롯하게 한 구실을 했던 양주동(梁柱東)이 1958년 그의 『고가연구』(일조각)에 붙인 발문에는 이런 내용이 있다.

> "내가 혁명가가 못되어 총칼을 들고 저들에게 대들지는 못하나마 어려서부터 학문과 문자에는 약간의 천분이 있고 맘속 깊이 '원(願)'도 '열(熱)'도 있는 터이니 그것을 무기로 하여 그 빼앗긴 문화 유산을 학문적으로나마 결사적으로 전취·탈환해야 하겠다는, 내 딴에 사뭇 비장한 발원과 결의를 했다. 소창(小倉)씨의 저서를 읽은 다음날 나는 우선 장기판을 패어서 불때고……"

자신이 향가 해독에 매달려 그 책을 내기에 이른 곡절을 적은 이 글은 자신의 연구가 일본에 대한 적개심과 민족적 울분에서 출발하였음을 고백하고 있다. 오늘날의 우리로서는 흉내내기조차 어려울 정도로 감동적인 부분이기도 하다.

그런데 그로부터 수십 년이 흐른 뒤에 역시 향가 해독을 연구한 김완진(金完鎭)의 『향가해독법연구』(서울대출판부, 1980) 서문에는 이런 내용이 나온다.

> "향가의 해독이란 제약된 여건 하에서의 어려운 작업이요, 무수한 절망을 경험하게 되는 것이지만, 인간이 남긴 것은 인간이 풀

> 수 있다는 집념과 민족의 고전을 자기 힘으로 재현시킨다는 자긍
> 이 작으나마 지금의 결실을 가져왔다고 자부하나……"

이 글을 따라 가노라면 그 연구의 출발이 모르는 것을 알아내고야 말겠다는 개인적 탐구열에서 비롯된 것임을 느끼게 된다. 이 글을 쓴 것은 1980년의 일이다.

같은 대상을 놓고 같은 목표를 지향하며 연구한 두 저서에 적힌 감회가 이처럼 서로 다른 것은 고전시가 연구가 갖는 학문적 의미가 세월의 흐름에 따라 변화했다는 것을 알게 해 준다. 그 변화는 이른바 국학 연구로서의 고전시가 연구가 '민족'에서 '인간'으로 의미를 바꾸어 전개된 것이라 할 수 있다. 그리고 이것은 고전시가 연구에 한정된 일이 아니라 국문학 연구 전반에도 두루 적용되리라는 점을 일일이 살피지 않더라도 충분히 짐작할 수 있게 된다.

고전시가 연구의 의미가 이렇게 변화한 사실은 학문의 연구도 지정학(地政學)적이라는 생각을 갖게 한다. 여기서 지정학적이라는 말을 사용하는 것은 그 상징적 의미인 영향력을 드러내기 위함이지 지정학 그 자체를 뜻하는 것은 아니다. 다시 말하면 흔히 우리는 객관성이라는 마력에 사로잡히지만, 그래서 가치 중립적인 학문 태도를 학문적 순수성이라고 옹호하기까지 하지만, 실제로는 학문 연구가 우리 삶의 조건들과 결코 무관하지 않으며 그럴 수도 없다는 점을 확인하게 됨을 드러내고자 함이다.

이처럼 학문의 연구도 삶의 조건과 밀접한 관계를 지니면서 방향을 설정하게 된다는 점은 앞으로의 연구를 전망하는 데 중요한 단서가 되어 줄 것이다. 학문 연구도 삶의 조건이 규정하는 대로 순응하기도 하고 반발하기도 할 터이므로 그 방향은 예측하기 어렵겠지만 앞으로의 연구는 분명히 삶의 조건과 함수관계를 가지고 전개되리라는 것만은 미리 앞질러 말할 수 있을 것이다.

자료의 선별에서 총체로

모든 연구는 자료의 정리에서 출발한다. 그런데 이 부분에서도 우리는 변화의 추세를 짚어 볼 수가 있게 되었다.

해방 이후에도 한동안 그러하였지만 특히 식민지 시대에는 대부분의 자료가 '선집(選集)' 또는 '정화(精華)'라는 이름을 달고 출판되기 일쑤였다. 이것은 선별의 원리 위에서 이루어진 작업이라 할 수 있다. 다룰 만한 것을 다루고 읽을 만한 것을 읽힌다는 뜻이 거기에 담겨 있는 것으로 해석된다. 물론 이렇게 된 데에는 그럴 수밖에 없는 여건들이 작용하기도 했을 것이다. 독서 인구가 많지 않을 뿐더러 출판도 오늘날의 규모와는 비교되지 않았기에 이런 현상이 왔다고도 할 수 있다.

오늘날의 자료 정리는 양상이 사뭇 다르다. 물론 최근까지도 비록 적은 수이기는 하지만 이 방면에 정진하는 학자들에 힘입어 새로운 자료들이 계속 발굴·소개되었다. 그리하여 자료의 양이 확충된 것은 중요한 성과이다. 그러나 발굴된 자료는 발굴된 대로 남아 있지 아니하고 이내 총체적 정리의 대상이 되었음은 주목할 만하다.

총체적 정리는 크게 두 방향으로 이루어졌다. 하나는 사전적 정리이고, 다른 하나는 원본의 정리이다. 정병욱(鄭炳昱)의 『시조문학사전』(신구문화사, 1966)이나 심재완(沈載完)의 『역대시조전서』(세종문화사, 1972) 등이 전자의 예라면 전집의 이름을 달고 영인(影印)되어 나온 각종 자료집들이 후자의 예이다. 이러한 두 방향의 작업은 많은 성과를 거두었고 그 결과 연구자들이 편리하게 이용하는 실용성도 보장해 주었다.

이러한 변화는 인쇄술의 발달과 연구 인구의 증가라는 여건 때문에 가능했던 것이기도 하다. 그러나 그러한 여건 조성에도 불구하고 포괄적 시각을 확보하려는 이용자의 욕구가 없다면 성공하기 어려웠을 것이라는 짐작이 가능하다. 이러한 짐작은 고전시가 연구자가 전처럼 특정 분야에서 전공을 고집하기보다는 여러 장르와 시대에 걸쳐 포괄적 관심을 갖고 연구를 전개하는 경향이 강하다는 점에서도 사실로 입증된다.

특정 분야의 전문가를 넘어서서 적어도 고전시가라면 그것이 총체적으로 살펴져야 한다는 관심의 변화는 자료의 출간이 그러하듯 연구 또한 선별에서 포괄로 나아간 결과라고 해석할 수 있다. 이 점도 지난 50년간의 연구가 거둔 또 다른 성과로 지적될 만하다. 국부적이고 미세한 전문성으로 분화하는 직업이 있는 반면에 종합적 경영 체계를 갖춤으로써 경쟁력을 기르는 쪽으로 변해 온 사회의 흐름과도 결코 무관하지는 않을 것이다. 이러한 점에서 보더라도 학문 연구가 삶의 조건과 깊은 연관을 맺고 있음이 드러난다 하겠다.

실험적 관심에서 정체적 질문으로

학문 연구에 꼭 필요한 또 하나의 요건은 방법론의 개발이다. 모든 일이 다 그러하지만 하나의 동향은 반드시 여러 갈래로 갈리게 마련이다. 실증주의적 연구에 깊이 빠져 있던 고전시가 연구도 시대가 흐름에 따라 다양하게 변화하였고, 그 변화는 주로 외국의 이론을 배워 그것을 적용해 보는 것으로 나타났으며, 이러한 동향은 참으로 눈부신 바 있었다.

방법론을 소개하는 것은 한동안 외국문학 이론가들의 임무처럼 보였던 시절이 있었다. 고전시가 연구자들은 거기서 배급되는 소개서들을 통해 이차산업 종사자들처럼 재생산에 몰두하거나 아니면 그런 동향과 관계 없이 오로지 원전의 실증만이 학문의 전부라고 문을 닫아버리거나 하였다. 그러나 대세는 외국 이론의 물결이었고 그 주된 태도는 위험한 실험이었다. 저들이 저들의 역사와 삶을 바탕으로 또 저들의 문학을 가지고 개발해 낸 이론이 우리에게도 그럴싸하게 맞아떨어지기를 기대하는 마음이 실험의 동력이었던 것은 물론이었다.

　이러한 영향은 작품의 해석에 새로운 바람을 몰고 왔다. 그래서 작품은 분석의 대상일 수 있고 그래야 한다는 생각이 굳건히 자리잡게 된 것도 그러한 실험의 결과라고 할 수 있다. 그러나 새로운 이론의 이름으로 문학 작품의 가치 평가가 최고와 최저를 마구잡이로 넘나드는 혼란스러움을 겪은 것도 기억할 수 있다. 김소월(金素月)의 시는 이미지가 없어서 '시가 아니'라는 평가조차 받는가 하면, 신라 향가 가운데 월명사(月明師)의 〈제망매가(祭亡妹歌)〉는 비유의 날카로움이 있으나 〈처용가(處容歌)〉는 신비평류의 용어로 텐션(tension)이 결여된 시여서 지방문학 수준이라는 평가도 나타났다.

　그러나 그 성과 또한 만만치 않았음은 물론이다. 작품의 경개(梗槪)나 소개하는 것으로 일을 삼았던 고전소설의 연구가 인물론이며 구성론으로 나아갈 수 있는 문을 열어 준 것도 실은 서양의 이론이었다. 시를 암송이나 하던 것으로 교육의 전부를 삼던 문학 교실이 무언가 설명할 거리를 갖게 되었던 것도 성과의 하나였다.

　그러한 연구 경향이 남긴 나쁜 결과는 순식간을 쓸고 가는 선풍주의의 범람이었다. 우리가 그렇게 해서 들은 것은 서양 사람들의 이름이었고 난해하고 출처가 각기 다른 용어들이었다고 해도 지나친 말이 아니었다. 먼저 본 사람은 의기양양하였고 나중 본 사람은 앞서의 독해에서 오류를 찾기에 골몰하였다.

　이제 출판계의 확대는 물론 정보 유통의 전산화와 더불어 우리는 서양 사람의 책을 그 책이 나온 나라 사람보다 먼저 받아 보게도 되었고, 그들의 이론이 마냥 겁주는 대상만은 아니라는 안도감을 가질 만큼 되었다. 외국 이론에 어지럽게 휘둘렸던 과거가 가져다 준 값비싼 대가라 할 것이다. 이제 비로소 세계라는 반열에 발을 들여놓아도 되겠다는 생각을 갖게도 되었으니 괄목할 만한 비약을 한 셈이다.

그 결과 우리 학계가 절감하게 된 것이 자생적인 우리 이론의 필요성이라는 점도 매우 중요한 소득이라 할 수 있다. 외국의 이론이 어떤 경우에는 우리에게 들어맞지 않는다는 사실을 확인하고 나서야 비로소 문학의 개별성과 보편성의 문제를 반추하게 되기도 하였다. 결국 겪을 것은 다 겪고 나서야 비로소 깨닫는다는 것이 여기서 확인된 셈이며, 외국 여행을 하고 난 뒤 애국자가 되듯이 세계를 알고 나서 정체성을 생각하게 된 것이다. 그래서 우리 문학의 특성은 무엇이냐 하는 질문을 하게도 되었다.

실험적 관심에서 나온 정체적(正體的) 질문이 고전시가 분야에서 비롯되고 또 가장 왕성하게 전개된 점은 고전시가의 여러 장르가 세계적 보편성에 앞서서 민족적 개별성에 주목할 수밖에 없도록 다양했던 데 있을 것이다. 시조도 가사도 향가도 우리만이 지닌 것이라는 요소가 시의 보편성만으로 논의되기 어려운 대목이기 때문에 고전시가는 이러한 정체성의 질문을 앞세우게 했던 것이다.

정체성의 질문을 기반으로 이루어진 성과의 대표적인 것이 우리 나름의 체계를 모색하는 데 치중했던 율격론(律格論)과 장르론이라 해도 지나친 말은 아니다.

율격론은 물론 음수율(音數律)론의 극복이라는 전제 위에서 출발하였다. 이 방면의 성과는 아직도 확실한 합의에 이르지 못한 감이 없지는 않지만 그 노력의 공통된 특질을 지적하라면 아마도 우리 문학의 개별성에 대한 인식을 확연히 해 준 점이라고 할 수 있다. 특히 서양의 율격 이론으로는 아무리 해도 그것이 풀리지를 않는다는 점을 확인하는 과정에서 정체성에 대한 질문을 관심사로 떠올리게 된 것이다.

장르론도 사정은 마찬가지이다. 한동안 치열하게 전개되었던 장르 구분의 새로운 시도가 맨처음 가사(歌辭) 양식을 대상으로 시작되었다는 점은 앞으로의 전망을 위해서도 음미할 만하다. 이미 길들여진 서양의 것으로는 그 분류학적 체계화는 물론이려니와 장르의 실상조차도 제대로 설명하기 어렵다는 판단에 이르렀을 때 나타난 새로운 대안은 정체성(正體性)이라는 함축을 지녔던 것이다.

이 방면의 불씨가 이제 완전히 꺼졌다고는 하기 어렵다. 우리가 관심을 가지는 것은 그러한 이론들의 당부(當否)가 아니라 그러한 연구가 함축하는 연구사적 의의이다. 상대적인 것이기는 하지만 보편성이 비교적 크게 작용하는 장르에서는 그러한 의문이 뒤늦게 제기되었다는 점이 입증해 주듯이 독자성이 강한 고전시가는 앞으로도 이러한 측면에서 강한 동기 유발의 자료가 될 것이라는 점에서 그것을 확인할 수 있다.

보편성이 강조되면 개별성이 고개를 쳐들고, 개별성이 세를 얻으면 보편성이 힘을 발휘하게 되는 것은 일종의 아이러니라 할 수 있다. 그러나 그것이 삶의 양상이고 문화의 전개 원리였다는 점을 역사는 보여 주고 있다. 이 점에 힘입어 성급한 진단을 한다면 지금처럼 개별성이 강조되는 해체의 동향이 필경은 보편성의 문제를 제기하리라는 예상도 가능하다. 다소 낡아 보이기는 하지만 고전 정신 운운하는 목소리가 여기 저기서 울려 나오는 것도 아마 이런 현상의 하나라고 보아 무리가 없을 듯하다.

풍미에서 다양화로

학계의 규모가 작았을 때는 일종의 '풍미(風靡)주의'라고 할 만한 기류가 있었다. 율격론의 시대가 있었고 장르론의 시대라고 이름을 붙일 만한 시기가 있었던 것이 바로 그런 현상이었다. 신화비평(神話批評)이 수입되면 그 우산 밑에 모여들었고, 현상학(現象學)이 그럴 듯해 보일 때에는 오로지 그것을 무기로 팔을 걷어 부쳤다.

그러나 지금은 양상이 많이 달라졌다 할 수 있다. 민중적 시각과 분류론적 시각이 나란히 공존하며, 역사주의적 방법과 분석주의적 방법을 누구든 상보적인 것이라고는 말할지언정 배타적인 관계라고는 아무도 여기지 않는다. 이것은 학계의 규모와 무관하게 다양성만이 연구의 총체적 시각을 확보해 주리라는 각성에 이르렀음을 보여 준다 하겠다.

이러한 인식은 저절로 되었다기보다 고전시가 연구가 그 주제를 다양하게 넓혀 왔기 때문에 가능했던 성숙이라고 보아 무방할 것이다. 실제로 고전시가 연구사는 이런 궤적을 분명하게 보여 준다. 작가론(作家論), 기원론(起源論), 담당자론(擔當者論), 수용론(受容論), 형식론(形式論), 미의식론(美意識論) 등 다양한 주제에 걸쳐 괄목할 성과를 이루어 왔다. 이처럼 연구의 주제 자체가 다양화하면서 그 시각과 방법도 당연히 다양화의 길로 나아가게 된 것이다.

자기비하적인 언사가 난무하던 시절에는 국토가 좁다는 사실에 학문적 낙후의 책임을 모두 뒤집어 씌웠던 것 같다. 그러나 실상은 그렇지 않은 것이 우리의 국토는 전혀 늘어나지 않았는데도 이만큼 다양성을 갖추게 되었음을 보면 그것이 헛된 진단이었음을 알게 된다.

다른 분야도 마찬가지겠지만 고전시가 연구에 다양성이 확보될 수 있었던 힘은 정체성(正體性)에 대한 질문이라는, 어찌 보면 획일적이기까지 한 요구 때문이 아니었나 추리해 본다. 물론 방법론의 다양화나 연구 인구의 증가가 이런 측면에 기여했으리라는 점도 무시할 수는 없다. 그러나 우리 문학의 독자성이 무엇이냐는 물음에 대하여 그 답을 획일적으로 이것이라고 내던지는 대신 여러 국면에서 그것을 모색한 결과가 다양성으로 나타난 것으로 보고 싶은 것이다.

다양성이라는 성과가 하나의 목표에 대한 반응이리라는 추리가 적절한 것이라면 삶의 조건과 그에 대한 반응은 상당 부분 역(逆)으로 진행된다는 진단을 할 수도 있지 않을까 한다. 인간학(人間學)에서 획일적이고 확정적인 예측은 결코 불가능한 것이겠지만 한 유형으로서 이런 현상을 설명할 자료 또한 얼마든지 발견될 것이다. 식민지 치하가 오히려 민족을 각성하게 하고, 경제적 수준이 확보될 때 경제 정의(正義)를 문제삼게 된다는 등의 사례는 이를 뒷받침해 줄 것으로 본다.

연구하는 이유에 대한 전망

이제 소략하게나마 살펴 온 성과 점검을 바탕으로 종합적인 전망을 할 차례가 되었다. 그러나 그것은 이미 밝혔듯이 매우 힘들고 또 조심스러운 일이기도 하다. 그러나 위험을 무릅쓰고 다음과 같은 전망을 보탬으로써 의무를 면하고자 한다.

우선 해방후 50년의 고전시가 연구 성과를 살피는 바로 지금이 세기말적 상황이라는 점에서부터 생각해 볼 필요가 있겠다. 오늘날의 여러가지 징후는 19세기말의 그것과 매우 흡사하다는 것이 나 혼자만의 생각인지는 알 수 없다. 그러나 기존의 가치가 부인되면서 새로운 질서의 모색이 표방되는 점 하나로도 그 동질성 또는 유사성이 설명될 수 있다고 본다. 해체주의(解體主義)와 포스트모더니즘이 애매하게 넘나들면서 사용되는 명명법에서도 그 점은 확인될 수 있다고 본다.

해체(解體)가 개별적 의미를 강조하고 후기구조주의가 전형을 부정하고 나서는 지금, 이러한 삶의 조건은 앞으로의 시대가 가치론의 추구로 나아갈 것임을 예고하고 있다. 무엇이 가치 있는 것인가 하는 논의가 활발하게 전개될 것이라는 뜻이다. 다만 중요한 것은 그 가치론의 향방이 어떻게 정해질 것인가에 있다.

이런 짐작을 해 본다. 조건에 역방향으로 추진력을 갖춰 왔다는 고전시가 연구의 진단이 만약 그대로 적용된다면 그 방향은 개인에서 민족으로 그리고 다시 민족에서 인류로 나아가지 않을까 싶다. 개체의 가치를 강조하면 할수록 그 반동은 민족의 동질성 또는 정체성 논의를 불러

올 것이며 그것이 세(勢)를 얻으면 다시 인류 보편의 문제를 강조하거나 다시 개인의 문제가 도마에 오를 것이라는 예상을 할 수 있다.

해체적 분위기가 강조되면 될수록 고전시가 연구는 민족적 정체성의 질문에 주목하게 될 것이라는 전망도 가능하며, 그렇게 되면 율격론이나 장르론과 흡사하게 독자성 또는 정체성과 관련된 주제들이 관심사로 계속 떠오를 것이 아닌가 생각하게 된다. 오늘날 유행어가 된 세계화라는 말이 귀에 익기도 전에 민족 없는 세계가 어디에 있는가 하는 반문이 자연스러운 것도 이런 추리에 일조를 한다.

왜 전망에 관한 논의가 개인, 민족, 인류에만 집중되는가 하는 질문도 가능하다. 그러나 그에 대한 대답은 단순하다. 무수한 대상이 가치의 체계로 논의될 수 있지만 인류의 역사는 비교적 오랜 세월 그 세 가지를 가치의 중심 문제로 놓아 왔고 인간의 존재 방식 또한 그런 조건들 속에 있는 한에서는 비켜 갈 수 없는 문제들임이 분명하다.

일반적인 전망은 얼마든지 더 계속할 수 있을 것이다. 그러나 연구는 더욱 다양·다기해 질 것이며, 그만큼 연구 인구도 증가할 것이라는 등의 전망은 너무나 당연해서 별다른 의미를 갖기 어려울 것이다. 다만 앞으로 오는 반세기를 이끌어 갈 변수는 생각의 방식이라는 사조의 조건에 못지 않게, 아니 오히려 막중한 무게로 다가올 통일의 문제일 것이다. 그에 대한 전망은 다른 자리가 적당할 것이다.

이제 사족처럼 하나의 전망만을 덧붙인다면, 20세기에 누렸던 문학의 신성성은 그 개념을 달리하게 되리라는 점을 강조하고자 한다. 고전시가 연구사가 보여주듯이 시가의 담당층을 묻고 그 수용자의 역할을 계속하여 묻게 되는 결과는 문학이 지금처럼 문자를 소유할 수 있는 상층인의 것으로 지탱되어 온 고매성이나 신성성에 대한 관점을 필연적으로 바꾸어 놓으리라는 점이다.

물론 지금도 문학에 관련하여 신성성이라는 용어는 거의 쓰지 않을 정도가 될 만큼 변화해 있지만 앞으로 고전시가의 연구자는 일반 독자가 '우리에게 고전시가는 무엇인가'라는 질문에 답할 준비가 든든히 되어 있어야 할 것이다. 이 말은 '고전시가는 왜 연구하는가'라는 질문과 동의어일 수도 있다.

고전시가의 연구사를 중심으로 살펴 온 이 논의는 이제 한국문학 일반으로 확대할 수 있고 그래야 한다고 생각한다. 문학 연구가 순수와 예술이라는 마력적인 어휘에만 사로잡히게 되면 그것이 삶의 소산임을 외면하게 되는 것은 지극히 당연하다. 또 고전시가 연구사가 보여주듯 문학 연구도 또한 삶의 조건에 대한 그 나름의 응답이었고 그래야 마땅한 노릇이다.

이제 세상은 문학을 연구하는 사람에게 묻는다. "문학은 왜 연구하는가?"고. 이제 이 글의 첫머리에 내걸었던 질문을 우리 함께 답할 필요가 있다고 대답한다. 우리는 문학으로 무엇을 할 수 있는가 하는 데 대한 대답으로 문학을 연구하는 장을 마련할 필요가 있다. 인간을 연구하는 일도 또한 궁극적으로는 인간에게 도움을 줄 수 있어야 한다는 것이 앞으로 오는 시대의 요청이다.

그 요청에 이 글은 이렇게 답하고자 한다. 고전시가의 연구가 그러했듯이 시대의 요청에 따라 대답하건대, 문학은 인간의 일이므로 인간을 인간답게 하는 데 기여하고자 연구하는 것이라고.

그러나 인간을 인간답게 하는 일에 대한 처방이나 전망이 한결같을 수는 없다는 점을 분명하게 인식하고 있기에 그 방안에 대한 전망까지가 손쉬울 수는 없다. 그렇기는 하더라도 그러한 방향에 대한 인식을 분명하게 가지는 것과 그렇지 못한 것 사이에는 엄청난 거리가 있게 마련이다. 그러니 문학이 인간에 관한 문제라는 점만은 분명하게 해 두자는 것이다.

그리고 어차피 개인적일 수밖에 없는 것이 이 글의 한계라는 점을 분명히 해 두면서 문학이 인간을 인간답게 하는 길은 바로 '이용후생(利用厚生)'의 길임을 제안해 두고자 한다. 그것은 선인들이 이미 궁리의 끝에 도달한 결론이었으므로 새삼스런 말이 더 필요하지는 않을 것이다. 다만 이용후생의 뜻을 부가 가치 산출 정도로 짐작하고 마는 천박함에서만 벗어난다면 문학 연구의 길은 찾아질 것이다.

그것이 선인들의 길이었으며 또한 오늘날 세계적인 길이라는 점을 분명히 새겨 두는 일도 필요할 것이다.

어느 제1세대 연구자의 모습

— 일석(一石) 이희승(李熙昇)의 경우

일석의 고전문학 관계 논저 개관

일석(一石)선생의 고전문학 관계 논저 전체의 목록은 『일석 이희승 (李熙昇)선생 송수기념논총』에 실려 있다. 발표 시기순으로 각각의 내용을 살펴 보면 다음과 같다.

◆ <u>시조(時調) 기원에 대한 일고(一考)</u> (『학등』 제2호, 1933. 11. 16.)

개성의 덕물산(德物山)에서 직접 채집한 무당의 〈노랫가락〉 사설들을 논거로 삼아 시조의 신가(神歌) 기원설을 입론하였다. 신가 가운데서 〈노랫가락〉 세 편을 자료로 삼아, 형식과 시상의 측면에서 민요 〈노랫가락〉과의 유사성을 입증한 다음, 이를 다시 시조와 대비하여 유사성을 검증하였다.

이러한 검증을 바탕으로, 신가의 노랫가락에서 민요의 노랫가락이 파생되고 거기서 다시 시조가 형성됨으로써 시조의 기원이 이루어졌으며, 민요는 농목(農牧)시대, 시조는 봉건시대를 사회적 태반으로 하였기에 전자는 일반 대중의 장르가 되었으며 후자는 유한 소비계급의 장르가 되었다고 하여 생활과 문학의 관련을 추찰(推察)하였다.

◆ <u>〈용비어천가(龍飛御天歌)〉의 해설(1)</u> (「조선일보」, 1935. 1. 3. 미완)

본디 연재할 계획으로 게재된 것인 듯하나 1회만 게재되고 이후는 집필되지 않았다. 『일석 이희승선생 송수기념논총』에도 '미완'이라고 적혀 있음을 본다.

1회 게재분은 '1.머릿말'에서 우리 민족이 민족문화 전반에 대해 잘 알지 못하고 있다는 무지를 지적하고 우리 문학에 대한 이해의 필요성을 강조하였다. 〈용비어천가〉를 가리켜 '조선문학의 효시'라고 하고 중국 문학만을 숭상하는 폐단을 지적함으로써 민족문학의 주체성을 강조하고 있다.

'2.편찬'에서는 편찬 시기가 세종 24년부터 27년까지로서 한글 반포 전 해에 이루어진 점을 강조하고 편찬 동기가 이태조의 건국 정당화에 있었다는 점을 작품의 내용으로부터 추리하고 음악과 무용을 곁들여 향유되었으리라는 점을 『악학궤범』과 『세종실록』 등의 자료로부터 추리하였으며 제목이 '용비어천가'인 것은 송(宋) 태조의 사적을 쓴 〈용비기(龍飛記)〉와 명태조의 전기인 〈용비기략(龍飛紀略)〉과 관련되는 것으로 해석하고, 현전하는 문헌은 효종 9년(1658)에 중간된 것이리라고 추정하였다.

◆ <u>고전문학에서 얻은 감상</u> (「조선일보」, 1938. 6. 5.)

"건실·정당한 신문학을 수립하려면 우리 고전문학의 재음미·재인식을 절대조건으로 하지 않으면 안 되리라."는 결론을 글의 첫머리에 내세움으로써 글의 성격이 전통론 및 문화 계승을 위한 것임을 분명히 했다. '현실은 과거가 남긴 무엇'이므로 문학 창작을 위해서는 '과거의 이해를 바탕으로 한 현실 인식'과 '현실을 구성해 낸 필연적 조건의 추출·음미'가 필연적이라고 강조하였다.

이를 위해서는 고전문학에 대한 인식이 명확하게 이루어져야 하는데, 우리 고전문학의 결함으로 (1)지나친 수식으로 과장이 심한 일 (2)비사실적이어서 낭만주의에 기울어진 일 ⑶많이 권선징악의 재료로 삼은 일 ⑷관념적이어서 박력이 적은 일의 네 가지를 들고 있다. 장점으로는 ⑴리듬이 자연스럽고 부드러워서 이것만으로도 매우 매력을 느끼게 하는 일 ⑵사물을 유취하는 버릇이 많아서 어휘를 풍부히 구사한 일 ⑶막연하나마 조선적 이데아의 주류가 흐르고 있는 일의 세 가지를 거론하였다.

현대의 작품 창작은 우리 고전문학의 이러한 장단점에 대한 인식을 바탕으로 해야 한다고 하였고, 구체적으로 이루어져야 할 방향으로서 내용적 검토와 형식적 음미의 두 가지를 제시하였다. 내용적 검토는 과거의 문학에 담겨 있는 우리 선인들의 고유한 생활의 상징성을 터득해야 한다는 것이다. 전통·감정·습속의 주류를 우리의 것으로 해야지 '직역적 외래 정서'에 빠져 들지 말라고 경계하였다. 형식적 음미는 '혼의 추구'를 강조하고 있다. '언어는 의미만을 전하는 것이 아니'어서 '적재적소'의 언어일 때 예술의 혼이 형성된다고 강조하였다.

◆ 가사(歌詞) 〈토끼화상〉의 해설 (『문장』 제1집, 1939. 1.)

글의 편차는 1.개제(開題), 2.토끼전과의 관계, 3.원가(原歌), 4.문구 해석1)의 순으로 되어 있다. 머리말에 해당하는 '개제'에서는 우리 문학에 끼친 중국문학의 영향이 지대하다는 점을 지적하고 있다. 그래서 나무꾼이 하는 노래에도 중국의 시문(詩文)과 고사(故事)가 많이 등장하게 되었는데 바로 이 점과 노래가 구전된다는 점을 함께 고려함으로써 노래말이 바뀌고 의미가 변하는 예가 많음을 지적하였다. 한편 비록 중국문학의 영향이 강하다고 하더라도 그 기반이 되는 생활과 정조는 민족 고유의 것이라는 점을 분명히 하면서 다만 그 원전이나 의미는 정확하게 해야 한다는 점을 말하고 있다. 이런 전제를 내세웠기에 주로

---

1) 이것이 『조선문학연구초』에 수록될 때는 '어구 주해'로 바뀐다. 다른 글에서도 '자구 해설', '해설', '어구 주석' 등 다양하게 쓰인 소제목을 책으로 묶으면서는 '어구 주해'로 하여 통일을 기했다.

한자어의 주석이 이루어지는 기반이 마련된다.

'토끼전과의 관계'에서는 〈토끼전〉을 가리키는 다른 제명(題名)들을 소개한 다음, 이야기 첫머리에서 토끼화상을 그리게 되는 대목까지의 줄거리를 요약하고 판소리 〈수궁가〉로부터 독립되어 양식화한 가사 〈토끼화상〉의 관계를 밝힌 다음, 이처럼 〈토끼화상〉이 가사로 양식화되어 불리기 시작한 시기를 추리할 만한 자료가 없음을 밝혔다.

'원가'에서는 노랫말을 정리하고 있는데 그 출처는 『신구잡가』 또는 『유행잡가』를 비롯하여 기타 몇 종류의 인쇄본과 사본이라고 설명하고, 문구에 서로 다름이 있어 표준화하였음을 밝혔다.

'문구 해석'에서는 황금대(黃金臺), 봉황대(鳳凰臺), 능허대(凌虛臺), 동정 유리 청홍연, 거북 연적, 양두 화필, 백릉 설화 간지, 봉래 방장, 신농씨 백초야, 아미산월반륜토의 10항목을 주석하였는데, '동정 유리 청홍연'은 '동작(銅雀) 용미(龍尾) 청강연(青絳硯)'이 전승 과정에서 변한 것이 아닐까 추정한 것이 특이하다.

◆ 소설(小說)과 얘기책 (『박문』 제5집, 1939. 1.)

표준어 사정 회의에서 '소설'과 '얘기책'이라는 용어를 두고 있었던 논전(論戰)을 소개하는 것으로 말머리를 꺼내고 있어 일단은 용어적 관심에서 출발하였음을 보여 준다. 그러나 주된 관심은 용어 그 자체보다는 용어에 투영된 장르의 성격을 변별하는 데 있으며, 따라서 장르의 성격과 관련하여 이 용어를 규정하기 위하여 통시적인 관점에서 그 개념과 범주가 변화해 온 궤적을 밝혔다.

넓은 의미의 소설은 패관문학과 얘기책과 소설을 포함하는 것으로 모든 이야기는 모두 소설이며, 좁은 의미의 소설은 소설과 얘기책을 포함하는 것이고, 아주 좁은 의미의 소설은 갑오경장 이후에 나온, 창작 의도와 기술이 동원된 예술적 작품들을 지칭하는 것으로 분류하였다.

이어 얘기책과 소설의 차이점을 살피기 위하여 얘기책의 특징으로 (1)

개인의 전기 중심 (2)우연한 사건 취급 (3)초인간적 이적을 많이 다룸 (4)권선징악의 자료를 지향함 등을 들고, 소설의 특징으로는 (1)사건중심주의 (2)보편타당성 있는 사건 취급 (3)사실주의적 경향 (4)인생 내면의 폭로 주력 등을 들고 있다.

이러한 차이와 변화의 추적에도 불구하고 이 글이 주장하는 핵심은 말미 부분에서 밝히고 있다. 이른바 '얘기책'이라 할 수 있는 고전소설을 읽지 않는 몇 가지 이유가 있으되 민족문학의 전통을 이해하고 확보하기 위해서라도 반드시 찾아 읽어야 하며 그러기 위해서는 이야기책을 현대소설 못지 않게 출판하는 출판업자가 있어야 한다는 점을 강조하였다. 민족문학 전통론을 중시하는 관점이 강하게 드러난다.

◆ 〈새타령〉 해설 (『문장』 제2집, 1939. 2.)

내용의 순서는 1.머릿말, 2.원가, 3.어구해설, 4.여언, 5.속편 『새타령』의 순서로 되어 있다.

'머릿말'에서는 〈새타령〉의 음악적 가치에 대해서 말하고 있다. 이 노래가 '유려한 율격과 유아(幽雅)한 정치(情致)와 청철(淸徹)한 곡조'를 지니고 있다고 극찬하고 가야금을 곁들인 음악적 분위기를 그려 내면서 그 정서적 효용을 설명한다. 이 설명은 문학적 측면보다는 음악적 측면을 집중 조명한 것으로서 고전시가를 생활문화적 자질이라는 측면에서 접근하는 연구자의 면모를 보여 준다.

'원가'에서는 〈새타령〉의 전문을 현대어로 바꾸어 소개하고 활자본과 사본을 정리한 것임을 밝혔다. '어구 해설'에서는 이본 사이에 차이가 나는 부분을 대조하여 보이고 있으며, 주로 한문 어구의 해설에 중점을 두고 있다. '소선적벽칠월야'는 '후적벽부'에 근거하여 '시월야'로 바로잡는 것이 옳으며, '유복귀인서기산'은 당나라 시인 잠참(岑參)의 '위보가인수기서(爲報家人數寄書)'로 바로잡는 것이 옳을 것이라는 등 원전을 밝힌 말 가다듬기에 치중하고 있다.

'여언'에서는 이 작품의 구조가 이중적이어서 '산림비조 뭇새들······' 이하는 또 다른 한 편으로 볼 수도 있음을 지적한다. 앞 부분은 한문 원전에서 따온 표현으로 가득하지만 후반부는 순우리말로 되어 있다는 점, 그리고 앞에서 나온 새가 뒤에서 다시 되풀이된다는 점 등으로 이중적임을 지적한 구조 분석이다.

〈속편 새타령〉에서는 이용기 편찬의 고대본 『악부』라는 책에 실린 또 다른 한 편의 〈새타령〉 노래말을 소개하고 있다. 자료의 가치를 중시하는 태도가 드러나는 부분이다.

◆ 가사(歌詞) 〈소상팔경(瀟湘八景)〉 해설 (『문장』 제3집, 1939. 4.)

내용의 전개는 1.팔경변(八景辨), 2.원가, 3.주해의 순서로 되어 있으되, 주로 어구의 주석에 치중하고 있다.

'팔경변'에서는 팔경이니 십경이니 하는 것이 중국의 남송(南宋) 이래로 전래된 관습임을 소개하고, 우리나라에서도 이것을 본따 팔경을 예찬하는 글이나 노래가 많이 지어졌음을 설명하였다. 이 노래는 중국의 동정호를 중심으로 한 경치를 노래한 것이어서 중국 문학이 끼친 영향의 정도를 넌지시 시사하고 있다.

'원가'는 『신구유행잡가』에 실린 것의 철자만 고쳐 되도록이면 원문에 충실하게 한 의도를 밝히고 한자를 괄호 안에 넣었다.

'주해'에서는 총 29 항목을 주석하고 있는데, 여러 이본에서 차이가 나는 부분을 대조하여 문맥에 맞도록 바로잡고, 그 표현의 출처인 중국 문학의 원전을 찾아 소상하게 밝혀 놓았다. 예를 들어, '류세는 철광하야'가 다른 책에는 '유세는 쳔광하야' 혹은 '뉴세쳔광하야'로 되어 있음을 보이고, 이것이 두보의 시구 '전광유서수풍무(顚狂柳絮隨風舞) 경박도화축수류(輕薄桃花逐水流)'에서 온 것이 아닌가 하는 해석을 하고 있다.

◆ 〈강호별곡(江湖別曲)〉 해설 (『문장』 제5집, 1939. 6.)

내용의 순서는 1.해제, 2.원가, 3.주해의 순서로 되어 있으며 주로 어구의 해석에 중점을 둔 글이다.

'해제'에서는 우리 문학의 전통에서 전원에 은거(隱居)하는 내용이 뿌리 깊은데, 그런 전통은 중국문학에서 굴원(屈原)의 〈어부사(漁父辭)〉로부터 시작하여 도잠(陶潛)의 〈귀거래사(歸去來辭)〉 및 왕유(王維)의 〈전원시(田園詩)〉 등의 전통에서 영향을 받은 것으로 설명하고 있다.

'원가'에서는 한자를 괄호 안에 넣고 현대 철자법으로 표기하였으며, 원전은 『신구유행잡가』에서 가져 왔음을 밝혔다.

'주해'에서는 총 27개 항의 어구를 주석하고 있는데 잘못으로 보이는 표현은 바로잡고, 한시문의 인용은 원전을 밝혔으며, 우리말의 경우도 낯선 표현에는 뜻풀이를 하였다. '격안전촌양삼가(隔岸前村兩三家)'가 〈소상팔경가〉에는 '제간전촌양삼가(第看前村兩三家)'로 나오며 누구의 글에 나오는 것인지를 알 수 없다고 하였다. 또 문헌마다 표현이 다른 것은 일일이 대조하여 문맥을 바로잡는 데 힘을 기울였다.

◆ 〈유산가(遊山歌)〉 해설 (『문장』 제7집, 1939. 8.)

내용의 구성은 1.허두, 2.원가, 3.해설의 순서로 되어 있으며 어구의 주석에 중점을 두고 있는 것은 다른 경우와 같다.

'허두'에서는 '산천에 노니는 일은 인간의 본성'이라는 점을 간단히 언급하고, 이 노래는 그런 의미에서 우리 생활의 필요에서 나온 것이라는 설명을 달았다.

'원가'에서는 『신구유행잡가』에 있는 노래말을 철자법에 맞도록 고치고 한자를 괄호 안에 처리하여 보여 주고 있다.

'해설'에서는 총42개의 어구를 주석하고 있다. 이본마다 표기가 다른 것은 일일이 대조하여 문맥에 맞도록 바로잡고, 잘못된 어휘를 바로잡았다. 예컨대, '죽장망혜(竹杖芒鞋)'에 대하여 '망혜(芒鞋)'라는 말은 없으므로 '메투리'를 가리키는 '마혜(麻鞋)'로 씀이 옳다고 하고, '마혜'의 '마'를 길게 발음하는 관계로 '망혜'로 변했을 것이라는 해석을 하고 있다. 특히 이 노래에 나오는 '천방져 지방져, 소코라지고 펑퍼져, 넌출지고 방울져……'와 같은 순우리말 표현에 대하여 그 의미를 자세하게 풀이하였다.

◆ 〈매화가(梅花歌)〉 해설 (『문장』 제9집, 1939. 10.)

글의 앞 부분에서는, 이 노래의 '매화'가 "꽃을 가리키는 것인지, 아니면 다른 사물을 상징한 것인지 궁금하다."고 하여 이 노래의 의미가 중의적(重義的)일 수 있음을 지적하고 있다.

그리고 이 노래에 관련된 서지 사항으로 게재된 문헌이 많지 못하다는 점과 그 문헌들에 실려 전하는 노래말이 서로 많이 다르다는 점을 밝혔다. 이런 전승 자료의 특수성 때문인지 글의 편차를 따로 정하지 않고 세 종류의 노래말을 보여 주고 있다.

'원가 1'은 대학본 『청구영언』에 실린 것을 현대 철자법으로 다듬어 실었고, 원가 뒤에서 그 서지 사항을 밝힌 다음, 표현상의 특색을 설명하고 시조 작품 중에 노래말이 유사한 것을 제시하여 참고토록 하였다. 그리고는 시조 작품에 있는 매화시와 매화라는 기생이 지었다는 시조가 있는 점을 연결하여 여기서의 매화가 혹 기생을 암시할 수도 있는 가능성에 대하여 설명하고 있다. 이를 "⑴〈매화가〉의 작자가 기생 매화이거나, ⑵다른 사람이 매화의 시조를 빌어 이것을 허두로 삼아 가지고 그 뒤에 노래를 첨가하여 지어낸 것이 가사 〈매화가〉일 수 있다."고 전제하고, 이를 위하여는 〈매화가〉의 다음 부분 내용과 연관지어야 할 것이라고 하였다.

'원가 2'는 『신찬고금잡가』에 실린 것을 현대 철자법으로 바로잡고 한자를 괄호 안에 넣어 제시하였다. 『청구영언』의 〈매화가〉와 다른 점을 일일이 대조하여 보였으며 『청구영언』에 있는 '잔 처녀란 솔솔 다 빠지고 굵은 처녀만 걸리소서'가 『신찬고금잡가』에서는 '정든 사랑만 걸리소서'로 되어 있음을 지적하고, 후자를 단서로 하면 여성의 노래일 가능성이 있지만 전자에 의한다면 여성의 노래가 될 수 없다는 것을 설명하였다.

'원가 3'은 『남훈태평가』에 실린 것으로 이것도 현대 철자법과 괄호 안에 한자 표기한 형태로 제시하고, 『남훈태평가』의 발간 연대를 고증하여 대학본 『청구영언』보다 훨씬 앞선다는 점을 밝히고, 여기에도 '정든 사랑만 걸리소서'로 표기되어 있음을 분명히 함으로써 〈매화가〉의 작자가 여성일 가능성을 비치고 있다.

이어지는 '어구 주석'에서는 총 13항목의 어구를 다른 예와 같이 주석하였고, 이 글은 특이하게 '통석(通釋)'이라는 난을 두어 노래말을 산문으로 옮겨 풀어 보이고 있다.

◆ 『조선문학연구초(朝鮮文學硏究鈔)』 (을유문화사, 1946. 9. 10.)

해방 전에 신문과 잡지에 실었던 글들을 모았다. 이미 『문장』지에 「새타령 해설」을 실을 때 「조선문학연구초(1)」라는 표제를 달았고, 그 이후의 글들은 표제의 호수를 계속하여 「매화가 해설」에는 「조선문학연구초(6)」이라는 표제가 달려 있다.

그러나 책으로 묶을 때는 이 여섯 편의 글 이외에도 나머지 글들을 보태 실어 모두 아홉 편의 글이 실렸다. 이미 쓴 글 가운데서 조선일보에 발표하였던 「용비어천가 해설(1)」만 제외되었다. 이 글은 완성된 글이 아니었기에 제외한 듯하다.

책의 순서를 보이기 위해서 목차에 실린 제목들만 옮겨 보면, 가사 〈토끼화상〉의 해설, 〈새타령〉 해설, 가사 〈소상팔경〉 해설, 〈강호별곡〉 해설, 〈유산가〉 해설, 〈매화가〉 해설, 시조 기원에 대한 일고, 고전문학에서 얻은 감상, 소설과 '얘기책', 발문의 순으로 되어 있다.

목차는 이렇게 되어 있지만 정작 발문을 보면 '발문 대신으로'라고 표제를 적고, 그 동안 이런 저런 연고로 연구초록을 발표는 하였지만 자신이 없어 부끄럽기도 하나 해방을 맞이하여 우리말 연구를 새로이 하려는 각오로 과거의 결과를 묶어 반성하고 단절하면서 새출발을 하려는 표시라는 것, 고전문학에 관한 참고서적이 부족하다는 학도들의 요구에 조금이라도 도움이 되고자 한다는 것, 을유문화사의 권고와 도움이 간절했기 때문이라는 것 등의 세 가지 이유를 밝혀 놓고 있다.

◆ 『역대조선문학정화 (歷代朝鮮文學精華)』(인문사, 1938. 4. 30.)[2]

이 책은 조선문학에 대한 이해력과 감상력의 배양을 주안점으로 하여 만든 교재라는 점을 분명히 하고 있다. 따라서 그럴 만한 가치가 있는 정수(精粹)만을 가려 뽑는 데 역점을 두었다고 하였다.

싣는 순서는 시대의 역순으로 하였는데 이는 독자의 고전 독해력에 대해 점진 계도주의(漸進啓導主義)의 관점에서 배려하였음을 밝혔다. 현대어와 편차가 적은 쪽에서부터 차츰 차츰 고어 쪽으로 읽어 나감으로써 낯설다는 인상을 줄이고자 한 것으로 보인다.

표기는 두 가지로 구분하는 원칙을 세워, 상권에서는 현대 철자법으로 다듬고 하권에서는 원본의 표기 그대로 함으로써 학구적 연구자료가 되도록 차별화하겠다고 하였는데, 하권이 발간되었던 흔적은 보이지 않으므로 확인할 길이 없다.

한자는 그대로 노출시켰으며 난해한 어구에는 간략한 주석을 달았는데 그 내용은 『조선문학연구초』에 실린 것보다는 훨씬 압축되고 간략하며 항목의 수효도 적게 제시되어 있다. 아마 연구물이라기보다는 교재이기 때문에 그리 된 것이 아닌가 싶다.

원전은 한 군데만이 아니라 여러 이본들을 상호 대교(對較)하여 잘못이나 빠진 것을 바로잡는 태도를 취했다. 또 작품의 게재 방식은, 시조

---

2) 이 책은 1948. 4. 15. 박문출판사에서 『역대국문학정화 권상(歷代國文學精華 卷上)』으로, 책이름의 '조선문학'을 '국문학'으로 바꾼 것 이외에는 내용의 변동 없이 재출간되었다.

는 10여 편 정도의 작품을 한 항목에 묶어서 제시하는 방식으로 하였고, 소설은 임의로 한 대목을 떼어서 실었다.

총 45 항목이 실린 내용을 일별하기 위하여 장르별로 제목만 옮겨 보면 다음과 같다.

〔잡가〕3) - 유산가, 새타령, 봉선화(鳳仙花), 토끼화상, 선유가(船遊歌), 소상팔경(瀟湘八景), 사시풍경가(四時風景歌).

〔시조〕 - 산촌수곽(山村水郭), 충성초색(蟲聲草色), 운니홍조(雲泥鴻爪), 행운유수(行雲流水), 한운야학(閑雲野鶴), 애모사연(愛慕思戀), 천석고황(泉石膏肓), 고정신미(古情新味), 단심여석(丹心如石), 토운생풍(吐雲生風), 사군자(四君子), 설월화(雪月花).

〔소설〕 - 광한루(춘향전의 일절), 공양미 삼백석(심청전의 일절), 용궁좌기(龍宮坐起)(토끼전의 일절), 허씨의 흉계(장화홍련적의 일절), 까토리 해몽(장끼전의 일절), 놀부의 포악(흥부전의 일절), 말 값 삼백냥(박씨전의 일절), 활빈당(홍길동전의 일절), 관음찬(觀音讚)(사씨남정기의 일절), 양천리주루탁계(楊千里酒樓擢桂)(구운몽의 일절).

〔가사(歌辭)〕 - 명당가(明堂歌), 농가월령가, 창랑곡(滄浪曲), 우부가(愚夫歌), 용부가(庸婦歌), 선루별곡(仙樓別曲), 백발탄(白髮歎).

〔민요〕 - 관등가(觀燈歌), 동요 삼 편, 너 어디 가 자고 왔니, 베틀노래, 시집살이, 떡타령.

〔수필〕 - 제침문(祭針文), 규중칠우공쟁론(閨中七友功爭論), 관(館)활량의 꿈.

---

3) 잡가로 소개되는 작품들에 대하여 이견이 있을 수 있다. 그러나 이를 가리켜 잡가라고 하는 까닭은 '소리꾼 소리'에 해당하는 것을 모두 한 무리로 보는 관점 때문이다. 이에 대해서는 다음 장에서 살피게 된다.

◆ 『국문학(고전편)개관』 (국민사상연구원, 1953.)

이 책의 제목은 『일석 이희승선생 송수기념논총』의 논저 목록에 실려 있다. 그러나 백방으로 알아 보았으나 이 책을 구해 볼 길이 없었음은 매우 유감스러운 일이 아닐 수 없다.

저서를 모두 전시한 일석기념관에도 보관되어 있지 않고, 아드님인 이교웅(李敎雄)님도 이 책에 대하여 기억해 내지 못했다. 6.25 당시에 책을 많이 잃었기에 그 이전의 책이라면 그럴 법도 하지만 1953년에 나온 책이라면 분실될 만한 이유가 없으니 그 연유를 알 수 없다고 회고하였다. 다만 1953년이 서울로 이사할 당시여서 보관이 충실하지 못했는가 하는 의문도 가질 수는 있다는 말을 하였다.

이 책을 찾기 위하여 국립도서관 및 국회도서관과 주요 대학의 도서관까지 확인하였으나 찾을 수가 없었다. 이 책의 제목에 괄호를 치고 '(고전편)'이라고 한 것으로 미루어 다른 분들과의 공저 가운데 고전 분야를 집필한 것은 아닌가 하고 그 쪽으로 찾아도 보았지만 그것도 허사였다.

출판처가 '국민사상연구원'으로 되어 있는데, 여기서 발행한 책으로 이태극(李泰極)저 『국민사상과 시조문학』이라는 책을 볼 수 있는데, 이 책에 의하면 '국민사상연구원'이 정확하게는 '국립국민사상연구원'임을 알 수 있고, '사상총서4'라고 하여 기획물로 출판된 것임을 짐작할 수 있다. 더구나 '비매품'으로 되어 있는 것으로 미루어 보건대 국가적 사업으로 출판된 것이 아닌가 싶다.

『국문학개관』과 이태극 선생의 저서가 같은 기획물인지 아니면 또 다른 계통의 출판이었는지조차도 알기 어렵다. 그러나 만약에 같은 기획물이라면 이희승의 저서는 1953년인데 이태극 선생의 저서는 1955년에 간행되었고, 그 책의 번호가 4번인 것을 보면 『국문학개관』은 아마도 이런 기획물의 초창기에 출판되지 않았나 싶다. 이런 연관이 있어 이태극 선생께 여쭈어 보았으나, 『조선문학연구초』를 가지고 강의를 하셨던 것은 기억하지만 『국문학개관』은 보거나 들은 바가 없다고 회고하였다.

또 필자의 과문 탓이겠지만 다른 분의 글에서 이 책의 내용을 인용하거나 언급한 것을 본 기억이 나지 않으니 내용의 짐작조차가 어렵기도 하다. 그러나 분명히 출판이 된 바 있기에 간행 연도까지 적어서 회갑 논문집에 논저 목록을 작성하였을 것이므로 이 책은 반드시 찾아야 할 것이다. 지금 현재로서는 이 책의 행방을 찾을 길이 없어 민망한 노릇이 되고 말았다.

시가 장르에 대한 관심

일석 선생의 논저는 주로 시가(詩歌)에 집중되어 있음을 본다. 「조선일보」에 실었던 「용비어천가의 해설(1)」을 위시하여 『조선문학연구초』에 실린 총 9 편의 글 가운데 6 편이 노래를 해설한 것이고, 고전작품집이라 할 수 있는 『역대조선문학정화』에서는 소설 10편과 수필 3편을 제외한 나머지가 모두 시가 작품이다. 이처럼 대상 작품을 주로 시가에 집중하여 선택한 것은 이희승의 고전문학에 대한 주된 관심이 시가 쪽에 있었음을 보여 준다.

『조선문학연구초』에 실린 6편의 글은 〈토끼화상〉, 〈새타령〉, 〈소상팔경〉, 〈강호별곡〉, 〈유산가〉, 〈매화가〉 등이다. 이 중 〈토끼화상〉과 〈소상팔경〉에는 가사(歌詞)라고 분명하게 제목에서 적고 있지만 이들까지도 모두 잡가 작품이라 할 수 있다.

여기서 '잡가'라는 용어에 대한 약간의 해명이 필요할 듯하다. 오늘날 우리 음악의 분류에 따르면, 12가사(歌詞)라는 것은 〈황계사(黃鷄詞)〉, 〈백구사(白鷗詞)〉, 〈죽지사(竹枝詞)〉, 〈길군악〉, 〈상사별곡(相思別曲)〉,

〈권주가(勸酒歌)〉, 〈수양산가(首陽山歌)〉, 〈양양가(襄陽歌)〉, 〈처사가(處士歌)〉, 〈매화타령〉의 열두 편을 가리킨다. 한편 〈유산가(遊山歌)〉, 〈적벽가(赤壁歌)〉, 〈제비가〉, 〈집장가(執杖歌)〉, 〈소춘향가(小春香歌)〉, 〈형장가(刑杖歌)〉, 〈선유가(船遊歌)〉, 〈평양가(平壤歌)〉의 8잡가와 〈달거리〉, 〈십장가(十杖歌)〉, 〈방물가(房物歌)〉, 〈출인가(出引歌)〉의 잡잡가를 합쳐서 12잡가라 하고, 이 밖에도 〈휘몰이잡가〉와 〈산타령〉 등의 경기잡가, 〈화초사거리〉, 〈보렴〉, 〈성주풀이〉, 〈새타령〉 등의 남도잡가, 〈공명가(孔明歌)〉, 〈사설공명가〉, 〈초한가(楚漢歌)〉, 〈제전(祭奠)〉 등의 서도잡가 등을 모두 합쳐서 잡가라 부른다.

이러한 잡가의 형성과 보급은 18·9세기에 소리꾼이라는 예능 집단이 생겨나게 된 것과 매우 관계가 깊다. 이들 가운데는 기녀(妓女)도 있고 사당패와 같은 연회 집단도 있어 그 성격은 매우 다양하였지만 이들이 예능을 팔아 생계를 유지하였다는 점에서 본다면 음악의 상품화와 관계가 깊다. 12잡가의 레파토리가 형성된 것이나 판소리 가운데서 흥미 있는 대목을 떼어 〈십장가〉나 〈소춘향가〉 등의 노래를 만든 것도 이러한 향유 방식의 변화와 관계가 깊다. 심지어는 시창(詩唱)이나 송서(誦書)까지도 전문 예능인의 연행 곡목이 되었던 점은 이를 더욱 확신하게 한다.

이런 사정을 더욱 명확하게 해 주는 것이 1910-20년대에 대량으로 출판된 잡가 관련 서적들이다. 일석 선생이 연구 자료로 삼은 것도 이들 가운데 하나인데, 이들은 대체로 '○○잡가'라는 책이름을 달고 있음을 본다. 이를 잡가라 한 것은 전문 소리꾼들이 노래하는 여러 종류의 것들을 한데 모았다는 뜻이겠는데, 이러한 점은 '박춘재(朴春載) 구술(口述)'(지송욱 편, 『신구 시행잡가』, 대동서림, 1916)이라거나 '절대 명창 홍도(紅桃) 강진(康津) 구술'(강희영, 『신구 유행잡가』, 세창서관, 1915) 등의 기록으로 보아 더욱 분명해진다.

이 때에 나온 잡가 관계 책들의 목차를 보면 소리꾼들이 엮어낸 잡가 이외에 시조나 가사까지를 모두 포함해서 잡가라고 하고 있음을 본다. 심한 경우에는 잡가라는 말도 아예 내던지고 '유행 창가'(강하형, 『남녀병창 유행창가』, 태화서관, 1923)로 못박은 책까지도 나오고 있다. 그러고 보면 잡가라는 용어가 소리꾼들이 지어내고 일반 서민들이 즐겨 부른 노래라는 일반적 규정이 타당하며 오늘날 가수들이 부르는 대중가요와 같은 성격의 것으로 볼 수 있다.

이희승의 저작에서 주로 다루어진 작품들이 대체로 이러한 잡가에 치중해 있다는 점은 매우 중요한 특색이라 할 수 있다. 그리고 『조선문학연구초』의 곳곳에서 그 노래말의 출처가 이들 활자본 잡가집이며 그 밖의 사본들을 참조하였음을 밝히고 있다.

이런 관점에서 본다면 이희승의 논저에서 '가사(歌詞)'로 표기한 것은 '가사(歌辭)'와는 다른 소리꾼 소리를 지칭한 것으로 보는 것이 옳고, 그런 점에서 보면 『역대조선문학정화』에서 동요를 포함하여 민요 작품을 6 편이나 게재한 사실과 함께, 당대에 유행하는 서민들의 노래에 대한 깊은 관심을 읽어 낼 수 있다.

생활로서의 고전문학 감상관

『조선문학연구초』나 『역대조선문학정화』의 표기는 모두 당시의 맞춤법에 따른 현대 국어로 되어 있다. 이 문제에 대해서는 『역대조선문학정화』를 살피면서 언급한 바와 같이 상권에서는 현대어로 하권에서는 원전대로 표기하겠다는 의지를 분명히 하였다. 이는 익숙한 데서부터 시작하여 나중에는 원전적인 가치와 의미까지를 아우르려고 했던 의도를 읽을 수 있다.

『조선문학연구초』는 작품 해설 여섯 편을 앞세운 다음 시조 기원론

등의 이론 추구를 뒤에 두었고, 『역대조선문학정화』는 장르 구분 없이 뒤섞되 시기적으로 나중 것을 먼저 싣는 역순을 택하였다. 이 점도 이미 살핀 바와 같이 '점진 계도주의'라는 교육적 배려가 이루어지고 있음을 본다.

『조선문학연구초』는 작품을 해설하되 주로 주석에 힘을 기울였고, 『역대조선문학정화』에서는 주석을 간략하게 줄이고 있다. 전자는 문맥과 관련지어 잘못된 표기나 불명확한 표현을 원전을 찾아 고증하고 있으며 후자는 어휘의 설명에 주력하고 있다. 전자는 해설 중심이면서도 고증을 주로 하는 논문 성격의 것임을 보여 주고, 후자는 작품 자체를 읽히기 위한 교재적 성격임을 보여 준다.

『조선문학연구초』에서 작품에 대한 해설은 대체로 (1)문화적 배경 (2)생활상의 효용 (3)연관 작품과의 관계 (4)함축적 의미의 추구 등에 중점을 두고 있다. 이는 노래에 대한 이해를 학구적 수준보다는 생활적 교양의 수준에서 수용하도록 권유하고 있는 것으로 이해된다.

「용비어천가의 해설(1)」과 「소설과 얘기책」 그리고 「고전문학에서 얻은 감상」이라는 세 글이 보여 주고 있는 것은 우리 문학의 전통에 대한 이해와 그 현대적 계승이라는 두 가지 명제다. 민족문학에 대한 자부심을 강조하면서 동시에 그러한 전통이 과거의 것으로 머물지 말고 오늘날에도 살아 숨쉬는 자질이 되어야 한다는 점을 강조하고 있다.

민족적 자부심으로서의 고전문학

지금까지 일석 선생의 고전문학 관계 논저를 개관하고 거기에 나타나 있는 특징을 나름대로 정리해 보았다. 이제 그러한 논저 활동에서 우리가 알아 낼 수 있는 것은 무엇인가? 국문학 연구의 제1세대 한 학자의 학문하는 지향이 무엇이었던가 하는 문제를 중심으로 하여 생각해 보고자 한다. 학문은 한 개인의 활동이라는 의미 이전에 사회적 삶과 지식사에 관련되는 문제이므로, 이희승이 추구한 문학의 의미는 무엇인가를 중심으로 정리해 본다. 이는 곧 일석 선생의 문학관, 특히 고전문학을 보는 관점을 헤아리는 일이 될 것이다.

비록 완성되지 못한 글이지만 「용비어천가의 해설(1)」은 그 작품이 어떤 의의를 지니는가에 초점을 맞추어 서술되어 있다. 우리 문화가 별수 없이 중국의 영향 아래 놓여 있었지만, 그럼에도 불구하고 민족적 역량을 담고 있는 문화적 유산이 상당하며, 한글의 창제 그리고 활자의 발명이나 첨성대의 존재 못지 않은 존재로서 〈용비어천가〉가 있다고 강조한 것을 본다.

〈용비어천가〉는 한글의 창제라는 역사적 사실과 궤를 같이하는 자주성의 표현이며, 그것이 한글을 사용한 것이라는 점에서도 민족적 자부심을 상징하는 것임을 강조하였다. 이는 민족문화의 우수성에 대한 자각을 겨냥한 것이라고 볼 수 있다.

이러한 자각은 민족문학에 대한 충분한 이해와 더불어 가능하다는 취지에서 쓴 글이 바로 〈용비어천가〉 해설이며, 그 밖에도 「고전문학에서 얻은 감상」은 우리 고전문학의 장단점을 내용과 형식면에서 구체적으로 지적한 글이다. 이러한 지적에 이어 장점에 못지 않게 결점도 있음을 강조하면서 고전문학이 지니고 있는 전통이 오늘날에도 새롭게 조명되고 계승되어야 한다는 점을 분명히 하였다. 「소설과 얘기책」 또한 이런 취지를 담고 있다.

이 세 글이 내포하고 있는 민족문학에 대한 자부심은 곧 오늘에 되살려져야 한다는 것을 강조하는 전통론으로 이어진다. 그 동안 우리 문학의 전통에 관한 논의가 많이 있어 왔지만 이 글이 집필된 1930년대가 모더니즘의 드높은 파도에 흔들리던 서양문학 지향의 시기였다는 점을 상기할 필요가 있을 것이다. 이미 이식문화론을 외치고 민족개조론을 부르짖은 사람까지 나서는 등 민족과 사회가 격변의 소용돌이에 있었고 서구 문명에의 동화가 곧 개화라는 인식이 팽배해 있었던 시대 분위기를 감안할 때 이러한 민족적 자부심으로서의 고전문학 전통론이 어떤 의의를 지니는가는 자명해진다고 하겠다.

살아 숨쉬는 문학의 지향

이희승이 문학의 역할을 어떻게 보았는지를 분명히 드러내어 적은 표현은 보이지 않는다. 그러나 우리는 몇 가지 사실을 통해 그러한 관점을 간접적으로나마 추리할 수 있다.

우선 일석 선생의 논저에서 다루고 있는 고전문학이 당대의 유행가라고 할 수 있는 잡가에 집중되어 있는 점을 가지고 생각해 보자. 이러한 관심이 매우 특이한 사실이라는 점은 1947년에 펴낸 이명선(李明善) 편의 『조선고전문학독본』(선문사)에 실린 시가 작품의 목록과 대비해 보면 금방 드러난다. 이 책은 〈황조가〉에서부터 향가와 가사 그리고 시조 작품을 시대순으로 싣고 있다. 이 책에도 민요 두 편과 잡가 두 편이 실려 있기는 하지만 비중으로 볼 때 구색 맞추기 정도이고 중점은 옛 문헌 중심의 작품들이다.

그러한 일례로, 가사 작품을 싣는 데도 이명선은 정철(鄭澈), 박인로(朴仁老)의 가사를 싣고 있는 데 반해 이희승은 〈우부가(愚夫歌)〉며 〈용부가(庸婦歌)〉 그리고 〈백발탄(白髮嘆)〉 등을 싣고 있음을 본다. 후자는 이른바 서민가사라고 해서 최근에야 관심이 집중된 작품들임을 상기한다면 일석 선생의 고전작품에 대한 관심이 문학적 고아성(古雅性)보다는 현실적 생동성에 있었음을 짐작할 수 있다.

이러한 감식안은 문학이 학문의 대상으로 끝나거나 고리타분한 고전으로 머물러 있지 말고 오늘날에도 살아 숨쉬어야 한다는 취지에 바탕을 두었기에 가능했던 것이라고 짐작한다. 그러기에 당대의 소리꾼들이 돈벌이의 자재로 삼았던 잡가에 대해서도 주저 없이 학문의 이름으로 접근할 수 있었을 것이다. 고전문학이라는 말이 풍기는 옛스러움과 근엄함 같은 것보다는 이 시대에 의의를 갖는 문학이라야 한다는 의지의 표현일 것으로 추측된다.

이러한 태도가 좀더 분명하게 나타난 것은, 고전문학의 전통이 오늘날에 되살려져야 한다고 주장한 「소설과 얘기책」과 「고전문학에서 얻은 감상」의 두 글이다. 이 글들은 고전의 전통이 현대에 계승되어야 한다는 전통론에 주안점이 있다. 그러나 이 말의 뒷면을 헤아리면, 문학의 전통은 현재적 의의를 가질 수 있어야 한다는 지향이 아닌가 싶다. 그러기에 계승해야 할 장점과 함께 극복되어야 할 결점도 지적하였을 것이다.

이희승의 이러한 문학관은 우리에게 시사하는 바가 크다. 잡가에 대한 연구가 최근에야 관심사로 등장하게 된 점도 그러하거니와 우리 국문학 연구에서 구비문학을 수용하는 과정이 얼마나 힘든 것이었나를 생각하면 이희승의 문학관이 얼마나 강렬한 당대성의 중시였던가를 헤아릴 수 있다고 본다.

생활문화로서의 문학을 겨냥

〈새타령〉에 대한 해설에서 '가야금을 곁들인 이 노래를 들으면서 황홀한 경지에 들어가는 것'을 생활화하고 특히 '현대의 조선 여성이 가야금을 타면서 〈새타령〉 정도는 부르도록 일반화되어야 한다'고 한 부분이 있다. 잡가를 주된 연구 대상으로 삼은 점과 아울러 눈에 띠는 대목이다.

이는 문학, 그것도 고전문학이 단순히 연구의 대상이기만 해서는 안

되고 생활화되는 문화의 하나라야 한다는 관점의 표백으로 보인다. 이런 시각은 〈토끼화상〉과 판소리 〈수궁가〉의 관계를 설명한 것이라든가 우리나라에서 〈소상팔경〉을 노래하게 된 까닭을 설명한 부분 그리고 〈유산가〉의 흥취는 증점(曾點)과 맹자 이래 오늘날의 하이킹에 이르기까지 모두가 즐기는 데서 오는 것이며 이것이 생활 그 자체임을 강조한 대목 등에서도 재확인된다. 문학은 문학연구가의 전유물이거나 학습의 대상이기만 해서는 안 되고 우리 생활 속에서 생활을 풍요롭게 하는 생활 그 자체의 자료여야 한다는 관점의 표출이라고 할 수 있다.

이러한 관점에서 고전문학을 보았기에 작품의 표기는 한사코 현대어로 한 것으로 이해된다. 고전 표기가 주는 낯선 느낌은 작품 감상 이전에 읽기에 대한 두려움을 갖게 하는 혐의가 없지 않다. 오늘날에도 고등학교 교과서에 고전을 꼭 고전 표기로만 실어야 하는가 하는 논의가 있는 것은 이 때문이다. 오늘날의 논의가 이러한데 일석 선생은 이미 60여년 전에 그 일을 실제로 하고 있으니 문학과 생활의 관련에 대한 선구적 안목을 엿보게 된다.

그런가 하면 『역대조선문학정화』가 장르의 구분 없이 시대의 역순으로 작품을 실은 것도 예사롭지 않은 일이다. 장르의 분류라든가 시대순 배열은 연구자의 체계적 이해를 위해서는 도움이 될 것이다. 그러나 오늘날에도 지나친 장르론적 속박이 작품 자체의 이해를 좌우하고 경색되게 하는 경우가 있음을 생각하면, 체계화는 연구자의 몫일 따름이고 일반 생활인에게는 장르와 시대에 구애됨이 없이 오늘날 생활을 위한 문화 자재가 되어 주는 것이 바람직하다고 할 수 있다.

그리고 보면, 이희승의 교양 중심의 작품 감상 목표나 현대어 표기 그리고 체계보다는 작품 위주로 편집한 편차에서 문학을 생활문화로 보는 선진적 관점을 읽을 수가 있다. 오늘날 종합대학에서 교양과목으로서의 문학 과목에 대한 논란이 없지 않음을 생각하면 생활문화로서의 문학이라는 관점이 지닌 의의는 재음미할 필요가 있지 않은가 싶다.

연구의 발자취를 더듬는 의의

이 글의 초점은 일석 이희승의 학자적 가치를 빛내기 위함에 있지 않았다. 그보다는 국문학 연구의 제1세대라 할 한 학자의 연구 족적(足跡)을 더듬어 오늘날 우리에게 던지는 의미를 생각해 보자는 것이었다. 그리고 이희승의 연구는 그럴 만한 가치가 있었음을 우리에게 확인시켜 주었다.

그런 확인은 그 연구 결과가 우수해서라기보다 문학에 대한 인식의 정당성 때문이다. 잘 알려진 바와 같이 이희승은 문학자라기보다는 어학자로 분류된다. 연구의 양으로 보더라도 문학 연구가 그리 많은 편에 속한다고는 하기 어렵다. 그럼에도 불구하고 그의 연구가 지향했던 방향은 오늘날의 문학 연구자에게 많은 것을 시사한다.

그러한 의미를 우리는 문학을 생활문화로 보고, 민족문화로 보았으며, 특히 고전문학을 오늘날에도 살아 숨쉬어야 할 가치 있는 대상으로 보았다는 점에서 찾는다. 시가 본디 만인의 것이었음에도 불구하고 시인들이 그것을 독점함으로써 세인(世人)과 멀어졌듯이 고전문학은 물론이고 문학 일반에 이르기까지 문학을 문학자의 전유물인양 여긴 탓으로 문학은 사람들의 곁을 떠났다. 아니 문학이 떠난 것이 아니라 사람들이 문학을 외면하게 되었다.

이것이 오늘날의 현실임을 생각할 때 국문학 연구의 제1세대 가운데 한 사람이 문학의 생활화를 강조하고 그것을 위해 역량을 모아 쉽게 풀이하고 친숙하도록 도모하였다는 것은 그 연구의 수준을 논하기 전에 연구의 방향으로서 존중되어야 한다고 본다. 이러한 판단은 오늘날 문학 또는 문학 연구가 학문의 장인 대학에서조차 빛을 잃어 가고 있는 현상과의 대조에서 온다.

사실 국문학 연구 제1세대 시기는 '그것이 무엇인가'를 설명하는 일만으로도 힘에 겨웠던 것이 사실이다. 그래서 많은 학자들이 그 일에 골몰하였다. 그러는 가운데서도 문학이 시렁 위에 진열된 별난 물건이 아니라 생활의 표상이며 생활의 도구라는 점에 역점을 둔 사람이 이희승이었다. 이제 뒤늦었을지라도 문학의 이러한 측면에 조명을 가함으로써 문학 연구의 새 길을 찾아 나서는 일은 우리의 몫이라고 본다.

이희승의 국문학 연구는 그런 뜻에서 값진 것임을 새삼 확인한다는 것이 이 글의 결론이다.

서사와 소설에 관한 논의

―장르론적 필요와 문학의 본질 문제

분류론적 의문

우리 문학의 연구사 가운데 매우 강렬한 인상을 주는 것이 이른바 장르론이다. 서구의 장르 구분 삼분법을 넘어서서 우리 나름의 사분법을 수립한 것으로 우리 연구사는 채워져 있다. 이러한 논의는 매우 획기적이고 의미 있는 것이라 할 수 있다. 그것은 우리가 서구의 이론에 목을 매단 채 끌려 가고 있지 않음을 보여줌과 동시에 우리 이론의 세계화라는 소망스런 목표도 떠올릴 수 있게 해 주었기 때문이다.

그러나 아직도 이 방면에는 논의의 여지가 없지 않다는 문제 의식을 가지고 이 문제를 바라볼 필요가 있다. 분류가 대상의 본질을 제대로 이해하고자 하는 데도 목적을 두고 있다면 장르 분류도 이러한 목적에 부합해야 함은 당연하다. 그러나 그것이 꼭 그런 결과만을 낳는 것은 아니라는 데 문제가 있다. 해묵은 논의라 할 수 있는 장르의 문제를 다시 꺼내어 도마 위에 올리는 까닭이 여기에 있다.

그것은 이런 의문으로 시작된다. 소설(小說)이 서사(敍事)라는 데는 이론의 여지가 없어 보인다. 그러나 그 역(逆)도 곧 참은 아니다. 오늘날의 문학만을 놓고 보면 부분적으로 참이 될 수도 있으나 문학사를 들여다 보면 서사가 곧 소설일 수는 없다. 이것은 무엇을 의미하는가? 서사와 소설에는 분명한 거리가 있음을 뜻하는 것으로 볼 수 있다. 그 거리는 무엇인가 — 이 글이 문제로 삼는 첫번째 화제이다.

〈일동장유가(日東壯遊歌)〉는 서사적인 가사라는 데 이론의 여지가 없어 보인다. 그러나 서사와 가사가 장르의 유(類)와 종(種)으로서 친연 관계에 있다고 말하는 일은 우리 장르 구분에서는 받아들여지지 않는다. 가사는 교술(教述)로 분류되어야 한다는 인식 때문이다. 그렇다면 작품의 성격으로는 서사이되 그 장르 귀속은 서사일 수가 없는 분류는 당착이라고 할 수밖에 없다. 왜 그런 일이 생기는가 — 이 글이 문제로 삼는 두번째 화제이다.

설화(說話)를 서사로 설명하는 데는 이론의 여지가 없으나 이를 굳이 소설과 연관지어 설명하려는 노력이 강렬하다 못해 치열할 정도이다. 서사라고 해 두는 것과 소설에 가깝다고 하는 것 사이에 어떤 차이가 있기에 그리하는가? 이런 질문이 성립되려면 서사와 소설 사이에는 분명한 거리가 있음이 전제되어야 하는데 소설이라는 개념이 나중에 등장하는 것으로 보아 그 거리는 역사적 변화와 깊은 관련을 가질 것으로 보인다. 역사적 변화가 뜻하는 바는 무엇인가 — 이 글이 문제로 삼는 세번째 화제이다.

이 글이 문제 삼고자 하는 바는 이 세 가지이지만 서사와 소설의 관계가 이미 암시하듯이 이 문제들은 궁극적으로 서사문학의 장르론과 문학사적 전개에 깊은 연관을 가지게 된다. 따라서 '서사'와 '소설'의 용례로부터 이 문제를 살펴 나가되 장르론과 문학사를 겨냥하면서 논의를 진행하고자 한다.

이런 목표는 실제 비평보다 논리적 분별에 의지하여 달성될 것임을 시사한다. 고로 다분히 원론적인 데서부터 재점검하는 관점으로 이 목표에 접근하고자 한다.

서사가 장르 분류 가운데 중요한 한 항목임은 분명하다. 그 분류가 삼분법이든 사분법이든 서사를 포함하지 않는 분류는 아직 볼 수 없다.

물론 프라이(N. Frye)나 헤르나디(P. Hernadi)식의 분류라면 문제는 다르겠지만 이들의 분류는 장르론을 넘어서는 차원의 논의이기에 서사의 성격을 문제 삼는 자리에서는 심각하게 고려하지 않아도 될 것이다.

그런데 흥미로운 사실은 장르를 분류하는 원론적인 논의에서만 서사가 관심사로 등장할 따름이고 그 하위 분류라 할 수 있는 장르종을 살필 때에는 별로 주목하지 않는다는 점이다. 문학에 관한 이론적 접근의 시작 단계라 할 수 있는 '문학개론'류의 책들이 그러하다. 서사라는 용어는 장르 분류를 설명하는 부분에서만 볼 수 있다. 정작 각론(各論)에 들어가게 되면 공들여 설명해 놓은 서정·서사·극 등의 분류는 까마득히 사라져 버린다. 그 대신 우리가 볼 수 있는 것은 시·소설·희곡 등이다.

왜 그러할까? 그 이유를 이렇게 생각할 수도 있겠다. '문학개론'이란 아무래도 현대문학 중심의 설명서이고 현대문학에서는 서사 장르가 소설로 굳혀져 있으므로 중언부언할 것 없이 곧바로 소설로 들어갔으리라. 소설이 서사의 대표격이고 당대의 문학에서 맹위를 떨치고 있으므로 그럴 법하다는 생각도 든다.

서사문학의 대표적인 예가 소설이라는 데는 누구나 동의할 것이다. 그러나 소설이 아닌 서사문학이 얼마든지 있어 왔다는 점에 비추어 보건대 앞으로도 소설 아닌 서사문학이 얼마든지 태동할 수 있을 것이라는 가정이 가능하다. 이런 점에서 본다면 서사를 곧바로 소설로 치환하여 설명하는 것은 아무래도 사리에 맞지 않는 것으로 느껴진다. 그런데도 그러하다면 그것은 무슨 이유 때문에 그러한가?

이런 의문이 예사롭지 않은 것은 '국문학개론'류의 책들에서도 '문학개론'류와 같은 태도가 되풀이되기 때문이다. 서정·서사·극 등의 장르 분류가 그 책에서 논의되건 말건4) 상관없이 각론은 상고시가로부터 시작

---

4) 대부분의 '국문학개론'들은 장르 분류의 수고를 생략하고 있다. 그 까닭을 두 가지 정도로 추정해 볼 수 있다. 하나는, 장르론이 '문학개론'류에서 다루어야 적당한 화제라고 판단했을 가능성이다. 또 하나는, '국문학개론'이

되는 역사적 장르의 시대순에 따른 배열을 보여 주는 것이 이 방면 저
술물의 공통점이다. 개론의 서술이 전체의 조감과 세부의 확인에 목적
이 있다면, 그 진술은 체계적인 분류에 의지할 때 총체성과 체계성을
확보하는 데 효과적이리라는 예상을 대부분의 개론서들이 깨뜨리고 있
다.5)

여기서 의문이 구체화한다. 서사와 소설의 관계가 유(類)와 종(種)으
로서 선조적(線條的)으로 연결되기는 어려운 분류가 아닌가 하는 점이
다. 소설은 순수한 서사일 따름이라고 하기 어려운 요소가 있는 것이
아닌가, 서사로 분류되지 않는 여타의 장르들 가운데도 서사일 수 있는
작품이 있을 수 있는 것이 아닌가 — 이런 의문은 서사가 '범주의 개념이
아니라 좌표의 개념'이라는 김흥규(金興圭)(『한국문학의 이해』, 민음사,
1986)의 관점에 대한 재음미가 필요하겠다는 생각으로까지 나아가게
만든다.

본질론적 의문

서사에 속하는 장르종은 매우 다양하지만 그 다양한 것들을 서사와
서사 아닌 것으로 구분하는 관점은 같지 않다.

소설(고전소설·신소설·현대소설)과 설화(신화·전설·민담)가 서사에 속한
다고 보는 것은 어느 경우나 공통되지만 그 밖의 서사적인 것에 대해서

이 방면을 공부하는 사람에게 입문서적 구실을 한다는 점과 관련하여 그 수
준에서 난삽하고 논란이 많은 장르론을 펼쳐 보이는 것이 무리라고 판단했
을 가능성이다. 이 점에서 보면 장덕순의 『국문학통론』(신구문화사, 1960)
은 비교적 이른 시기에 장르론적 성찰을 보여 주는 저서인 셈이다.

5) 이런 점에서 예외적인 서술을 하고 있는 개론서가 김흥규의 『한국문학의
이해』(민음사, 1986)이다. 서정적 갈래, 서사적 갈래, 교술적 갈래, 희곡적
갈래, 중간·혼합적 갈래의 다섯으로 나누어 역사적 장르 종들을 설명하고
있음은 이채롭기까지 하다.

는 견해가 엇갈린다. 판소리, 서사무가, 서사민요를 서사 장르로 분류하는 견해가 있는가 하면 금석문(金石文), 인물전(人物傳), 가전(假傳), 몽유록(夢遊錄), 야담(野談), 시화(詩話) 등까지를 서사에 포함하기도 한다. 여기에 일기, 내간(內簡), 기행, 잡필(雜筆), 가사(歌辭)까지를 수필로 묶어 이를 서사에 포함한 분류까지도 있다.

그런가 하면, 문학사적 서술에서 두드러지게 나타나는 성격 규정도 문제가 된다. '전(傳)'과 '몽유양식(夢遊樣式)'이 그 대표적인 예인데 이 양식들을 논의하는 데 주된 관심은 그것이 소설이냐 아니냐에 있는 점이 흥미롭다.

전(傳)이 '소설이냐 교술이냐' 하는 물음이 그 한 예가 되겠는데 '서사냐 교술이냐'라고 묻지 않고 그 전에 벌써 소설로 달려가 버린 질문 방식에서 한 가지 함축을 발견하게 된다. 그 함축은 서사 가운데에서도 문학으로 성립되는 서사는 소설이라는 생각일 것으로 추정된다. 몽유양식에 관한 논의에서도 사정은 비슷하다. 〈조신전(調信傳)〉을 '몽유전기소설'로 〈원생몽유록(元生夢遊錄)〉을 '몽유록'으로 〈구운몽(九雲夢)〉을 '몽유장편소설'로 분류하는 신재홍(申載弘)(『한국몽유소설연구』, 계명문화사, 1994)의 방식에서도 서사의 문학성은 소설적 성격으로 설명될 수 있다는 함축을 감지할 수 있다.

이런 관점은 소설이 서사문학의 전부라는 생각으로 쉽사리 나아가는 듯하다. 그러기에 '고소설 원류로서의 신화'가 화제가 되고, 『삼국사기(三國史記)』 열전(列傳)의 소설사적 위상'이나 '가전(假傳)의 소설사적 위치' 등이 논의의 과제로 떠오를 수 있게 된 듯하다. 이런 화제들은 서사적 성격을 지닌 것이라면 소설사적 맥락에서 친연성이 인정되어야만 비로소 서사문학에 속할 수 있다는 견해를 반영하는 것처럼 보이기까지 한다.

소설이 서사문학을 대표할 만한 장르라는 데 동의한다 하더라도 모든 서사 양식이 다투어 소설사의 맥락에 편입되고자 노력해야 할 필요는 무엇인가 하는 의문이 없지 않다. 오늘의 서사문학이라 할 수 있는 소설이라는 양식이 있기까지의 과정을 유기적으로 추구하려는 노력이 그런 현상으로 나타난 것이라고 하더라도 이런 노력이 과도하면 문학사의 전개를 오히려 단선화(單線化)하는 데 이르지 않을까 염려된다.

거듭 확인하지만 소설은 서사이지만 그 역(逆)도 참은 아니다. 그런데도 문제가 이렇듯이 뒤얽혀 있다. 이런 뒤얽힘을 푸는 데는 서사의 본질이 관건(關鍵)이 된다. 본질론적 의문을 제기하여 과연 '서사=소설'이 어느 방향에서나 가능한가를 살피면 서사와 소설의 거리가 어느만큼은 드러날 것이다.

서사의 외연과 내포

당연한 것이 오히려 이상하게 여겨지고 이상한 것이 도리어 당연하게 여겨지는 경우가 있다. '서사문학'이라는 용어를 영어로 어떻게 표기하는지가 명확하지 않다는 것은 이런 이상함과 당연함의 관계를 반추하게 한다. 외국 이론에 주눅이 들어서가 아니다. 우리 문학이 국지성(局地性)을 벗어나 당당한 보편성을 획득하기 위해서도 용어의 공통성 정도는 갖추어야 할 것이라고 생각한다. 그런데 그것이 없다.

더욱 놀라운 것은 국어사전이나 문학용어사전에 서사문학이 등재되지 않았다는 사실이다. 문학용어사전이라는 것이 대체로 외국의 것을 토대로 해서 만든 것이기에 그리 된 것인가 추리해 보지만 국어사전에조차도 그것이 없는 것은 문학용어사전의 영향이겠는지 아니면 서사문학이란 용어 자체가 이미 사라진 용어라서 그런 것인지 헤아리기가 쉽지 않다. 서사문학이란 용어는 소설이라는 용어로 대치되어 버린 것인가 하는 생각조차 갖게 한다.

그렇다면 서사문학이라는 용어의 외연(外延)과 내포(內包)가 무엇인 지를 다시 한 번 정리할 필요가 있다. 이를 위하여 이 용어의 역사와 용례를 더듬어 봄으로써 그 개념과 실상이 분명해지리라는 생각을 갖게 된다.

별로 유쾌하지는 않지만 우리가 서사라는 개념을 알고 그에 기반하여 장르론을 전개해 나갈 수 있었던 것은 서사시(epic)에 관한 설명 덕택 이었을 것이다. '한국에 서사시가 있느냐'든가, '김동환(金東煥)의 〈국경 (國境)의 밤〉이 서사시냐 아니냐'든가 하는 화제는 그 개념적 기반을 서 구의 서사시에 둔 것임을 부인하기 어렵다.

그런가 하면 오늘날 우리가 말하는 서사가 서사시의 그것과는 얼마간 의 거리가 있다는 점은 명백하다. 그러나 정확하게 서사문학이란 무엇 이냐고 물을 때 그 대답은 수월하지가 않다. 그것은 '작품외적 자아의 개입으로 자아와 세계의 대결을 보여 주는 불완전 특정 전환 표현'이라 고 말하고 나면 끝나 버리는 그런 자질만으로 서사문학을 다 설명할 수 있는 것은 분명 아니다.

그렇다면 서사문학의 본질은 무엇인가? 교과서적으로 대답할 수 있 다. 그 기본 요건은 '서술자'와 '일정한 사건을 갖춘 이야기'이며 '어떤 인물이 특정한 상황 속에서 겪어 나아가는 일련의 사건'을 내용으로 삼 는다. 따라서 인물, 사건, 배경이 서사를 이루는 기본 요소이며 이야기 를 엮고 인물과 환경을 묘사해 나아가는 작가의 허구적·상상적 개입이 서사문학의 본질적 특성이라고 말한다.

이 정의는 서사시의 그것과 사뭇 다르다. 고로 이 설명적 정의는 분 명히 새로 정립된 서사문학의 개념으로 보아 무방할 것이다. 그 소종래 (所從來)를 알 길은 없으나 이 설명은 서구문학에서 말하는 '이야기 (narrative)'의 정의와 흡사하다.

그 쪽의 설명에 따르면, 이야기는 주제로 모아지는 연속적 사건

(event)을 줄거리(story)로 이야기(narrate)하는 것으로 정의된다. 여기서 말하는 사건은 실제 또는 허구일 수 있으며 줄거리는 과정과 대상 및 행위가 구조화하여 이루어진다. 설명자에 따라 약간씩의 차이를 보이기는 하지만 서사의 본질은 결국 사건이나 일의 경과를 표현하는 것인데 사건이나 일은 주체인 인물을 필요로 하며 그가 말하고 행동하는 것이 줄거리를 이루도록 이야기하는 서술자를 필요로 한다는 것이 요건화한다.

흥미로운 것은 여기서의 사건이 실제의 것이거나 허구의 것이거나 무관하다는 점이다. 그래서 서양의 *Narrative in Culture*(Christopher Nash ed., Routledge, 1990)같은 책은 정치, 경제, 법률, 과학, 역사 등 생활 담화에서의 이야기성까지를 논하는 등 폭넓은 태도를 보인다. 여기서의 narrative는 우리가 말하는 서사라 할 수 있으며 그러기에 narrative를 이야기라고 번역하는 대신에 서사라고 해도 무방할 듯하다. 그러나 이 서사는 그러한 구조를 갖춘 문학까지를 포함하는 보다 상위의 개념이라는 점에 유념할 필요가 있다.

서사의 개념이 이러하고 보면 그것은 수사학적 개념에 뿌리를 두고 있는 것임이 짐작된다. 일례로 브룩스(C. Brooks)와 워렌(R. P. Warren)의 *Modern Rhetoric*(Harcourt, Brace & World, 1970) 같은 수사학 이론서는 서사(narration)를 '무슨 일이 일어났는가(what happen)'에 대한 대답의 진술 방식으로서 상황 속에서 일어나는 일련의 사건을 줄거리로 하는 행위의 표현으로 정의한다. 이를 통하여 서구에서 회자되는 이야기 이론 즉 서사 이론이 수사학적 정의와 그리 멀지 않다는 점을 확인할 수 있다. 그것은 인과적 관점에서 서술하는 사건의 기술이다. 인과적 관점이 결여되면 줄거리가 형성되지 않고 사건이 없으면 서사 아닌 묘사(description)가 되어 버린다. 이것이 서사의 본질이다.

문제는 '서사=소설=허구'라는 인식에 있다. 서사문학을 설명할 때 서사적 요소는 수사학의 설명을 빌고 그 문학성은 허구성을 비는 설명이 필요해 진 까닭은 서사문학의 개념을 수사학과 소설론의 혼합으로 이루어 내는 데서 비롯된 것으로 추정된다. 서사와 소설의 거리를 살피기 위해서 이 허구성의 문제를 따져 볼 차례가 되었다.

허구성의 허실

우리의 서사문학 정의가 수사학의 서사와 다른 점은 '허구성'의 유무가 아닌가 싶다. 수사학에서 말하는 서사는 허구이거나 진실이거나를 문제 삼지 않는다. 고로 같은 서사라도 허구성을 지니면 서사문학이 된다고 할 수도 있겠다.

서구에서도 허구성을 뜻하는 fiction이라는 용어가 소설(novel)이나 단편소설(short story)의 동의어로 인식되거나 그에 관련하여 사용되는 경우가 많다고 한다. 소설은 '산문으로 된 허구'라고 정의하는 경우가 그 전형적 예가 되겠다.

그러나 허구성이란 하나의 성격이고 소설이란 역사적 형식이라는 점을 분명히 할 필요가 있다. fiction이라는 말이 넓은 의미로는 율문/산문에 관계 없이 창조된 사건을 기술한 문학적 서사물을 뜻하기도 한다는 설명은 서사와 소설이 동의어가 아님을 입증한다. 더구나 문학용어사전(Jeremy Hawthorn, *A Glossary of Contemporary Literary Theory*, Edward Arnold, 1993)이 말해 주듯이 fiction이라는 용어가 플롯이나 행위에 의해 구현되는 이상, 신념, 세계관, 메시지 등으로 정의된다면 허구성이 곧 소설을 뜻하는 것으로 이 용어를 사용하는 것은 위험하게까지 되었다.

서사문학의 역사에 포함될 만한 장르들을 소설에 연관시켜 그 친연관계를 명시하려는 노력은 이래서 적절하다 하기 어렵다. 많은 논자들이 이미 지적한 바이지만 허구성의 잣대로 문학 여부를 판단하는 일에서 타당성이 발견되지 않기 때문이다. 우리가 허구성이라고 생각하는 것이 실은 허구성이 아닐 수도 있음은 허구와 진실의 구분이 큰 의미를 갖지 않는다는 것을 뜻하며 허구성이 없는 것을 표방하는 작품도 당당하게 문학의 반열에 서 있다는 것은 허구성이 곧 문학 성립의 충분조건이 아님을 보여 준다 하겠다.

설화의 예를 가지고 생각해 본다. 인물전(人物傳) 같은 양식을 서사문학으로 보는 데 주저가 많은 경우에도 신화·전설·민담을 서사문학으로 규정하는 데는 별다른 망설임이 없다. 인물전에는 허구성이 없는데 반해 설화에는 허구성이 있기 때문에 그럴 것이다. 결국 문학 혹은 서사문학으로서의 분류 여부는 허구성의 유무에 달려 있게 된다.

이런 기준에서 보아 인물전이 서사문학이 아닌 교술로 분류될 때 거기에는 필연적으로 '작품외적 세계의 지향'이 중시되게 마련이다. 작품 외적 세계의 지향이란 허구가 아니라 사실의 제시임을 뜻하는 말로서 이 말은 결국 문학성이 떨어진다는 암묵적 내포를 지닌다. 창조된 것이 아니라 기록된 것이라는 경멸의 뜻도 포함되어 있음이 간파된다.

그러면 허구성이 분명하다는 설화는 과연 허구로 규정하여 끝나고 마는지를 검토할 필요가 있다. 제의학파(祭儀學派)에 따르면 신화는 제의(祭儀)의 구술상관물(口述相關物)이다. 따라서 제의가 허구적 놀이라고 할 수 없는 한 신화는 허구일 수 없다. 실재(實在)를 논할 때 심리적 실재를 도외시할 수 없다면 신화는 허구가 아니라는 규정이 가능하다. 종교적 설화에서는 이 실재성이 더욱 부각된다. 설화를 허구라고 하는 것은 객관적 실증주의 또는 과학적 합리주의의 관점에 설 때만 자신 있게 말할 수 있을 따름이다.

허구라는 말은 '진실'과 양가적(兩價的)·대립적으로 사용됨으로써 거짓이라는 가치 판단적 의미가 강하게 내포되어 있다. 거짓이란 사실과 다르다는 뜻이며, 사실에 부합하지 않는다는 것은 그 지시물(referent)에 일치하지 않음을 뜻한다는 리챠즈(I.A. Richards)류의 설명에 그 판단 근거를 두고 있다. 그러나 허구라는 것 또한 황당한 꾸며냄이 아니라 사실에 대한 인식에서 이루어지는 것임을 생각해 보면 리챠즈의 분류는 소박한 것이 된다.

화행이론(話行理論)을 비롯한 많은 연구자들이 허구를 세계에 대한 인식의 표현으로 보고, 그 명제가 곧 주제이며 그 수용은 독자의 믿음에 달려 있다고 한 것은 실증적 관점에서만 허구와 진실을 판별하는 일이 무의미함을 보여 준다. 설화를 허구적이라고 한다 해도 그것을 말하고 들었던 사람의 믿음과 해석 태도에서 결코 우리가 가지고 있는 것과 같은 거짓의 내포는 발견하기 어려울 것이다. 이를 일러 설화의 사실성이라고 해도 무방할 것이다.

설화의 사실성이 받아들여진다면 허구성은 더 이상 문학 여부를 판가름하는 열쇠일 수가 없게 된다. 굳이 우리가 허구성을 규정하여 말해야 한다면 그것은 하나의 인식 태도이며 허구적 서사는 그 표현일 따름이다. 따라서 이것만이 문학이며, 그래야만 서사문학일 수 있고, 그래서 소설이 서사문학의 본질이라고 말한다면 그것은 지나치게 낭만주의적 전통에 충실한 사람이기 때문일 것이다.

서사적 인식의 문제

사람들은 왜 서사하는가라는 질문을 앞세운 헤르나디(P. Hernadi)의 분석(On the How, What, and Why of Narrative, W. T. J. Mitchell ed., *On Narrative*, The University of Chicago Press, 1981)은 서사문학을 이해하는 데 시사하는 바가 크다. 그는 서사의 궁극적 동기를 '자기 주장'과 '자기 초절(超絶)'의 두 축으로 설명한다.

인간은 아무것도 존재하지 않음으로써 텅 빈 마음의 상태를 벗어나기 위하여 무엇인가의 존재를 채워 넣음으로써 긴장하고 흥분하게 된다. 이 존재를 채워 넣는 일은 누군가에게 '이야기하는' 모습으로 나타나게 되며 그러한 이야기의 향유가 곧 텅빈 부재(不在)로부터 빠져 나와 자기를 내세우는 '자기 주장'의 측면이다.

인간은 또 남과 관계를 맺으면서 살아 나가는 사회적 존재이므로 무관심에서 오는 소외를 견디기가 어렵다. 이 사회적 관계 혹은 우주적 관계를 구체적으로 이해하고 이를 다시 설명하는 것은 '자기 초절'의 측면이다. 이야기한다는 것은 홀로 고립된 개인으로서의 자기를 벗어나와 자신 역시 사회의 문화적 코드 안에 있음을 확인하면서 그 공유된 규범에 동화하는 일이기 때문이다.

자기 주장과 자기 초절은 자기 존재 확인의 양축으로서 손바닥의 양면처럼 작용한다. 이 양면의 동기는 서사를 사회적 맥락 속에서 파악함으로써 확인될 수 있는 요소다. 이런 관점에서 본다면 narrative를 서사보다 이야기라고 번역하는 것이 적당할 것으로 보인다. 그러나 단순한 대화로서의 이야기가 아니라 줄거리를 이루는 사건을 포함하는 이야기 행위라는 점에서 본다면 서사라는 용어가 오히려 적당하다.

헤르나디는 narrative의 대화적 성격에 주목함으로써 서사의 사회적 맥락을 드러내었다. 이 점은 서사의 창작 동기를 설명하는 데도 유익할 것이다. 문학의 창작 동기를 설명하려면 상업주의 시대의 직업적인 작가를 떠올리는 것은 무모하다. 이 점은 설화의 경우를 생각하면 자명해진다. 서사는 그것이 문학이거나 비문학이거나 간에 그 동기는 자기 선언과 자기 초절을 통한 자기 존재의 언어적 실현이라 할 수 있다.

보다 중요한 문제는 어떻게 해서 서사가 이루어지는가 하는 문제이다. 가장 손쉬운 답은 수사학적 설명에서 찾을 수 있다. 널리 알려진 바와 같이 서사는 '무엇이 일어났는가'에 대한 대답으로서의 진술로 설명된다. 무엇이 일어났는가는 필연적으로 사건을 포함할 것을 요구한다. 여기서 사건이란 일의 경과 또는 인과를 내포한다. 순간으로서의 사건은 있을 수 없고 그것이 그리 되기까지의 과정이 반드시 있게 마련이다.

사건의 성격이 이렇다는 것은 우리가 대상을 동태적(動態的)으로 인식한다는 것을 뜻한다. 사물의 인식을 크게 정태적(靜態的) 인식과 동태적 인식으로 나눈다면 서사가 관여하는 것은 전자이다. 물론 이것은 대상의 성질에 따라 결정되기도 하지만 인식 주체의 태도에 다라 달라지기도 한다. 성냥갑 하나를 앞에 놓고도 정태적으로 인식하게 되면 그 크기며 색깔 및 형태에 관심을 갖게 된다. 그러나 동태적 관심은 그것이 왜 여기에 있는가, 그것은 어떤 과정을 거쳐서 만들어졌는가 등등의 질문을 던지게 된다. 서사는 이 동태적 인식에 관련된 언어 활동인 셈이다.

서사의 사회적 기능과 아울러 서사의 본질이 동태적 인식과 관련된다는 것은 문학의 이해에 좋은 단서가 된다. 장르론에서 누누히 이야기해 온 것이지만 서정과 서사를 순간적·지속적 또는 현재·과거로 구분하는 것은 이러한 동태적 인식의 결과를 다른 용어로 설명한 것에 지나지 않는다. 이것이 서사문학의 진정한 출현 동인(動因)이다.

소설적 태도의 문제

소설을 허구라고 함으로써 그것을 서사문학의 기반으로 설명하는 것은 타당하지 않음을 이미 밝혔다. 이러한 견해는 문학이 반드시 허구라야 함을 전제하는 것인데 그런 전제는 받아들일 수 없음이 거듭 확인되었다. 적어도 서구 낭만주의 이후의 소설이 서사문학의 모든 것이라고 치환해 버리지 않는 한 이러한 허구성을 문학성의 성역으로 보는 견해는 부당하다.

그래도 소설적 허구성을 문학적 자질의 중요 요소로 보고자 한다면 역사적 서사와 허구적 서사로 구분하여 허구와 진실의 관계를 분석한 스콜즈(Robert Scholes)의 설명(Narrative, and Anti-Narrative, W. J. T. Mitchell ed., *On Narrative*, The University of Chicago, 1981)에서 생각의 단서를 얻을 수 있겠다.

역사적 서사는 그 이야기가 텍스트화하기 이전에 이미 발생했음을 확언한다. 허구적 서사는 그것이 아무리 사실인 듯이 이야기되더라도 서사된 사건은 텍스트와 더불어 창조된 것으로 여긴다. 서사는 사건이 이미 있었던 것이라고 확언하는 것이 아니라 문화적 관습을 공유하는 사람들에게 그렇게 이해될 것을 가정하고 있을 따름이다.

역사적 서사는 경험적 서사로 바꾸어 설명되기도 한다.(Wallace Martin, *Recent Theories of Narrative*, Cornell University Press, 1986) 고전주의 시대의 문학은 신화를 지향하는 서사시에서 출발하였음에도 불구하고 경험적 서사와 허구적 서사의 두 갈래로 분화한다. 경험적 서사는 리얼리티 즉 진실의 문제에 충실한 성향을 띤 것으로 역사적 양식과 모방적(mimetic)[6] 양식의 두 갈래로 다시 나뉜다. 역사적 양식은 전기문학처럼 과거의 사건, 시·공간, 인과 관계 등의 진실성을 추구한다. 모방적 양식은 자서전문학처럼 당대의 감각, 환경, 행동의 심리 등의 진실성을 추구한다. 허구적 서사는 미(美)나 선(善)처럼 이상의 문제에 충실한 성향을 띠는데 이는 다시 낭만적 양식과 교훈적 양식의 두 갈래로 나뉜다. 낭만적 양식은 사랑, 감정, 수사 등의 이상적인 세계를 추구한다. 로망스가 그 예다. 교훈적 양식은 지적, 윤리적 충격을 다룬다. 우화, 풍자, 버질(Virgil)이나 단테(Dante) 등의 알레고리가 그 예다.

---

6) mimetic이란 용어는 까다롭다. '모방'이라는 번역에는 '보이기'라는 뜻까지 포함되는 것으로 이해할 필요가 있다.

이처럼 여러 갈래로 나뉜 경향은 역사적으로 다시 종합되고 분화되면서 전개되는데, 중세 후기에 이르러 역사적, 모방적, 로망스, 우화의 네 유형으로 나뉘었던 서사가 다시 뒤섞여 결과적으로 소설의 발생에 이르는 것으로 본 것이 켈로그(Kellog)와 스콜즈(Scholes)의 도식이다.

이는 서구 서사문학의 역사적 단계를 체계화하려는 이론으로서 우리와 꼭 일치할 수는 없는 것이지만 서사문학과 소설의 관계에서 허구라는 요소가 어떤 위상에 있는가를 이해하는 데 하나의 시사를 준다. 그것은 소설 곧 허구라는 도식적 이해가 피상적임을 말해 준다. 소설에 허구적 요소가 강하게 작용하는 것은 사실이지만 그것이 소설을 소설답게 하는 전부는 아니라는 점이다. 따라서 허구성을 곧 문학성으로 보는 것은 피상적인 견해라 할 수 있다.

정확히 말해서 허구성이 강조된 것은 낭만주의 시대의 한 경향이고, 그것이 역사적으로 실재했던 '소설'이라는 장르의 주된 특징이 된 것이라고 해야 옳다. 따라서 역사적 장르인 소설에서 허구성이 강조되는 것은 무방하다 하더라도, 서사문학의 성립 여부가 허구성이라는 말로 규정될 수는 없게 된다.

눈여겨보면 서사문학에서 허구성을 강조하게 된 까닭이 교술과의 차별성을 드러내기 위한 전략적 고려였음을 알 수 있다. 그러나 소설이라면 몰라도 서사문학이 허구성으로 규정될 수 없는 까닭은 서사의 본질이 사건의 서사에 있기 때문이다. 역사적 장르인 소설의 한 자질로 그 상위 개념인 서사문학의 본질이 전체적으로 규정될 수는 없음이 당연하다 하겠다.

서사와 소설의 장르론적 위상

지금까지 살펴 온 서사와 소설의 거리를 중심으로 장르 구분의 문제를 생각해 보기로 한다. 장르론에 관련한 견해들은 이미 설진(說盡)된 느낌이 없지 않다. 그러나 아직도 그것은 미해결의 장으로 남아 있다는 느낌이 강하다. 논의가 거듭되면 될수록 해결의 방향이 선명해지는 대신에 오히려 미궁으로 빠져 드는 느낌이 들기도 한다. 그 까닭이 무엇인지를 서사문학에 관한 논의를 통해 살필 수 있게 되었다.

많은 논저들에서 서사문학이라는 구분이 개념틀로만 설명될 뿐 실제로 준용되지 않거나 간과되고 있음은 분류상의 난점에 그 이유가 있는 것으로 추정된다. 서정·서사·극의 삼분법으로 하거나 여기에 교술을 추가하여 사분법으로 하거나 간에 역사적으로 실재했던 장르들을 여기에 귀속시키는 데는 무리가 따른다. 그 장르 구분의 개념이나 기준을 아무리 정교하게 해 보아도 결과는 마찬가지다. 장르 구분이 이론적인 분류의 전략이라고 하더라도 이런 혼란의 원인이 어디에 있는가는 분명히 구명되어야 한다.

장르 구분을 사분법으로 하되 서정·서사·극에다가 교술 대신에 '주제적 문학'을 추가한 김준오의 견해(『한국 현대 장르 비평론』, 문학과 지성사, 1990)에서 장르론의 허실을 엿볼 수 있을 듯하다.

주제적 장르란 서정·서사·극을 허구적 문학으로 보아 그와는 성향이 다른 사상 위주의 문학과 넌픽션류를 포괄한 개념으로 설정된다. 이는 창조성 여부를 문학과 비문학의 구분 기준으로 보지 않고 문학 장르 구분의 기준으로 삼은 분류 체계이다. 바로 여기서 장르론의 문제에 대한 시사가 드러난다.

교술이라는 장르 개념이 분류로서의 이득을 보여 주는 것은 허구성과 거리가 있는 작품들의 처리에 관련된 부분이다. 교술은 이른바 허구성이 없어서 '비문학'으로 칠 수밖에 없던 작품군을 대폭 수용하는 장점을 안게 해 주었다. 그러나 계속해서 문제가 되는 것은 교술의 하위 장르가 아닌 여타의 장르에서도 대량의 교술적 작품들이 발견된다는 점이다. 그래서 관형어적 장르 개념이 설정되기도 했고, 그것의 타당성에 대한 논란이 일기도 한 바 있다.

이러한 분란은 서사의 본질을 허구성에서 구하고자 한 데서 비롯되었다는 것이 이 논의의 관점이다. 이미 앞에서 살펴 본 바대로 서사문학의 본질은 허구성 여부에 있지 않다. 그것은 다만 소설적 관점의 연장 때문에 그리 된 것일 따름이다. 그리고 허구성과 사실성은 서사의 태도에 관계되는 각각의 경향일 따름임도 확인하였다. 고로 '주제적 문학'은 장르 구분의 한 항목이 되기보다는 문학적 성향의 구분 항목이 되어야 옳을 것이다.

이런 관점에서 장르 체계를 정리하면 다음과 같이 될 것이다.

첫째, 장르 구분은 서정·서사·극의 삼분법이 마땅하다. 그러나 이는 장르종을 선조적(線條的)으로 연결지어 묶어 내는 유개념(類槪念)일 수는 없으며 다만 역사적 장르들의 특성을 설명하는 분석적 용어일 따름이다. 따라서 장르 구분이기보다는 장르 유형 또는 성향이라고 함이 옳다. 그러지 않고서는 서사시며 교술적 시조 등의 경우처럼 장르 구분으로 설명하는 것이 오히려 혼란을 부채질하는 일이 그치지 않을 것이다.

둘째, 교술로 지칭되던 장르들은 그러한 장르류로만 분류될 수 있는 장르종이 실재하지 않는다는 점에서 그러한 구분을 항목화하는 일의 타당성이 입증되기 어렵다. 따라서 경험적·허구적으로 구분되는 문학의 유형에서 경험적 유형으로 분류됨이 옳다. 전(傳)이나 몽유록(夢遊錄) 등의 설명은 이래야 사실에 부합할 것이다.

이러한 주장은 장르류/장르종으로 위계를 설정하여 체계화해 온 지금까지의 통념을 무너뜨린다는 데 문제가 있다. 또 역사적으로 실재했던 구체적 장르종으로만 분류가 가능하고 그것을 다시 종합화·체계화할 장르류가 없다는 데서 다소 후퇴한 느낌마저 없지 않다. 그러나 역사의 산물인 장르종들은 하나의 기준이나 체계에 의해서 이루어지지는 않는다는 것이 너무 자명한 이치이며 '혼합·중간 갈래'의 제안이 이를 입증한 바 있다. 실제로 하나의 작품 또는 하나의 장르를 사조, 문학사, 형식, 기능, 목적 등의 여러 측면에서 분류할 수 있고 또 그렇게 하는 실상에 비추어 오히려 마땅한 일이기도 할 것으로 본다.

서사문학 연구사의 재음미

이 글이 마지막으로 말하고자 하는 바를 간추릴 때가 되었다. 그것은 우리 서사문학 연구사의 재음미에 관계된다.

서사문학사를 보는 눈이 한결같이 소설에 초점을 맞추어 이루어지는 것은 마땅한 일이 아님을 앞에서 검토하였다. 소설은 역사적으로 실재했던 장르의 이름이다. 이제 서사문학이 지닌 서사라는 본질이 더 이상 장르의 유개념이 아니라 역사적 장르의 성향을 분간하는 기준이라는 관점에 비추어 우리 서사문학사를 생각해 본다.

생각의 단서는 고전소설의 제목들에서 얻을 수 있다. 록(錄), 몽(夢), 기(記), 전(傳) 등으로 되어 있는 고전소설의 제목은 그러한 서사양식들과의 관련을 일단 생각하게 한다. 〈홍길동전(洪吉童傳)〉에서 우리는 『삼국사기(三國史記)』류의 인물전과의 연관을 가정할 수 있다. 여기서 〈홍길동전〉이 인물전의 양식적 특성을 그대로 답습하고 있는가 하는 질문은 무의미하다. 서사와 소설의 거리에서 살핀 바와 같이 경험적 서사와 허구적 서사라는 제작 태도의 차이는 그 작품 세계에 상당한 변화를 가져 왔을 것이 분명하다. 그럼에도 불구하고 양자는 사건을 이야기한다는 동질성을 가지고 있다는 점에서 서사의 자질을 공유한다. 이런 공동성은 그 밖의 제목인 록(錄), 몽(夢), 기(記) 등에서도 공통적으로 나타난다.

그러고 보면 서사문학사가 관심을 가질 부분은 경험적 서사에서 허구적 서사로 나아간 시기와 유형 등의 구체적 양상을 체계화하는 일이라야 하지 않을까 싶다. 그것이 왜 그렇게 되었는지를 삶의 양식으로서 또는 세계관과 신념의 변화로서 설명할 수 있어야 한다.

이런 일이 필요한 까닭은 서구에서 문학연구의 관심사가 서사에 집중된 점으로도 뒷받침된다. 소설 대신에 서사가 연구의 화제로 등장한 것은 문학 연구가 인간학의 한 부문이라는 인식 때문인 것으로 알려져 있다. 문학 연구가 문학 연구자들끼리만 통하는 방언적 이해를 벗어나기 위해서 그리고 문학 연구가 진정으로 인간을 설명하는 쪽으로 나아가기 위해서는 문학만의 용어와 체계가 아닌 문화의 설명일 필요가 있다.

서사문학이 인간의 삶에서 어떤 의미를 갖는가를 추구해 나아간다면 서사문학사를 각종 장르의 단선적 치환(置換) 과정으로 보는 태도도 극복될 수 있을 것이다. 나아가 우리 서사문학사가 소설이라는 한 장르의 출현을 위하여 그 오랜 세월을 몸부림쳐 온 것만 같은 착각을 불러 일으키는 문학사 서술도 지양할 수 있을 것이다.

문학사 서술이 필요한 까닭은 무엇인가를 자문하면 오히려 인간이 이루어 낸 문화의 총체적 모습을 구축하는 문학사의 필요성을 감지할 수 있다. 문화를 인지의 체계로 보거나 아니면 상징의 체계로 보거나 그것은 별개 문제다. 인류의 문화가 신화적 사고의 시대에서 존재론적 사고의 시대를 거쳐 기능적 사고의 시대에 접어들어 있다는 반 퍼슨(Cornelis Anthonie van Peursen)의 설명(*Cultuur in stroomversneling*, Martinus Nijhof, 1987)은 흥미롭다. 이런 견해에 의지하면서 전(傳)이면 전이, 몽유양식이면 몽유양식이, 기술류의 서사양식이 그 문화적 변모와 굴절을 어떻게 거쳤으며 그것이 문화적 특질로서 어떻게 설명되는가를 살필 수 있을 것이다.

서사문학이 인간의 인식론적 질문과 연관된다는 본질을 감안하면 관심의 초점은 저절로 다양해지고 포괄적이 될 것으로 본다. 이러한 전망

이 장르론을 중심으로 한 우리 문학 연구사가 안고 있는 문제점의 검토
에서 비롯한 것임은 물론이다.

문학 연구의 지정학

― 시조 연구의 변모 동인 탐색

사실 자체에 대한 관심의 시기

시조 있은 이래 시조 연구 또한 있어 왔다. 그러나 그 연구들이 지향하는 바가 한결같을 수는 없었다. 인간이 자기 시대의 언어로 사고한다는 말이 시사하듯이 사물을 보는 눈 또한 그 시대의 여러 조건으로부터 자유로울 수 없음은 당연하다. 시조의 연구에서만 이것이 예외일 까닭을 생각하기도 어렵다. 시조 연구가 이루어져 온 궤적을 살펴보아도 그것이 그러하였다. '지정학(地政學)'이라는 용어를 쓴 이유가 여기에 있다.

조선 시대, 구체적으로 말해서 시조가 활발하게 지어지기 시작하고 그것이 널리 통용되었으며 또 자연스러운 현상으로 애초의 모습과는 다른 변종을 낳고 드디어는 다른 장르와 뒤섞이기도 하면서 또 다른 모습을 보여주기도 했던 시기인 15세기부터 19세기까지는 시조 연구라고 하는 것이 오늘날의 그것과는 사뭇 달랐다. 시조 자체가 있음에 대해 확인하고 규정하고 기록하는 것이 주된 관심을 이루었음을 보게 된다.

아주 이른 시기에 이루어진 이 방면의 모습들을 확인하는 일은 개인 문집을 비롯한 각종 기록을 통해서 가능하다. 예컨대 〈단심가(丹心歌)〉로 지칭되는 정몽주(鄭夢周)의 '이 몸이 죽고 죽어 일백 번 고쳐 죽어……'가 〈하여가(何如歌)〉로 불리는 이방원(李芳遠)의 '이런들 어떠하리 저런들 어떠하리……'에 대한 답가(答歌)의 형식으로 생겨났다는 경위 설명은 차천로(車天輅)의 『오산설림초고(五山說林草藁)』를 비롯해서 심광세(沈光世)의 『해동악부(海東樂府)』를 비롯한 많은 기록에서 볼 수 있다.

비슷한 기록이 얼마든지 있다. 성종(成宗)이 신하 유호인(兪好仁)을 보내면서 술자리를 베풀고는 '이시렴 부디 갈다 아니 가든 못할소냐……'라는 시조를 지어 불렀다든가, 역시 성종 때, 소춘풍(笑春風)이라는 기생이 무인(武人)들을 비웃어서 '당우(唐虞)를 어제 본 듯 한당송(漢唐宋)을 오늘 본 듯……'하고 노래를 불렀다가 무인들이 붉으락 푸르락 낯색을 변하자 '전언(前言)은 희지이(戲之耳)라 내 말씀 허물 마오……'라고 다시 노래를 불러 분위기를 바꿨다는 기록도 『오산설림초고』에 나온다.

이런 예를 들자면 한이 없을 것이다. 이순신(李舜臣) 장군의 '한산섬 달 밝은 밤에……'가 그러하고, 정철(鄭澈)의 '강원도 사람들아 송사(訟事)하지 마라스라……'가 그러하며, 윤선도(尹善道)의 〈산중신곡(山中新曲)〉이며 〈오우가(五友歌)〉 등이 모두 그러하다. 시조 작품은 문집이나 관련된 각종 문헌에 적혀서 우리에게 끼쳐졌다.

시조는 노래였기에 악보로 채록되기도 했다. 이 방면의 최초 기록은 양덕수(梁德壽)가 낸 『양금신보(洋琴新譜)』라는 책이고, 그 이후에 여러 형태의 악보가 만들어졌고, 또 곧이어 김천택(金天澤)의 『청구영언(靑丘永言)』으로부터 시작해서 『해동가요(海東歌謠)』며 『가곡원류(歌曲源流)』로 이어지고 그 뒤를 잇는 노랫말 책의 다량 출현이 이루어진다. 목판(木板) 문화의 시대에서 금속활자를 사용하는 새로운 인쇄 방법이 도입되면서 이런 종류의 책은 더욱 다양하게 쏟아져 나온다.

시조는 우리말로 노래하는 것이지만, 그것을 당대의 관습적 문자였던 한문으로 옮겨 놓은 것이 또 상당수 있다. 흔히 말하는 '악부(樂府)'류의 것을 비롯해서 그 밖의 많은 글들이 시조의 노랫말을 한시로 바꾸거나 악부시로 바꾸거나 해 놓았다. 이형상(李衡祥), 홍양호(洪良浩), 이학규(李學逵), 이유원(李裕元) 등이 이 방면에 많은 활동을 보인 사람들이다.

지금까지 살펴 본 것은 조선시대에 이루어진 시조에 관련된 업적들이다. 그것은 특정 작품의 창작 배경에 대한 설명이거나, 아니면 그 악보이거나 혹은 노랫말의 분류이거나, 더러는 노랫말 자체의 기록 또는 한역으로 종합될 수 있다.

이런 것들을 가리켜서 시조 연구라고 할 수 있을까? 물론 시조 연구다. 그것이 비록 오늘날 우리가 흔히 보는 그런 연구논문의 형식을 지니지도 않았고 과학적이고 분석적인 태도로 기술하거나 자료를 대하지 않았다는 점에서 오늘날의 연구와는 다르다. 그러나 연구의 태도며 방법은 일률적으로 규정할 수 있는 것도 아니고, 거기에 최선의 방법이라는 것도 존재하지 않는 것이며, 좀더 엄격하게 말한다면 대상에 대한 연구조차도 그 시대의 언어와 사고를 통해서 이루어진다고 할 수 있다. 지금까지 우리가 살펴 온 조선시대의 여러 기록들은 그런 관심과 관습의 표현이라는 점에서 그 시대의 연구로 보아 무방하다.

그렇다면 이 시대의 연구가 보여주는 특징은 무엇인가? 그것은 시조라는 존재 자체에 대한 관심이라고 집약해서 말할 수 있다. 시조가 있는가, 어떻게 있는가, 어떤 것들이 있는가 ― 대략 이런 관점에서 시조를 보아 온 소산들이다. 그러기에 작품의 창작 동기를 설명하기에 주력한다든지 그것을 노래하면 어떤 보람이 있는가를 애써 옹호하려 하였으며, 실제로 얼마나 많은 작품들이 어떤 모습으로 있는가를 곡목별로 분류해서 가집들을 남기기에 전념하였다.

이런 일이 왜 필요했을까? 무엇인가가 있으면 그것을 기록해 두고 싶다는 것은 인간의 자연스러운 본능일 수도 있다. 호랑이가 제 스스로 가죽을 남기지는 않지만, 호랑이가 가죽을 남기는 것이라고 설명하고자 하는 우리의 속담이 그런 본능적 동향을 보여준다. 그러니 있는 시조를 남기는 것은 필요했을 것이다.

그러나 그것이 그리 되기까지에는 몇 가지 생각의 정리가 필요했음을 보게 된다. 그것은 시조가 순전히 우리말로 된 노래라는 점과 그것을 노래하는 사람은 상층인이거나 그에 종사하는 사람이라는 점을 어떻게 합리화해야 할 것인가 하는 문제였다. 잘 알려진 바와 같이, 조선시대 상층인의 공식적인 문자언어는 한자였다. 그런데 그것 아닌 '언문(諺文)'으로 기록을 남기는 데에는 그에 따른 명분론이 절실하게 되었을 것이다. 그래서 시조의 아름다움과 효용성을 옹호하는 여러 견해들이 나타난다. 지금의 우리로서는 상식일 수도 있는, 표현으로서의 효용과 교훈으로서의 효용을 말한 것이 상당수에 이름은 이런 생각의 동향을 반영한다.

그런 생각의 추이를 짐작하게 하는 것이 악부 또는 한시로 번역한 기록들이다. 이들은 한자로 시조를 노래하거나 번역하면서 그것을 변론하는 명분을 확보하고자 노력했다. '우리의 것'을 강조하고, 그것이 중국의 그것에 못지 않음을 강조하고, 그 못지 않음이 우리말 표현과 우리 심성의 드러냄에 있음을 주장한 것 등은 일종의 명분론이자 효용론이라고 할 수 있다. 심지어는 『청구영언』을 펴낸 김천택(金天澤)조차도 책을 만드는 일이 옳은가 그른가를 골똘히 따지는 장치를 그 책에다 마련하고 있음은 이런 짐작을 더욱 확실하게 해 준다.

목적론적 관심의 시기

20세기로 넘어오면서 시조 연구의 모습은 일변한다. 그 두드러진 모습은 민족의 문제와 시조를 일치시키는 경향으로 나타난다.

최남선(崔南善)의 「조선 국민문학으로서의 시조」(『조선문단』, 1926. 5.) 라든가, 손진태(孫晉泰)의 「시조와 시조에 표현된 조선 사람」(『신민』, 1926. 7.)을 비롯해서 최남선의 「조선 국민문학으로서의 시조」(『조선문 단』, 1927. 5.)와 「시조 태반으로의 조선 민성과 민속」(『조선문단』, 1928. 5.) 등이 그러한 경향을 대표하는 업적이다. 시조가 우리 문학 중에서 가장 고유한 문학이라고 강조한 점이라든가, 우리의 민족성이 시가를 통해서 드러나 있다는 견해나, 시조를 이루어낸 것이 우리 민속과 민족 성이라는 생각 등이 모두 시조를 민족에 연결지어 생각하는 뿌리에서 나온 것임을 알게 한다.

이 시기 시조 연구의 관점과 기반이 이러하기에 거기에 나오는 용어 들 또한 조선인, 조선심, 조선어, 조선음률 등을 내세워 강조하게 되고, 여기에 염상섭(廉想涉)이 「시조에 관하여」(「조선일보」, 1926. 10. 6.)를, 이병기(李秉岐)가 「시조란 무엇인가」(「동아일보」, 1926. 12. 9.)를 비롯 하여 주요한(朱耀翰), 양주동(梁柱東), 이은상(李殷相), 이윤재(李允 宰), 김진섭(金晉燮), 김억(金億) 등이 시조의 부흥과 발전을 적극 주 장 또는 옹호하고 나서는 시조부흥론의 형성을 보게 된다.

시조가 민족과 어떤 관계에 있는가를 집중적으로 거론함으로써 그 고 유성과 적절성을 내세우면서 이루어진 시조부흥론은 당연한 귀결로서 시조의 형식과 내용이 어떤 본질을 지니고 있는가를 구명할 필요를 불 러오게 되었고, 그 결과로 나타난 것이 이은상(李殷相)의 「문학상으로 본 시조의 어휘」(『신생』, 1929. 2-3.), 이병기(李秉岐)의 「시조원류론」 (『신생』, 1929. 11. 30.), 조윤제(趙潤濟)의 「시조자수고」(『신흥』, 1931. 1) 와 「시조명칭의 문헌적 연구」(『청구학총』, 1931. 5.), 이광수(李光洙)의 「시조와 자연률」(『동아일보』, 1928. 11.), 이병기의 「시조의 발생과 가 곡과의 구분」(『진단학보』, 1934. 11.), 조윤제(趙潤濟)의 「조선시가의 형식적 분류 시론」(『진단학보』, 1936. 11.) 등의 논문이다. 그리고 이러한 논의의 총체적 결산이라 할만한 조윤제의 『조선시가사강』(1937)과 안확(安廓)의 『시조시학』(1940)으로 이 시기의 성과가 집대성된다.

이들의 주된 논거는 시조가 지니고 있는 짧고 단정한 형식성과 그 자연스러움에 두고 있음을 발견할 수 있으며, 또 형식성을 논하는 방법은 음수율적 파악에 두고 있음을 보게 된다. 그러나 형식의 우수성을 드러냄에 못지 않게 새로움과 현대적인 미를 추구해야 한다는 주장도 병행되었다. 이것은 민족성과의 연계 위에서 그 상징으로 시조를 선택하고 다만 그 시대적 고태성(古態性)은 시대 변화의 추이에 맞춤으로써 당대의 삶에 맞도록 조정되어야 한다는 견해의 표명이었음을 읽게 한다.

이러한 논의와 주장의 결과로 나타난 구체적 성과가 이은상의 『노산시조집』(1932)을 비롯하여 이병기의 『가람시조집』(1939)과 이광수, 변영로(卞榮魯), 정인보(鄭寅普), 이희승(李熙昇) 등의 시조 창작이었다. 그리고 신춘문예를 통하여 새로운 신인의 추천제도도 마련되어 활발한 시조 창작의 여건을 갖추게 된다. 그러나 1940년대로 넘어오면서 일제의 조선어 말살 정책이 시행되자 시조에 관한 논의와 창작은 침체의 국면으로 접어들게 된다.

20세기 전반기라고 구획을 지을 수 있는 이 시기의 시조 연구를 이렇게 요약하고 보면, 그러한 논의와 창작이 이루어진 것이 우연한 결과가 아니었음을 짐작하게 된다. 왜 이 때의 주된 논의가 시조와 민족을 일치시키는 방향으로 전개되었던가가 그런 질문 가운데 하나다. 그러한 논의가 구체적으로 형성된 시기가 1920년대였다는 사실은 그 이유를 짐작하게 해 주기도 한다. 그것은 1919년의 3·1운동과 연관을 갖는 것이며, 1919년이 우연한 돌발사건이 아니고 19세기말부터 한반도를 중심으로 이루어진 국제적 관계와 을사보호조약이라고 하는 민족적 수난의 연장선상에 있으며, 시조를 둘러싼 생각의 전개 또한 그 일관된 의식의 흐름 속에 놓인다는 것은 쉽사리 드러난다.

그러나 시조를 국민문학으로 옹호하는 저편에서는 시조에 대한 비판과 그러한 옹호 자체에 대한 비난도 있었음을 상기할 필요가 있다. 시조는 봉건사회의 유물로 퇴폐적이고 국수적인 것이라는 데 집중되는 이 논의는 이른바 KAPF로 지칭되는 일단의 이론가들이 강력하게 제기한다. 시조를 옹호하여 당대에 다시 일으켜 보자는 생각은 '파쇼화한 사회에서 민심을, 과거의 낭만사상으로 퇴각시키는 봉건적인 지사(志士)나 일사(逸士)의 노래'라고 이들은 비난을 퍼부었다.

전혀 상반되는 극과 극에 서 있는 것으로 보이는 이 두 계열의 주장을 얼핏 보면 둘 사이에 공통점이라고는 전혀 없어 보인다. 그러나 그 표층을 벗기고 조금만 속으로 들어가서 이런 생각이 이루어지게 된 근거를 살펴보면 그것이 같은 뿌리에서 자란 두 개의 나무임을 금방 알 수 있다.

그것은 그런 주장이 왜 나왔는가를 생각함으로써 가능해진다. 시조를 부여안음으로써 민족을 확보하고자 했던 것과 동일한 이유에서 KAPF는 프롤레타리아라는 이념을 부등켜안았고 그 결과 전혀 다른 두 방향으로 나아가게 되었지만 따지고 보면 그것은 19세기말과 20세기초의 한반도에서 전개되었던 식민지 현실에 대한 대처의 방법적 선택을 달리한 데서 결과한 것이다. 그러고 보면 그것이 시조의 옹호를 지향하거나 반대로 비난을 지향하거나, 그 둘은 함께 목적론적 목소리였다는 점을 부인하기는 어렵다.

작품에 대한 총체적 관심의 시기

해방 그리고 6.25로 이어지는 구획 위에서 20세기의 후반기는 시작된다. 언제 어느 때나 그러했듯이 이 시기의 시조 연구도 앞서의 연장과 그 극복이라는 방향으로 이루어진다.

시조의 정체를 설명하려는 노력이 활발했던 결과로 이루어진 것이 개론서의 출현이다. 주왕산(周王山)의 『시조개론』(1947)에 이어 이병기의 『시조의 개설과 창작』(1957)이 나오고, 이태극(李泰極)의 『시조개론』(1959) 등이 총체적 체계화라는 점에서 앞선 시기 연구의 성과이자 그 뒤를 이은 것이라면, 정병욱(鄭炳昱)의 「꽃과 시조」(『사상계』, 1954. 2.)나 「시조의 역사적 형태고」(『사상계』, 1958. 9.)는 분석적 관심이라는 연구사의 변전(變轉)을 보여주는 새로운 경향이 된다. 이 시기의 연구는 대체로 이 두 경향을 아우르면서 이루어지는 것을 보게 된다.

작품 자체가 지닌 질서를 구명한다는 노력으로 나온 단행본만 살펴보더라도, 임선묵(林仙默)의 『시조시학서설』(1974), 김동준(金東俊)의 『시조문학론』(1974), 김대행(金大幸)의 『한국시가구조연구』(1976), 최진원(崔珍源)의 『국문학과 자연』(1977), 박철희(朴喆熙)의 『한국시사연구』(1980), 김학성(金學成)의 『한국고전시가의 연구』(1980), 김대행의 『한국시의 전통연구』(1980), 임종찬(林鍾贊)의 『시조문학의 본질』(1986), 김대행의 『시조유형론』(1986)과 『시가시학연구』(1991) 등으로 이어진다.

그러나 이들의 관심이 한결같은 것은 아니다. 형식 자체에 대한 관심을 드러내는 것에서부터 시작하여 언어적인 특질, 미적 특질, 인식구조의 특질 등 다양한 방향으로 분석과 해석이 이루어졌으되 그 중요한 관심사는 특질론적인 면모를 지닌다는 점에 공통성이 있다. 그러면서 그 특질이 어디서 오는 것인가를 질문하는 과정에서 당연하게 제기되는 것이 시조의 역사적 전개과정에 대한 관심으로 나타났다. 그 중요한 업적으로 나온 단행본은 최동원(崔東元)의 『시조문학연구』(1974), 박을수(朴乙洙)의 『한국시조문학전사』(1978), 최동원의 『고시조론』(1980), 이태극의 『시조의 사적 연구』(1981), 김학성의 『국문학의 탐구』(1987) 등으로 이어진다.

이러는 한편에서 자료의 발굴과 집대성이라는 거대한 작업이 추진된 것도 이 시기의 특징이다. 묻혀 있어 빛을 보지 못한 자료를 발굴하는 것은 연구의 엄밀성과 폭의 확보를 위해서 당연히 필요한 일이지만, 그 일의 성사는 이 방면에 헌신하는 노력이 있고서야 가능하였다. 심재완(沈載完)의 『역대시조전서』(1972)는 시조에 관한 거의 모든 자료를 일일이 대조하여 그 이본적 차이를 밝혀 놓은 귀중한 문서가 되었다. 뿐만 아니라 이 책은 시조에 대한 일반의 오해를 바로잡는 귀중한 단서가 되기도 하였다.

시조에 대한 일반의 오해라는 것은 현대에 와서 시행된 시조 교육 방식에 기인한다. 이른바 신식교육이라고 하는 그 교육은 시조를 종전의 고시조와는 다른 경로 또는 방법으로 향유하게 했다. 상당 기간 구전(口傳)으로 전해 내려올 수밖에 없었던 시조 작품은 그 기록에 따라서 말의 넘나듦이 상당하기 마련이다. 그러다 보니 구전되는 과정에서 변모가 초래되고 어떤 것은 말이 통하지 않는 것에 이르기조차 했다.

그럼에도 불구하고, 시조를 논의하되 기록문학을 보는 시각으로 바라봄으로써 시조가 지닌 본질을 도외시하는 결과를 낳기도 했다. 그러나 고시조와 현대시조의 분별이 이 대목에 있는 것이고, 그러기에 현대시조의 유통과정이 고시조의 그것과는 다르다는 점이 주목되어야 하고, 그럼으로써 현대시조는 거기에 맞는 길을 개척해야 할 것이라는 단서를 얻게 된다.

시조 연구가 작품을 중심으로 논의의 성과를 축적하면서 그 자연스러운 과정으로서 작가에 대한 연구가 이루어진 것도 이 시기의 중요한 조류를 이룬다. 박성의(朴晟義)가 『송강·노계·고산의 시가문학』(1968)에서 이 방면의 논의를 시작한 이래 문영오(文永午)의 『고산윤선도연구』(1983)와 『국문학연구논고』(1987) 그리고 원용문(元容文)의 『윤선도문학연구』(1989) 등이 윤선도를 중심으로 연구된 작가론이며, 홍재휴

(洪在休)의 『윤고산시연구』(1991)가 윤선도의 작품 이본을 대교하고 형태적인 특징을 분석하고 있다. 또 박요순(朴堯順)의 『옥소 권섭의 시가연구』(1987)는 새로 발견된 시조시인 권섭에 대해 분석한 성과이며, 한국시조학회가 두 권의 『고시조작가론』(1986, 1990)을 낸 바 있다.

문학이 그 삶을 바탕으로 한다는 관점에서 삶의 조건과 시조의 관계라는 데 초점을 맞추어 이를 분석하는 것은 비교적 새로운 연구동향이다. 정익섭(丁益燮)이 『호남가단연구』(1975)를 통해 '가단(歌壇)'이라는 개념을 설정함으로써 시조 활동의 공통성을 그 생활과 사회적 환경에서 찾아보려 했고, 최진원의 『한국고전시가의 형상성』(1988)은 삶의 철학적 지향이 그 문학을 어떠하게 하는가에 주목한 업적이다. 그리고 1990년대에 들어서는 역사적 사실들을 계급적 관점에서 보면서 이러한 삶 혹은 사회의 조건과 시조가 어떤 상관관계에 있는가를 추구하는 논의가 이루어지고 있다.

그러고 보면 20세기 후반의 시조 연구는 우리의 관심이 미칠 수 있는 범위가 어디까지인가를 보여주었다고 해도 지나친 말이 아니다. 그것을 한 마디로 집약할 수 있는 말은 다양화라는 말이 될 것이다. 그리고 이러한 경향은 앞으로도 더욱 심화될 것이 예상된다.

시조 연구사의 지정학적 진단

사람의 모든 일이 대개 그러하지만, 시조 연구사도 지정학적 조건들에 의해서 영향을 받았다는 사실을 시조 연구사는 보여준다. 그 조건을 우리는 내적인 것과 외적인 것 그리고 작용과 반작용으로 생각해 볼 수 있다.

먼저 조선시대가 시조의 있음을 알리는 그 존재 자체의 해명에 중점을 둔 것은 이 시대의 문화적·정신적 상황과의 관련이라는 점에서 그 필연성을 이해할 수 있을 것이다. 시조가 조선시대에 와서 생겨난 예술이었다는 점, 그리고 그것이 상층인의 전유물이었다는 점이 이런 이해에 관련되기도 한다. 그것은 문화적인 사실의 구체화로 나아간 일이기도 하다. 이 점에서 이것은 당대의 사회 내적 요인의 결과였을 것이다.

그러나 당대인들의 머리 속에 자리를 잡은 채로 한사코 떠나지 않았던 생각은 중국이라는 존재였을 것이다. 중국이 오늘날의 국제관계와 같은 하나의 나라로서 인식되기보다는 사고와 문화의 표준이었을 것으로 생각되는 당대에 이른바 '오랑캐의 말'로 노랫말을 적는 일이 무엇을 의미했을까? 그래서 사람들은 그 명분을 내세워야 했을 것이고, 그 노력이 여기저기서 산견되는 시조의 민족문화적 특질이라든가, 성정론(性情論)의 표현주의적 혹은 교훈주의적 도색(塗色)을 지향하는 기록으로 나타났을 것이다.

그런 생각이 일단 형성되고 난 다음에는 시조의 한역(漢譯)이라는 것이 활발하게 이루어졌던 저간의 사정도 이런 내적·외적 동향의 잔재를 머금고 있는 것으로 보인다. 문자로 기록하되 노래를 기록하는 것이 중국에서는 '악부'라는 양식이었다는 사실을 기준으로 해서 악부 양식의 업적들이 상당수 이루어진 것은 중국이라는 표준성의 영향일 것이고, 그러나 상층인들의 전유물로서 문화적 수준이 상당하다는 내적 인식은 시조의 한문 번역으로 나아가는 힘이 되었을 것이다.

20세기 전반기의 동향도 또한 이런 관점에서 설명될 수 있다고 본다. 시조와 민족을 동일시하고 그런 인식적 기반 위에서 시조가 연구되고 창작되어야 한다고 강조했던 사정은 민족적 각성이라는 내적 요소의 작용이라 할 수 있을 것이다. 민족의 역량을 결집하고 그래서 식민지 현실을 극복하는 것이 필요하다는 인식이 3·1운동이라는 전대 미문의 사건과 그 후유증의 결과를 통한 각성이었던 것임은 이미 검증된 바다.

그렇기는 하되 그 민족적 각성이라는 것도 일제라고 하는 상대적 폭력과 관련된다는 점에서는 외적 힘의 작용에 의해 촉발된 것으로 볼 수 있으며, 더구나 민족적 특성을 강조한다는 시조 논의가 음수율이라고 하는 일본식 헤아림의 방식으로 형식을 규정해버린 것은 부지불식간에 이루어진 외적 영향이라고 보아야 할 것이다. 이 점에서 시조의 연구 또한 지리적·정치적 관계와 무관하기 어렵다는 것을 새삼 실감하게 된다.

20세기 후반기의 연구 또한 이러한 분석의 틀이 적용될 소지를 안고 있다. 1950년대 이후로 각 방면에 몰아닥친 서구적 방법론의 세례와 함께 문학연구에 도입된 분석주의적 시각의 만연이 시조 연구에서도 예외가 아니었음은 연구에 미치는 외적 힘의 함수관계를 생각하게 한다. 그러나 단순히 외부에서 그것이 밀려 왔었다는 이유에서만 그리 된 것이라기보다는 당대의 정치적 상황과도 무관하지 않은 것으로 보인다. 정치적으로 금압(禁壓)되는 부분이 엄존한다는 현실은 문학 연구의 시각까지를 그 방향으로 몰아가기에 충분했으며 이런 점에서 형식주의 내지는 분석주의로 지칭되는 연구 동향은 서구적인 방식의 영향이라는 외적 조건과 국내의 정치현실이라는 내적 조건이 서로 만나 상승작용을 일으킨 결과로 보아도 무방할 것이다.

그러나 작용은 반작용을 낳는 법이고 기대효과의 달성을 위한 노력은 기대외 효과의 출현을 낳기도 하는 법이다. 분석주의 또는 형식주의적인 방법이 학문적 엄밀성을 문학에서 확보하는 효과를 낳은 것이 기대효과라면, 문학이 그 당연하고 필연적인 과정으로서 삶의 모습을 담게 된다는 점을 도외시하게 됨으로써 이 부분에 대한 거센 반론을 불러 일으키게 된 것은 기대외 효과이며 동시에 반작용이라고 할 수 있다. 지리적으로 보더라도 가장 먼 곳이라 할 수 있는 서구가 지척에 있는 듯이 영향을 미치던 시대에 한반도의 다른 반쪽이 가장 먼 곳에 있었다면, 이제는 그 정반대의 현상으로 나아가려는 강한 주장이 제기된 것도 어찌 보면 필연이다.

이런 저간의 경과를 돌아보면서 갖게 되는 생각의 하나는 과학성을 추구하는 학문연구 또한 당대의 지정학적 영향에서 자유로울 수가 없다고 하는 평범하면서도 슬픈 사실의 확인이다. 학문 연구가 그러하다면 우리가 기대할 수 있는 것은 무엇인가? 우리가 그 엄밀성과 진리적 가치에 몸을 내맡겨버려도 좋을 만한 길을 인류는 아직도 개발하지 못했구나 하는 공허감이 일기도 한다.

이런 점에서 무릇 학문이라는 이름의 모든 작업이나 가치 판단이라는 이름의 비평적 작업이나를 막론하고 새로이 되새겨야 할 것은, 지상에 완전한 것은 없다는 명제가 아닌가 한다. 우리가 문학연구의 교과서적 양대 지주라고 일컫는 분석주의와 역사주의가 그 어느 한 쪽만으로는 완벽할 수 없다는 사실은 널리 알려져 있고, 그래서 우리는 늘 '상보적'이라는 말을 써서 그 함정을 벗어나려고 해 온 것도 사실이다. 그러나 현실은 늘 어느 한 쪽에 의해서 한 쪽이 제압되어야 할 것만 같은 착각을 불러일으키고, 그것은 과학이 아니라 신념에 지나지 않건마는 때로 신념이 과학으로 치환되어버리는 광경을 우리는 목격하게 된다.

그러나 시조 연구사가 보여주는 지정학적 순환(循環)과 치환(置換)의 역사는 우리에게 비장한 각오를 요구하고 있다. 그것은 지금까지의 지성사가 그러하였듯이 우리가 끝없는 도정(道程)에 있음을 분명히 인식하라는 냉엄한 충고다. 이것을 천박한 상대주의라고 비웃을 수는 있겠으나, 사실에 반(反)한다고 나무랄 수는 없을 것이다. 이제 우리가 할 수 있는 일이 있다면, 그러한 지정학적 순환을 두고 거기서 발견되는 역사적 진리의 발견을 추구하는 일이 아닐까 한다.

문학의 연구가 지정학적 조건들과 무관하지 않다는 점에서 한 걸음을 더 나아가면 오늘날의 문제와 맞닥뜨리게 된다. 문학은 이미 전문적인 작가와 연구자의 손에서만 관심사일 따름이고 모든 사람의 곁을 떠났다는 평가가 주류를 이루는 이 시대에 문학 연구가 담당해야 할 몫이 무엇인가 하는 것은 매우 중요한 과제가 아닐 수 없다. 그리고 이 시대의 엄숙한 명령으로 그 과제는 우리 앞에 있다.

그러한 숙제에 대한 답으로서 시조 연구의 궤적은 얼마간 시사를 줄 수 있을 것으로 보인다. 과거의 시조가 어떤 속성을 지녔고 누가 그것을 소유했거나 간에 시조로 민족을 말할 수 있었던 흔적에서 우리는 그 단서를 찾을 수 있지 않은가 싶다. 이 말을 다시 바꾸면 문학이 숭고한 예술의 자리에만 머물러 있는 한 사람들은 거리를 지니게 될 것이라는 뜻이 된다. 문학이 모든 사람과 함께 있는 길, 그것은 문학의 생활화이며, 그 길은 지금 이 시대가 요청하는 명제이기도 하다.

제2부 작가 의식의 탐구

아우르는 자로서의 시인
— 깨어 있음과 살아감을 감싸안기

충담사는 시인인가

신라 경덕왕 때, 귀신이 대궐에 출몰하는 등 나라가 어지러웠다. 충담사(忠談師)는 남산(南山)의 삼화령(三花嶺)에 있는 미륵세존(彌勒世尊) 앞에 차를 올리고 오다가 왕의 부름을 받는다.

왕이 묻기를 "내 듣건대 대사(大師)가 지은 〈찬기파랑사뇌가(讚耆婆郎詞腦歌)〉는 그 뜻이 매우 높다고 하던데 과연 그러한가?" 하였다. 그러자 충담사의 대답. "그렇습니다." 왕이 말하기를 "그렇다면 나를 위하여 백성을 편안하게 다스리는 노래를 지어 주겠는가?" 하자 스님은 〈안민가(安民歌)〉라는 노래를 지어 바쳤다. 왕이 가상하게 여겨 왕사(王師)로 봉하고자 하였으나 충담은 두 번을 절하고 고사(固辭)하였다.

『삼국유사』 권2 〈경덕왕 충담사 표훈대덕(景德王忠談師表訓大德)〉이라는 표제 아래 실려 전하는 내용이다. 이 기록은 우리로 하여금 많은 것을 생각하게 한다. 대궐에 귀신이 출몰한다는 것은 무슨 말이며, 그래서 노래 지을 중을 구하는 일은 무슨 노릇이며, 〈찬기파랑사뇌가〉의 뜻이 높다는데 그러하냐고 묻는 임금의 말에 아무런 주저도 없이 당당하게 '그렇다'고 대답하는 일은 또 어인 망발인가 등등이 그것이다.

그러나 우리가 이 부분을 주목하는 것은 그런 섬세한 의문을 떠나 좀 단순한 질문을 앞세워 보자는 뜻이다. 그 질문은 이렇게 된다. "충담사는 그러면 시인인가?"

어찌 보면 자명해 보이는 듯싶은 이 질문에 대해 대답하기는 결코 쉬운 일이 아니다. 시인이냐 아니냐를 결론지으려면 '시인'의 개념이 무엇인가 하는 데서부터 이야기가 시작되는 것이 순리인데 그것을 확연하게 선을 갈라 말하기가 그리 쉽지가 않다. 왜 그런가? 그리고 그것이 오늘의 우리에게 주는 의미가 무엇인가? — 이 점을 문제삼고자 한다.

같은 시대를 살았던 최치원(崔致遠)의 경우는 어떠한가? 잘 알다시피 그가 공부한 것은 한문학이고, 당나라에 가서 이름을 빛냈으며, 그가 지은 시는 우리 문학사 가운데 한문학의 머리 부분을 장식하는 목록이 되어 있다. 그런 그를 가리켜 '시인'이라고 한다 해서 별다른 이질감이 느껴지지 않는 것이 대부분의 생각일 것이다.

그러나 같은 한시를 썼더라도 윤선도(尹善道)나 정철(鄭澈)을 말할 때는 사정이 다소 달라진다. 이들이 지어 낸 한시(漢詩) 쪽을 거론하면서 그런 것을 썼으니 시인이라고 하면 별로 거부감이 없으리라. 그러나 그 분들이 지어 남긴 시조 작품을 말하면서, 혹은 〈관동별곡(關東別曲)〉이나 〈어부사시사(漁父四時詞)〉를 말하면서 시인이라고 하면 굳이 부정하기까지야 않겠지만 어딘지 어색하다는 눈빛을 할는지도 모른다.

시인과 가객의 거리

충담사(忠談師)와 최치원(崔致遠)을 갈라 놓는 이런 구별은 어디서 비롯되는 것일까? 작품의 질로 그것을 나눌 수 있으리라는 가정을 해 본다. 그러나 그런 구분은 쉽지 않다. 충담사의 〈찬기파랑가(讚耆婆郎歌)〉는 최치원의 한시 〈추야우중(秋夜雨中)〉에 못지 않은 서정을 지니고 있다. 아니 〈찬기파랑가〉 쪽이 보다 더 세련된 시적 기법을 동원하고 있다고 해도 틀린 말이 아닐 정도다. 〈안민가(安民歌)〉는 어떤가?

거기에는 〈토황소격(討黃巢檄)〉에 못지 않은 삶과 정치의 철학이 정돈되어 있음을 본다. 여기서 작품의 질과 관련하여 시인(詩人)과 비시인(非詩人)을 가를 수 있을까를 생각해 보려는 우리의 시도는 허망하게 무너진다.

생각을 달리해 보면, 충담사와 최치원의 문학을 이질적인 것으로 갈라 놓는 우리의 인식이 어쩌면 뿌리 깊은 전통인지도 모른다. 그리고 그 전통은 언어 기호의 두 양상에 관련되리라는 것이 우리의 짐작이다. 충담사가 지은 것은 입으로 부르기 위한 노래였으며, 최치원은 붓을 들어 글로 쓴 점에서 다르다.

여기서 문자(文字)냐 음성(音聲)이냐의 차이가 시와 노래의 경계 표지임이 드러난다. 굳이 다른 말로 표현한다면 문어(文語)와 구어(口語)로 가를 수도 있겠다. 문학사에서 이 둘을 다 아우르기 위해 '시가(詩歌)'라는 말을 굳이 쓰게 되는 것도 이런 인식에 뿌리를 내리고 있다고 볼 수밖에 없다.

시와 노래의 이러한 차이가 뜻하는 바는 무엇인가? 그것은 문화의 두 갈래 길을 시사한다. 문자가 생겨나자 그것을 사용하여 이루고 발전해 가는 문화와 그 반대쪽의 문화로 언어 문화는 양분되었음을 문학사는 보여 준다. 이러한 현상은 전지구적인 것이어서 문학이 말의 문화로 시작해서 글의 문화로 옮겨 간 점에서는 '세계'가 한결같다. 정직하게 말하면, '시'라는 말은 문자를 사용할 수 있는 상층문화의 재산이었다. 반면에 하층문화는 '노래'를 시에 상응하는 것으로 여겼다는 뜻이 된다.

이제 다시 물을 필요조차 없는 질문에 답해 보자. 시인이란 누구인가? 우선 시인은 상층문화의 일원이었음이 분명해진다. 그리고 시인이 그러한 존재라는 인식이 퍽은 오래도록 유지되어 온 것이 사실이다. 고려 때에도 시인은 문집에 자신의 작품을 담았고 자랑스럽게 이름을 밝혀 적었지만 〈청산별곡(靑山別曲)〉이나 〈서경별곡(西京別曲)〉을 지은 사람은 자신이 누구라고 밝힐 필요가 없었다. 아니 사람들이 기억조차 하러 들지 않았다. 이런 노래들은 입에 얹혀 불러지다가 독지가(?)를 만나면 노래책에나 실려 겨우 소멸이나 면한 채로 오늘에 이른 것이다.

『시경(詩經)』에는 지은이를 알지 못하는 많은 노래들이 실려 있다. 본디는 하층문화의 '노래'였음에도 불구하고, 그러니까 입으로 부른 것이요 입에서 입으로 떠돌던 것임에도 불구하고 일단 책에 수록되면서부터 무릇 모든 선비가 필독(必讀)해야 하는 '시'로 인식되었다. 노래와 시를 놓고, 그 '여기기'와 '대접하기'의 돌고 돎이 이처럼 미묘할 수 있는 것인가가 흥미롭기까지 하다. 자고이래로 글로 적힌 것은 위대하였다.

선각자로서의 시인

말과 문자의 이 아득한 거리가 오늘에는 어떠한가를 생각해 보자. 가령 최남선(崔南善)의 경우는 어떤가? 그가 남긴 신체시(新體詩) 작품들을 두고 문학사는 여러 가지 평가를 내릴 수 있지만 우리의 눈을 끄는 것은 그의 놀라운 시적 변신이다. 그는 처음에 〈해(海)에게서 소년(少年)에게〉를 썼다. 말하자면 새로운 경향의 '시'를 쓴 것이다. 그랬던 그가 나중에는 〈경부철도가(京釜鐵道歌)〉며 〈세계일주가(世界一周歌)〉와 같은 창가(唱歌)의 가사를 짓는다. 문자 문학 지향에서 노래 문학 지향으로 되돌아간 변화는 놀랍지 않을 수 없다. 한 개인의 세계가 이렇듯이 오락가락할 수가 있는가 하는 생각도 든다.

그러나 최남선의 그러한 변화가 어쩌면 이황(李滉)이 〈도산십이곡(陶山十二曲)〉을 지은 일과 맥이 서로 통하는 일은 아닌가 하는 생각을 해 본다. 퇴계(退溪)의 친필로 새긴 〈도산십이곡〉의 판본이 도산서원(陶山書院)에 남아 있다고는 하지만, 그럼에도 불구하고 이 노래 작품은 그의 『퇴계집(退溪集)』에는 수록되지 못하였다.

그런 정도의 차이가 있음에도 불구하고 그는 열두 수로 된 시조를 지었다. 왜였을까? 그가 상층 문화를 담당하고 있는 한 사람이라는 자각이 자리잡았기 때문이라고 해서 무리가 없어 보인다. 그의 열두 수 시조가 뜻하는 바가 바로 그러하다는 사실이 이를 뒷받침한다. 상층인은 앞서 가는 사람으로서의 사명과 보람을 내던지지 않는 법임을 여기서 읽게 된다.

물론 예외도 있다. 윤선도(尹善道)의 시조 작품에서 이황(李滉)의 그것과 똑같은 상층인 의식의 발로만이 발견되는 것은 아니다. 그런 것이 전혀 없지는 않지만 윤선도(尹善道)의 상당수 작품들은 내가 지도자입네 하는 상층인 의식과 거리를 갖는 내용을 지니고 있다. 그럼에도 불구하고 많은 시조 작품이 누군가를 향해 무엇인가를 가르치고자 하는 데서 우리는 최남선(崔南善)이 보여 준 것과 같은 지도자 의식을 읽게 된다.

이것을 일러 시인의 '지도자 의식' 혹은 '선각자 의식'이라고 부르고자 한다. 엄밀히 말하면 20세기에 들어서서도 상당 기간 동안 시인은 선각자요 상층인이었다. 1920년대의 시인들이 대부분 동경(東京)을 다녀온 유학생이었던 사실은 이런 판단의 개연성을 높여 준다. 문자를 소유할 수 있는 일이 선택된 소수 사람들만의 것일 수 있었던 동안 시인은 스스로가 혹종(或種)의 상층인 의식을 지니고 시를 썼던 것으로 보아야 옳을 것이다.

오늘의 시인들이 지금 어떤 의식으로 시인이고자 하는가에 대해서 나는 정확한 판단에 이를 능력을 갖고 있지 못하다. 그러나 그것이 꼭 전통의 답습은 아니더라도 남이 보지 못하는 무엇을 홀로 꿰뚫어 보고자 한다면, 남들이 모두 취해 있을 때 홀로 잠 들지 않고 깨어 있고자 한다면, 거기서부터 이미 선각자로서의 고통이 시작되는 것은 아닐까? 베스트 셀러 목록에 오르는 시집에 가소로운 웃음을 보내면서 시는 이 길이라고, 이 길이어야만 한다고 고집하기 시작할 때 그 길은 지도자 의식의 깃발을 세운 곳에 이르지는 않을까 짐작해 본다.

충담사의 노래는 임금도 필요로 하였다고 되어 있다. 그 밖의 향가 작품들도 그 필요가 개인에서 집단에 이르기까지 다양하였음을 본다. 노래는 본시 그러하였다. 누구나가 다 가질 수 있고 함께 가질 수 있었다. 시인의 이상이 무엇일까? 그 중 하나는 누구나 다 가질 수 있는 시를 쓰는 일이 아니겠는가? 그렇다면 시의 전통과 노래의 전통 가운데서 오늘의 시인이 겨냥해야 할 전통은 어느 것일까 하는 선택이 필요하리라 본다.

시인 의식을 위한 각서

그러나 어찌 생각하면 이런 양분법(兩分法)적인 논의 자체가 무의미한 것일는지도 모른다. 진정으로 훌륭한 작품은 그 어떤 제약도 넘어서면서 모두를 감동시킬 것이니까. 그러나 시인의 전통과 노래하는 사람의 전통이 결코 하나가 아니었던 지난날을 한번쯤 되새겨 보는 일도 결코 무의미하지만은 않을 것이다. 과거는 미래를 위해서 헌신할 때 의미를 갖는 것이고 그 변용(變容)된 용어가 전통일 것이므로.

전통이란 말은 매우 긍정적인 가치가 부여되는 단어라고 생각한다. 또 우리가 어려울 때면 뜨거운 마음으로 붙잡아 올리는 단어 가운데 하나가 전통일 것이라는 생각도 든다. 그러나 한편으로는 전통이란 말이 고유성이라는 말과 동의어인가에 대해서는 확실하게 말하기 어려울 것이다. 또 우리 시의 고유한 전통을 말하라면 이런 저런 것들을 예를 들어 말할 수도 있을 것이다.

그러나 그 실체가 어떤 의미로 받아들여지든 간에 우리에게 분명히 있었던 시인의 분별에 대해서 음미해 보자는 생각이다. 이것은 이른바

'시인 의식'의 문제다. 시인은 어째서 시인인가를 묻는 일이다. 이것을 서투른 민중옹호론 정도로 오해하지는 말아 주었으면 싶다. 왜 시가 사람들의 곁을 떠나는지, 그렇게 떠나서 나중에는 어찌 될 것이며, 그렇게 되었을 때 시인의 자리는 어디일 것인지를 돌아볼 필요가 있다.

진정으로 위대한 영혼은 자신의 허물을 감추지 않는다고 한다. 일상의 예사로운 나날에서도 우리는 신비한 카리스마보다는 함께 대화할 수 있는 허물 많은 사람이 정답다. 시 또한 그러하지 않겠는가.

상층인이라는 것이 따로 있을 턱이 없는 현대 사회에서 지적 상층인으로 살아 가는 일이 어쩌면 괴로움일 수도 있을 것이다. 그러나 노래가 모두의 것이었던 전통과 시가 앞서 가는 사람의 것이었던 두 세계를 아우르지 못하는 한 현대의 시인은 설 자리를 잃게 될 것이다. 그것이 현대시의 숙명이고, 오늘날의 시인이 짐져야 할 몫이다.

그러니 우리는 시인 의식을 위하여 이런 말을 할 수 있을 것이다. 시인은 모두에게 친숙할 수 있는 선각자라야 한다. 그런 깨어남과 책임감이 없다면, 당부하건대 시를 함부로 농(弄)하지 말 일이다. 오늘날 우리가 즐겨 그의 시편을 암송하게 되는 시인과 그렇지 못한 시인을 가려 보면 이 말의 뜻이 자명해진다.

이를 다른 말로 바꾸면 시가 본디 노래였던 그 자질을 회복하자는 뜻도 된다. 세월의 흐름이 삶의 양식을 바꾸게 하고, 삶의 양식이 바뀌게 되면 그 결과라 할 수 있는 예술의 모습도 바뀌는 것은 당연하다. 그러나 그 변화가 본질을 벗어나서 이루어지거나 근본적 자질을 상실하는 쪽으로 나가게 되면 그 존재의 의의조차도 함께 사라진다는 것이 역사의 교훈임을 우리는 본다. 이 교훈에 충실하는 길은 노래의 본질을 회복해야 시가 살아난다는 것을 각인하는 데 있을 것이다.

노래의 본질이 무엇이냐 하는 것도 또다른 논의를 불러일으킬 것이다. 그러나 지금까지의 우리 논의를 바탕으로 성급한 결론을 말한다면 그것은 깨어 있는 시인이 생활 속으로 파고드는 것이 아닌가 한다. 삶의 진실을 투시하면서 그것을 노래로 응축해 내는 데서 시의 활로는 열릴 수 있다. 삶은 모두에게 중요한 것이므로 그것에 기반한 노래는 누구에게나 친근감을 줄 것이고, 그것을 깊숙하게 투시했을 때 거기서 얻는 감동은 커질 것이다. 그리고 그것을 입에 올려 노래하게 되면 시의 본질은 성취될 것이다.

앞으로 다가올 세기의 삶이 어떤 모습일지, 그 때 인간은 또 어떻게 변해 갈 것인지를 진단할 능력을 가진 사람은 혼하지 않을 것이다. 그러나 인간은 언제도 인간일 수밖에 없다는 것 또한 믿을 만한 진리이고 보면, 시가 인간과 그 삶을 투시하는 본질을 상실하지 않는 한 그것은 모든 인간의 것이 될 수 있을 것이다. 변화가 예상되는 시대의 삶에 대한 전망을 할 수 있는 근거를 과거에서 찾아 본 것이다. 지난 날 인류가 그러했듯이.

창조자로서의 시인

―형식과 진리의 상관 관계

이발소 그림에 관한 추억

번듯하게 간판을 단 이발소에서 처음 머리를 깎아 본 것은 아마도 초등학교 3-4학년 때쯤이 아니었나 싶다. 그보다 더 어렸을 때는 머리를 어디서 어떻게 깎았는지 기억이 없지만, 짐작하건대 이발 도구를 싸들고 다니면서 값싸게 아이들 머리를 깎아 주는 이동 이발사한테서 깎거나 아니면 동네에 이발 기계를 갖고 있는 집에 가서 얻어 깎거나 했을 것이다. 이런 짐작이 가능한 것은 난생 처음으로 이발소 구경을 한 다음에도 그런 식으로 머리를 자주 깎았던 기억이 있기 때문이다.

그런 식의 머리 깎기를 경험해 본 사람이면 알겠지만 그건 머리 깎기가 아니라 지옥 가는 일과 비슷한 노릇이었다. 아무렇게나 생겨먹은 깡통 같은 거에 엉덩이를 걸치고 앉은 다음 후줄근한 보자기를 목에 두르고 나면 이발기계가 머리 위를 공략하기 시작하는데 이건 머리를 깎는 게 아니라 아예 뽑는 거와 다름이 없었다. 아마도 이발 기계며 가위의 날을 세워서 쓸 만한 겨를도 없었고 형편도 그러했기 때문이리라.

이렇듯이 머리 깎기가 곧 참담한 심경으로 이어지는 추억을 갖고 있었기에 번듯하게 차린 이발소에 가서 머리를 깎는다는 것은 놀라운 호사였고 경이였다. 이발소라고 해봤자 1950년대초의 전쟁과 피난살이 시절의 그것이었으니 지금과 비교하면 그 시설이 오죽했으랴마는 집에서의 머리 깎기가 지옥 가기라면 이발소에서의 그 일은 천국에서의 호유(豪遊)였다. 마치 싸구려 여인숙을 출입하던 사람이 호텔 잠을 자는 것과 방불한 호화로움이었다.

특히 이발소의 그 쾌적함을 더욱 돋보이게 하면서 화려하다는 느낌을 더욱 강조해 주는 것이 있었는데 그것은 이발소에 걸린 두 종류의 그림이었다. 하나는 말쑥하게 단장된 머리 모양을 앞에서 옆에서 뒤에서 본 모습으로 수십 개를 그려 놓은 액자였고, 또 다른 한 가지는 참으로 아름다운 그림을 그려 붙인 액자였다. 만년설이 뒤덮인 산을 배경으로 아름다운 숲과 맑은 강이 흐르고 서양풍의 빠알간 지붕을 한 집이 어울려 있는 풍경화도 있고, 참외와 포도 또는 사과 등속의 과일들이 정갈하게 놓인 정물화도 있는가 하면, 고양이 세 마리가 솜처럼 부드러운 털을 자랑하면서 목에 방울을 달고 어울려 있는 그림도 있었다.

지옥과 같은 머리 깎기에서 벗어나 이발소의 쾌적함을 누릴 수 있는 것만도 행운인데 눈에 들어오는 액자의 그림들을 바라보면서 생각에 잠길 수 있는 행복감이야 더 말할 나위가 있겠는가. 말쑥한 신사들의 머리 모양을 그린 액자 속에서는 미래의 내 헤어스타일을 골라 보느라 바빴고, 액자 속의 풍경화 같은 곳에 집을 짓고 정물화 같은 실내 장식을 하고는 예쁜 고양이들을 키우면서 살아갈 수 있을 것인가를 꿈꾸면서 되도록이면 머리를 깎는 시간이 오래기를 바라기도 했었다.

그러면서 저 위대한 그림을 그린 사람들은 과연 어떤 예술가들일까가 궁금하기도 했었다. 이발소의 이 쾌적함과 호화로움을 더해 주고 빛나게 할 수 있는, 과시 인구(人口)에 회자(膾炙)하는 게 아니라 인목(人目)에 편만(遍滿)할 수 있는 그림을 그려낸 저 위대한 예술가들은 어떤 능력을 갖춘 사람들일까? 존경과 부러움으로 가득했던 기억이 있음을 고백한다.

기준의 흔들림에 대한 기억

그 존경과 부러움에 회의의 그림자가 드리워진 것은 중학교 때의 일이었다. 그 때 우리 반에는 정말 그림을 잘 그리는 아이가 하나 있었다. 거의 모든 그림에 다 능해서 공부시간에 노트장에다가 척척 선생님의 초상화를 그려내기도 하였고 쉬는 시간이면 흑판에다가 교장선생님의 커리커츄어를 배꼽 잡을 정도로 그려 우리를 웃기기도 했었다.

그런 친구였으니까 미술 시간이면 물을 만난 고기나 다름이 없을 것이었다. 수채화를 그리는 시간이면 그의 붓놀림과 채색은 가히 신기(神技)에 가까운 것으로 여겨졌다. 척척 붓을 대는 대로 형상이 분명해지고 쓱쓱 내리 긋는 대로 아름다움에 생기까지 보태는 그의 그림 솜씨를 보고 있노라면 감탄이 절로 나오기도 했다.

그런데 그의 그림을 본 미술선생님의 대성 일갈(大聲一喝). "야 이 녀석아! 이건 이발소 그림이야, 이발소 그림!" 그 미술선생님의 한 마디는 마치 천동설(天動說)의 세계에 살고 있다가 갈릴레오의 지동설(地動說)을 듣는 것에 맞먹을 충격이었다.

아무리 생각을 해 봐도 '이발소 그림'이라는 지칭이 칭찬 같지는 않았다. 칭찬은커녕 비난이 분명했다. 그런데 그토록 아름답게 잘 그린 이발소의 그림이 어째서 비난을 위한 비유로 등장할 수가 있는 것인가? 또 저처럼 그림을 잘 그리는 친구의 그림이 어째서 비난의 대상이 되는 것인가? 그로부터 오랜 세월 동안을 이 질문은 풀리지 않는 수수께끼였다.

그 뒤로도 이런 의문에 두께를 더하게 만드는 일들이 자꾸만 생겨났다. 내가 보기에는 이발소 그림보다 더 나을 게 없어 보이는, 아니 더 나을 게 없다기보다 오히려 못해 보이기까지 하는 세잔(Paul Cézanne)의 풍경화를 걸작으로 꼽는가 하면 루오(Georges Rouault)의 그림을

두고 경탄해 마지 않는 사람들의 말을 들을 때 곤혹은 심도를 더해 갔
다. 특히 루오의 그림은 마치 부러진 크레파스로 서투르게 그린 그림처
럼 서툴러 보이기까지 하는데도 훌륭한 그림이라니…….

어디 그 뿐인가? 옛날 사람들이 그린 민화들을 보고 좋은 그림이라고
들 하는 데는 참 어이가 없기조차 했다. 호랑이라고 그린 것이 꼭 무슨
개와 소의 잡종처럼 생겼는가 하면 잉어라고 그린 것이 붕어빵처럼 생
겨서 생동감조차 없는 것을 보면서 그림이란 과연 무엇이며 어떻게 그
려야 잘 그린 그림인가를 분별하지 못하는 채로 그렇게 지내 왔다.

말머리를 꺼낸다는 것이 시조와는 상관도 없는 이발소 그림 얘기로
너무 길어진 것 같다. 시조에 대해 생각하면서 그림을 빗대어 말하니까
그림에는 얼마간의 앎이 있는 것처럼 오해될 수도 있겠다. 그러나 고백
하건대 나는 지금도 그림에 대해서는 까막눈이다. 그런데도 시조를 그
림에 빗대어 이야기하고자 한다.

시조의 정형성이 지닌 뜻

모든 문학 장르가 관습의 성격을 지니고 있음은 널리 알려진 사실이
다. 그 가운데서도 시조는 외견상으로 현저하게 드러나는 관습적 틀을
지니고 있다. 3장으로 되어 있으며 각 장이 15자 안팎으로 되어야 한
다는 가시적(可視的)인 틀이 그것이다.

시조가 정해진 틀을 가지고 있다는 것은 문학으로서의 강점도 되고
반대로 커다란 약점이 될 수도 있음을 알아차리는 것이 중요하다. 약점
에 대해서는 뒤에 생각하기로 하고 강점이 될 수 있다는 측면을 먼저
생각해 보자. 정해진 틀을 가졌다고 하는 것이 어째서 문학으로서의 시
조가 갖는 강점이 되는가?

근대 정신은 여러 측면에서 여러 가지 용어로 파악될 수 있겠지만 그

기본이 되는 것은 개인 중심의 사고라고 할 수 있다. 전체로 파악되었던 인간에 대해 개개인의 개별성과 가치를 부여하는 쪽으로 변화한 것이 바로 근대의 정신이기 때문이다. 계시론적(啓示論的) 결정론의 윤리를 강제하던 신(神)의 몰락이 그러하고, 전체주의적 획일성을 전제한 질서론으로 재단하던 봉건주의의 해체가 그러하며, 그런 사고의 연장선에서 현대 정신은 성장해 왔다. 자유니 개성이니 평등이니 하는 용어는 각각 뜻하는 바와 명명(命名)의 시각이 다른 데서 온 것이지만 그 바탕이 되는 개념은 '개인'으로 환원된다. 말하자면 우리가 사는 이 시대는 바로 이 '개인'을 추구하는 시대로 집약된다.

 그런 이 시대에 정해진 틀을 강요하는 시조의 형식성은 시대착오적인 것이라는 견해가 있을 수 있다. 실제로 그런 견해가 문단이나 학계에 제기되었던 과거지사에 대해서도 알고 있고 오늘날에도 머리를 갸우뚱하고 시조를 바라보는 안목이 분명히 있다는 사실을 모르지 않는다. 그런데도 바로 그 낡은 것처럼 보이는 정형성(定型性)이 시조의 강점이 될 수 있다고 하는 것은 무슨 말인가? 시조를 쓰는 사람들에게 아첨하기 위한 말로 오해하지도 말고, 시조를 사랑하는 사람들로부터 환심을 사자는 저의가 있는 것으로 착각하지도 말 것이며, 시조를 대상으로 학문하는 사람의 생업 유지를 위한 강변(强辯)으로 치부하지도 말아 주기를 바란다.

 시조의 정형성(定型性)이 이 시대 문학으로서의 강점이 될 수도 있다는 관찰은 인간이 무엇이며 어떠해야 하는가 하는 가치관에 차이가 있을 수 있음을 뜻하는 말이다. 그러나 인간관에 이러이러한 것이 있다고 함부로 가닥을 추리는 것은 오히려 번거로울 수도 있다. 그러므로 질문의 방식을 바꿔서 생각해 보는 것이 좋겠다.

 개성의 추구와 자유에의 갈망이 이토록 팽배해 있는 시대에 그리고 문학에서 특히 시에서 자유시가 현대정신의 상징처럼 되어 있는 이 시대에 정형성의 추구가 겨냥하고 있는 인간의 본질은 어떤 것인가? 그것은 인간이 욕망의 덩어리이며 그런 본능의 화신이라는 관점을 바탕으로 하고 있으며 이 우주는 유한하고 인간 또한 유한하다는 인식에 맞닿아 있다.

개인의 추구가 개인의 욕망대로 극대화되는 사회를 생각할 수 있을까? 그것은 아마도 무법천지(無法天地)일 것이며 오늘날 우리 사회가 보여 주는 몰염치와 투기의 모습도 바로 이런 생각과 무관하지 않다고 할 수 있다. 그 극단이 소돔(Sodom)과 고모라(Gomorrah)의 성으로 가는 일일 것임은 두말할 나위도 없을 것이다.

고로 인간은 그 동물적 본능과 욕망이 명하는 대로 개인을 추구할 수 없게 되어 있다. 인간은 결코 홀로 살 수 없고 모두가 더불어 살아야 하기 때문에 그 욕망과 본능은 적당한 선에서 제어되고 금지되어야만 한다. 서양의 개인주의는 바로 이런 정신을 바탕으로 하고 있다고 이해함이 옳다.

정형의 질서와 인간다움

인간의 본능과 욕망이 적당히 억제되어야 한다는 것을 우리는 흔히 '질서'라는 말로 표현하기도 한다. 생각해 보라. 택시를 남이 먼저 타고 가는 것이 즐거울 사람이 어디에 있겠는가? 그런데 남들이 서 있는 뒤 꽁무니에 가서 줄을 서는 것은 무엇을 뜻하는 행위인가? 나의 욕망을 적당히 억제함으로써 그 억제한 만큼의 이득을 나눠 갖자는 뜻이 아니겠는가. 이것이 창작에 연계될 때 나타나는 정신이 장르의 관습 속으로 빠져 들어가는 행위가 되는 것이고, 무한한 자유란 있을 수 없으므로 질서화(秩序化)된 관습을 채택한다고 할 때 시조처럼 정해진 틀로 질서화함을 이상으로 하게 된다.

　그렇다고는 해도 개별성의 강조가 이토록 유난스런 시대에 고리타분하게 낡아버린 정형시의 틀에 매이다니…… 하는 생각이 든다면 우리 삶이 그렇지 않다는 것을 한 번 돌아볼 필요가 있다. 우리가 좋아하는 스포츠 게임만 생각해 보아도 그렇다. 운동 경기라는 것이 자유 분방하고 개인의 능력을 최대한 추구하는 것 같아도 실은 엄격히 정해진 규칙이라는 것이 있음을 간과해서는 안 된다. 경기장 안, 즉 정해진 면적 안에서 정해진 방법으로만 개인의 능력을 발휘하는 것이 운동 경기다.

　경기 말고 개인의 체력을 연마하기 위한 스포츠는 또 달라서 개인의 맘대로가 아닌가 하는 질문도 있을 수 있다. 그 경우에는 문제가 또 다르다. 사람은 누구나 편한 것을 좋아하는데 왜 힘들이고 땀을 흘리면서 그 짓을 하는가에 중점이 있다. 가만히 있어도 체력이 절로 좋아진다면 힘들여 운동을 할 사람이 지금처럼 있겠는지 의문이다.

　우리 경제 형편이 좀 나아지면서 보약으로 몸을 보(補)하려는 사람의 수가 급격하게 증가했다지만 적당한 운동으로 얻는 건강에 대면 어림없다는 사실을 아는 사람은 다 안다. 이렇듯이 힘들여 땀을 흘려야 인간은 인간다워진다는 인식은 무한한 개성의 추구와 자유의 구가가 인간다움과는 먼 길이라는 생각을 바탕으로 하게 될 것임은 자명하다.

　개별성과 자유의 창출이 인간을 인간답게 한다는 생각을 낭만주의적 사고라고 한다면, 절제와 질서라야 인간이 인간다울 수 있다는 생각은 고전주의적 정신이라고 할 수 있다. 시조는 말하자면 고전주의적 인간관을 바탕으로 한 장르임을 그 정형성이 스스로 표방하고 있는 셈이다.

　다만 여기 '고전주의'라는 말도 그렇고, 시조가 이미 조선조 시대에 창출된 정형이라는 시대성도 그렇고 해서 시조는 낡은 것이라는 오해는 지울 필요가 있다. 스포츠 자체에도 고전주의적 정신이 깃들여 있다고 말한 바가 있지만 20세기로 넘어올 무렵의 서양에서는 인류의 구제가 고전주의적 정신으로만 가능하다고 보고 정신세계의 질서화를 추구했던 신고전주의가 문학의 유파로서 성립되었던 사실을 상기하는 것도 좋을 것이다. 이런 역사적 사실은 앞으로도 무수한 신고전주의가 가능하다는 것을 뜻하는 것이지 단순히 낡은 것으로의 회귀를 뜻하지는 않는다.

그렇다면 시조의 정형성이 문학으로서의 강점이 될 수 있는 이유는 자명해졌다고 본다. 그것은 인간다움이 절제와 정돈에서 찾아질 수 있다는 신념을 바탕으로 하고 있다는 점이다. 따라서 시조가 시조답기 위해서는 이러한 본질을 꿰뚫어 보고 그런 신념에서 세상을 보는 사고 작용이 뒤따라야 할 것임은 분명하다. 그저 주절주절 말을 하기 위해서 시조를 쓰는 사람이 있다면 자기가 선 자리도 제대로 모르고 있다고 할 수밖에 없다.

형식에 구속되는 즐거움

시조가 정형성을 지니고 있다는 것이 약점도 될 수 있다고 말한 바 있다. 그것은 정형성만을 완수하면 시조가 된다고 생각해버리는 오해가 있을 수 있음을 가리킨다. 물론 쉽게 정형성이라고 말은 해도, 3장으로 나뉘어 있기나 하고 각 장이 15자 안팎이기만 하면 다 시조가 되느냐 하는 문제가 따로 있지만 여기서는 논외로 해 두자. 그것은 시조를 시조답게 하는 외형적 요소의 본질이 무엇이냐 하는 데 관계되는 문제이므로 우리가 말하고자 하는 화제와는 거리가 있는 문제다. 여기서는 시조에 정해진 틀이 있다는 가장 기본적인 사실에 대해서만 생각하자는 뜻이다.

시조의 정형성이 절제와 질서의 정신에 뿌리를 두고 있다고 했는데 그러한 목표의 추구는 치열한 노력과 인고(忍苦)를 거침으로써 가능할 것임은 물론이다. 그것은 한 마디로 말해서 고통이다. 그러나 그것이 오로지 고통일 뿐이라면 제아무리 인간다움을 추구하는 길이라 해도 그 길을 택할 사람이 그리 많지는 않을 것이다. 절제와 질서화의 길이 고통이기는 해도 거기에는 감미로운 즐거움이 있기 때문에 사람들은 그 길을 택하는 것으로 보아야 한다. 아이 낳고 기르는 일이 오로지 고통일 뿐이라면 어떻게 종족이 보존되겠으며, 등산을 하는 일이 육체적 노동일 뿐이라면 어느 누가 그 높은 산을 오르겠는가? 이는 마치 고통으로만 가득한 종교적 수행의 길에도 감미로운 황홀이 곁들여진다는 사실과 같다.

세상의 모든 일이 다 그러하지만 문학을 하는 행위에도 즐거움은 수반된다. 시조를 쓰는 측면에서 본다면 그것은 일종의 놀이적인 쾌감이다.

아이들이 즐겨 부르는 동요 가운데 "리 리 리자로 끝나는 말은 개나리 보따리 대싸리 소쿠리 유리 항아리"라고 하는 노랫말이 있다. 이 노래가 도대체 무슨 뜻을 가졌길래 아이들의 입에 흥겹게 오르내리는가? 또 야유회를 가서 오락회를 할 때에 손뼉을 치면서 '나무 이름 대기'니 '산 이름 대기' 등의 게임을 하면서 즐거워하는 까닭은 무엇인가? 아이들의 놀이 가운데 '사람 — 람보 — 보자기' 식으로 말 이어가기 놀이를 하는 것은 무엇 때문인가?

까닭은 자명하다. 그것은 놀이의 쾌감을 지니고 있기 때문이며, 그것이 놀이가 될 수 있도록 해 주는 가장 두드러진 요소는 정해진 형식성의 충족이라는 조건에 있다.

시조를 쓴다는 일도 형식성을 충족시킨다는 측면에서 본다면 놀이의 성격이 두드러진다. 가로 세로로 말 맞춰 넣기처럼 제한된 형식에 맞추어내는 그 자체가 쾌감이 되기도 하기 때문이다. 형식의 제약을 지켜가면서 45자라는 짧은 시구에 할 말을 정돈해 놓은 다음에 느끼는 쾌감이야 더 말해 무엇하랴! 잘 알려진 고시조 작품에 말 바꿔 넣기가 오락 프로그램이 될 수 있는 이치도 바로 이런 것이다.

진리를 찾는 괴로움

그러나 바로 이 쾌감이 복마전이 될 수도 있음을 눈여겨볼 필요가 있다. 놀이의 재미에 빠진 나머지 가던 심부름을 잊어버리고 그 놀이에만 열중하는 것이 어찌 아이들뿐이겠는가. 쓰는 재미에만 맛을 들인 시조 쓰기는 놀이 이상의 의의를 지니기 어려운 것이고, 그런 것으로 업을 삼는 사람이 있다면 시조의 형식성에 기대어 놀이를 하고 있는 놀이꾼에 불과하다.

화투를 가지고 노는 놀이꾼과 시조의 형식을 가지고 노는 놀이꾼 사이에 과연 큰 차이가 있을까? 차이가 있다면 이 쪽은 돈이 나가지 않고 좀 건전한 놀이라는 것 정도일 뿐, 놀이에 취하면 삶의 궤도를 잃는다는 점에서는 동일하다.

그런 노릇에 아주 익숙해진 것을 두고 통달의 경지에 들었다고 말하는 것을 보기도 한다. 그러나 이것은 통달과 거리가 멀다. 어쩌다 푸줏간엘 가면 늘 감탄하는 것이지만 푸줏간 주인의 칼질은 어쩌면 그렇게 능숙할 수 있는 것일까? 한 근(斤)을 달라면 한 근을, 반 근을 달라면 반 근을 한 칼에 떼어내는 데 차착(差錯)이 없음을 보게 된다. 허나 이것을 누가 예술이라고 하랴.

연초 제조 공장에서 일하는 아가씨는 손을 펴서 쥐었다 하면 담배 스무 개피에서 착오가 없고, 다시 손을 한 번만 움직여도 그 스무 개피가 담배갑에 들어가는 모양대로 석 줄로 늘어서는 것을 보았다. 혀를 내두를 만한 능숙함이었다. 허나 이것을 누가 통달이라 하며 그 일을 예술이라 하랴. 그냥 숙련공일 따름이다.

예술을 화제로 삼지 않아도 좋다. 어눌한 말투로 두서없이 말하는 노교수의 대화에서 감동을 받을 수는 있어도, 공교롭게 잘 다듬어졌으되 얼이 깃들이지 않은 말은 그저 말일 뿐 그 말에서 감동을 느끼기는 어려울 것이다.

시조인들 무엇이 다르랴. 그저 형식에 맞추는 기술만을 익혀서 그것을 장기(長技)로 아는 시조 쓰기가 있다면 그것은 불행한 일이 아닐 수 없다. 틀에 맞추는 재미에만 맛을 들여 거기에 무슨 뜻이라도 문제없이 담아 엮어내는 시조 쓰기가 있다면 그것은 말쟁이와 놀이꾼의 짓일 따름이다.

그렇기 때문에 시조는 일단 써 보면 쉽게 쓸 수 있다는 조언을 하는 사람이 있다면 그를 의심스러운 눈으로 경계해야 한다. 그는 시조를 사랑하는 척 하지만 실은 시조를 노리개의 차원으로 전락시키고 있음을 알아차려야 한다. 펜을 잡을 때마다 새록새록 어려워지고, 아니 펜을 잡기는커녕 생각조차가 어렵고 의문 투성이라야 시조 쓰기는 제 길을 갈 수가 있을 것이다.

너도 나도 '나'와 '개인'의 욕망과 그 분출로 어지러운 이 시대에 덩달아 춤추고 덤벙이면서 어찌 시조의 본질에 걸맞는 정돈과 질서의 실오라기나마 발견할 수가 있겠는가? 이렇게 사는 것이 인간이라는 진리를 찾아 방황하고 다시 가다듬어서 삭이지 않은 채로 어떻게 시조의 그 단단하고 정교한 질서를 농할 수가 있을 것인가?

고로 시조를 쓰는 일은 말 잘 하기도 놀이로 즐거워하기도 아니며 오히려 성인의 고행과 같은 외로운 형극의 길임을 명심할 필요가 있다. 모두들 세속의 욕망으로 들끓을 때에 성인은 광야에서 혹은 산곡(山谷)에서 외로이 인간의 길을 찾아 고행하지 않았던가? 시조가 정돈과 질서의 틀을 지니고 있음은 바로 이런 고행의 의미와 맞닿아 있음을 읽어야 한다. 그러지 않고 말재주와 놀이로 생각하거든 시조를 버리고 다른 일을 택하라고 권하고 싶다.

예술의 예술다움을 찾아서

이제 앞에서 길게 늘어놓고는 내팽개쳐 두었던 이발소 그림 얘기로 다시 돌아갈까 한다. 물론 지금도 나는 그림에 대해서 까막눈이므로 이발소 그림이 어째서 예술로서 보잘것없는 것이 되는가에 대해서는 설명할 만한 소양을 갖추지 못하고 있다. 다만 시나 그림이나 그것이 다 같은 예술이라는 점에서 이발소 그림을 시조 쓰기의 타산지석(他山之石)으로 삼아 말할 수는 있을 것 같다.

예술이란 무엇인가? 그것은 미적 진리에 대한 탐구다. 과학자가 삼라만상에 대해 '왜'라는 질문을 던져 놓고 과학적 진리를 탐구하듯이 예술가 역시 '왜' 또는 '무엇' 아니면 '어떻게'라는 질문을 던져 놓고 예술적 진리를 찾아 나서는 사람이다. 문학에서는 이 진리를 가리켜 특히 시적 진리라고 부른다. 예술은 그 과정에서 얻어지는 열매라는 말이 정확하다.

이발소 그림이 보여 주던 그 나무와 강물 그리고 산의 모습은 골똘하게 찾아 나선 진리의 세계가 아니라 평판화(平板化)되고 이미 굳어져버린 관습의 산물이다. 그것은 자신의 삶을 바쳐서 추구하고 발견해 낸 신세계이거나 오묘한 이치가 아니라 이렇게 하면 남들이 아름답다고 하더라는 관념의 우상이 만들어낸 복사물에 지나지 않는다. 그것은 잘 그려낼 수 있는 기술의 산물이지 예술 정신이 빚어낸 작품이라고는 하기 어렵다. 시에서 낡은 표현을 상습적으로 쓰는 것이 왜 기피되는가만 생각하더라도 이 점은 쉽게 이해되는 측면이다.

어디 표현뿐이겠는가. 슬플 때는 운다는 상습(常習)이나 기쁠 때는 웃는다는 감각적 당연성을 노래한다고 해서 어찌 시가 되겠으며 인간은 이런 것이라는, 누구나 다 아는 통념(通念)을 백 번 되풀이한들 그것이 어찌 예술이 되겠는가. 그걸 잘 다듬어진 말로 틀에 잘 맞추어 쓴 시조가 있다면 그것은 기술의 생산품이지 예술 작품이라고 하기는 어렵다. 개와 소의 잡종처럼 생긴 민화 속의 호랑이에서 우리 민족의 정신세계를 읽으려고 하는 것은 그것이 '무엇'을 찾아 나선 예술의 결과이기 때문이다.

시조가 추구해야 할 길이 이처럼 막막하고 심원한 진리의 발견이라면 어째서 고시조는 그토록 뻔한 이야기를 그렇게 많은 사람이 저마다 하지 않았느냐고, 또 그런 것이 시조의 전통이 아니냐고 반문할 수 있다. 그러나 이 문제를 논의하기 위해서는 별도의 장황한 자료가 필요하다. 그저 단순하게 요점만 말한다면 두 가지를 내세울 수 있다.

첫째는 고시조 가운데 비슷비슷한 것이 많은 것은 몇 백 년 동안 입에서 입으로 전해 오는 구전문학(口傳文學)적인 성격에 기인한다는 점이다. 거기다가 곡조를 가진 노래로 불렸기 때문에 원작이 아류(亞流)를 낳고 그것이 다시 변형을 낳고 했을 것임은 능히 짐작되는 바다. 그리고 고시조니까 다 우수한 작품이라는 논리도 가당치 않다.

둘째는 고시조가 뻔한 소리로 보이는 것을 내용으로 삼았다는 점은 좀더 신중한 관찰을 요한다. 한 마디로 오늘날의 생각으로 그 시대를 보면 곤란하다는 말이다. 충효(忠孝)로 대표되는 윤리적 삶만이, 혹은 강호(江湖)로 표상되는 청빈과 격조의 삶이 지고지선(至高至善)의 이상으로 추구되던 사회에서 그 인간다움의 판단은 어떤 것이었겠는가 하는 질문으로 판단을 대신하고자 한다. 흔히 황진이(黃眞伊)로 대표되는 서정성이 강렬한 시조에서조차도 그것의 표출은 방류(放流)와 분출(奔出)이 아니라 절제와 질서의 몸짓을 바탕으로 하였던 점을 참고하여 생각할 필요도 있다.

예술과 기술의 거리

진정한 문학이 진리의 추구에 지향을 두어야 한다는 점을 생각하기 위해서는 대중문학을 떠올려 보는 것도 유효할 것이다. 어떤 소설은 몇 십만 부가 팔리기도 하고 어떤 텔레비전 드라마는 그 시간만 되면 거리가 다 조용할 정도로 시청률을 높였다고도 했지만 지금 그 작품들에 관련해서 사람들이 기억하고 있는 것은 무엇인가? 그토록 많은 사람의 관심을 끌었던 작품이 우리에게 준 진리의 깨달음은 무엇인가? 아마 기억해 내기가 어려울 것이라고 생각한다. 그 까닭은 진리에 대한 관심보다는 흥미만을 추구했기 때문이다. 대중문학이 늘 삼각관계라고 하는 공식을 바탕으로 하는 것도 바로 그것이 흥미롭기 때문이며 상업주의적인 비속한 흥미에 사로잡혀 있기 때문이다.

예술이 예술적 진리를 발견하고자 하는 몸부림이라는 사실과, 시조가 정형성이라는 구속을 통해서 그 진리를 구현하고자 한다는 점을 생각하면 시조의 길이 얼마나 어려운 가시밭길인가는 자명해진다. 시조의 압축되고 간결한 형식은, 슬프거든 결코 울지 말아야 한다고 말해 주고 있으며, 기쁘거든 소리를 참으라고 일러주고 있다. 절제와 질서화라는 틀로 삼라만상을 보고 그 틀에서 인간의 진리를 말하라는 장르의 본질을 외면하고 그저 밥을 먹고 죽을 먹듯이, 약장수 약 팔듯이 주절주절 45자씩 맞추어 낸다면 그것은 기술자지 시인이라고 하기 어렵다.

이제 이발소 그림에 얽힌 추억과 더불어 시조의 길을 정리한다면 아마 이런 말이 될 것이다. 이발소 그림을 그리는 사람처럼 쉽사리 척척 시조를 지어낼 수가 있게 되거든 시인이 아니라 기술자가 되어 있음을 자각해야 한다. 이발소 그림을 그리는 사람처럼 비슷비슷한 그림을 자꾸 그리게 되거든 시인이 아니라 장사꾼이 되어 있음을 알아차려야 한다. 이발소 그림을 그리는 사람처럼 삼라만상과 인생의 저 깊은 곳을 보지 않고도 술술 시조를 쓸 수 있거들랑 시인이 아니라 기계가 되어 있음을 깨달아야 한다. 이발소 그림처럼 잘 팔리고 많이 내 걸리는 시조를 쓰게 되거들랑 시인이 아니라 기술로 밥을 먹는 장인(匠人)이 되어 있음을 알아차려야 한다.

문단(文壇)적인 흥미며 인기와 관련해서 생각해 본다면 이런 예를 들 수도 있다. 1920년대 우리 나라의 문단을 쥐고 흔들면서 영향력을 행사하고 사람들을 끌어 모으고 하던 사람은 여럿 있다. 그러나 오늘날 씌어지는 문학사는 한용운(韓龍雲)과 김소월(金素月)을 그 시대의 최고 시인으로 친다. 그 시대뿐이 아니라 그 후로도 이만한 시인이 있는가 싶을 정도다. 그러나 김소월과 한용운은 그 당시 문단과는 먼 데 있었다.

시조가 정형의 틀을 지니고 있다는 것이 인간의 정돈과 질서화를 지향하고 있음에서 온 필연적 조건임에 대한 이해가 없이 그저 술술 시조 형식에 맞추어 지꺼리게 되거들랑 자기는 시인이 아니라 말쟁이 글쟁이로 전락하고 있음을 알아차려야 한다. 절제되고 정돈된 형식에 담아낼 수 있는 생각이라면 거기에 맞게 정돈되고 질서화된 진리의 추구라야 한다. 그저 술술 나오는 달변(達辯)처럼, 그저 너덜거리는 폭백(暴白)처럼, 그저 곱기만한 조화(造花)처럼 시조가 쉽게 씌어지거들랑 제발 붓을 꺾으라고 권하고 싶다.

시조는 예술(藝術)이지 결코 기술(技術)일 수 없다. 시인은 고통을 감내(堪耐)하는 예술가이지 장인(匠人)처럼 손재주로만 잘 만들어 내는 기술자일 수 없다.

그리고 예술가와 기술자를 갈라 놓는 경계는 인간을 무엇으로 보는가에 달리게 된다는 점을 상기할 필요가 있다. 인간은 양면성을 넘어서서 다면성에 가까운 본질을 지니고 있지만 그러면서도 언제나 '인간답게' 살아가고자 한다는 것만은 한결같다. 이 한결같은 본성에 얼마나 충실하게 눈을 대고 바라보느냐에서 예술과 기술은 길을 갈라서게 된다.

　문제는 인간다움에 대한 통찰이며, 그것을 담아 내는 그릇의 성격이
다. 우리가 흥겹게 떠들기도 하고, 때로는 숙연하기도 하며, 경우에 따
라서는 낮은 목소리로 혹은 큰소리로 말을 하기도 한다는 단순한 사실
에서부터 인간을 발견할 필요가 있다. 그 다양한 본성이 함께 합의할
수 있는 것은 인간이 금수(禽獸)와는 다르다는 점이 아닐까 싶다. 그것
이 문학의 형식과 관련된 인간의 모습이라고 본다.

삶을 노래하는 두 유형

— 송강 정철과 고산 윤선도의 경우

조선시대 시인의 두 기둥

고전시가의 역사에서 가장 두드러진 시인으로 송강(松江) 정철(鄭澈)과 고산(孤山) 윤선도(尹善道) 두 사람을 드는 데 반대할 사람은 많지 않을 것이다. 이 두 시인이 문학사에서 돋보이는 까닭으로는 국문시가인 가사와 시조 두 부문에서 단연 두각을 나타낼 만큼 많은 작품을 남겼다는 것, 그리고 그 작품들의 수준이 오늘날의 안목으로 보더라도 아주 빼어나다는 것, 또 그 작품들이 오늘날의 우리에게도 친근감을 갖게 한다는 것 등을 들 수 있다.

그래서 그랬겠지만 각급 학교의 교과서에 이 두 시인의 작품은 빠지지 않고 실리기도 하였다. 교과서 편찬의 의도가 번번이 똑같지만은 않았고, 그래서 교과서에 실리는 글의 출몰(出沒)이 허다하였지만 이 두 시인의 작품은 굳건하게 자리를 지켰던 것이다.

그 결과로 이 두 시인이 한국인의 정체성(正體性)과도 깊은 관련을 가지게 되었다. 이 땅에 태어나서 학교 공부를 한 사람이면 이 두 시인을 너나없이 다 알게 되었고, 따라서 이 두 시인을 알지 못하면 한국 사람으로서의 정체성을 갖추지 못한 셈이 되어 버린 것이다. 시인을 안다는 것이 그 사람을 안다기보다 그 작품을 앎을 뜻함은 물론이다. 시인은 작품으로 기억되는 것이므로.

　이처럼 이 두 시인이 한국인의 정체성과 관계를 갖는다면 그것은 문화적 정체성에 해당한다. 그리고 한 민족의 정체성을 규정하는 요소는 많겠지만 문화적 정체성은 다른 어떤 요소보다도 정신적 유대를 굳건하게 해 준다. 한 가족이 지니는 가족 정체성 가운데서도 문화적 정체성이 그 어떤 것보다 강력한 힘으로 가족을 결속시켜 주는 것처럼. 이렇듯이 우리 민족의 정신을 한데 묶는 역할을 해 온 두 시인의 세계를 더듬어 보는 것은 우리 민족문학의 모습을 살피는 것도 되고 우리의 미래를 전망하는 것도 된다.

　그런데 이 두 시인이 뜻하는 바는 이러한 문화적 정체성의 끈이라는 역할에만 머물지는 않는다. 정철(鄭澈)과 윤선도(尹善道)는 빼어난 시가 작품을 남긴 점에서는 비슷하다 하더라도 그 작품이 보여 주는 세계가 판이하다는 점에 또 다른 의미가 있다.

　나중에 살피게 되겠지만 두 시인은 그 생애의 파란 만장함도 매우 흡사하다. 아니 어찌 보면 조선조 때 나아가 벼슬을 한 선비 치고 이런 생애를 보내지 않은 사람도 드물 것이다. 그런데도 두 사람은 벼슬도 하고 문학도 했다. 그런 의미에서 비슷한 삶을 살았다고 할 수 있다.

　그럼에도 불구하고 그들의 작품 세계의 특징은 사뭇 다르다. 송강의 시가 작품은 경물(景物)을 보되 그 경물을 정서의 표백(表白)으로 인식한다고 할 수 있다. 이에 반하여 고산의 시가 작품은 경물을 노래하되 그 경물을 의미의 구현으로 노래한다고 할 수 있다. 전자를 경즉정(景卽情)의 방법이라면 후자는 경즉의(景卽義)의 방법이라고 할 수 있다.

　문학은 삶의 표현이라는 점에 의문의 여지가 없건만 같은 삶을 살아도 문학의 지향이 각기 다르다면 그것이 뜻하는 바는 무엇일까 — 이런 의문은 문학을 가까이 하는 모든 사람의 궁금증일 것이다.

　두 시인의 생애와 작품 세계를 살피는 뜻이 바로 여기에 있다. 삶을 노래하는 방법의 차이가 어떻게 나타나 있는지, 그것은 우리에게 무엇을 말해 주는지, 그것을 저마다 공감하는 까닭은 또 무엇인지, 그러면서도 우리 민족의 문화적 정체성이 되는 힘은 무엇인지, 그래서 우리는 무엇을 배울 수 있는 것인지, 그러니 문학에 대해 어떤 전망이 가능한지를 생각하는 기회로 삼고자 한다.

정철의 삶과 미의식의 출발점

송강(松江) 정철(鄭澈)은 1593년 그러니까 임진왜란이 일어난 이듬해인 선조(宣祖) 26년에 세상을 떠났다. 그가 세상을 떠난 해로 친다면 지금부터 400 년이 넘는 세월이 지났으니 십 년이면 강산이 변한다는 속담이 아니더라도 참 아득하기 짝이 없는 시절의 인물이다.

그가 남긴 작품의 양은 상당하다. 한시(漢詩)가 758 수, 시조가 80여 수, 가사 작품이 네 편이니 작품의 수효만으로도 대단하다. 한문으로 된 글들은 『송강집(松江集)』에 실려 있고 한글로 된 시조와 가사 작품은 『송강가사(松江歌辭)』에 실려 전한다.

정철이 세상을 떠난 곳은 강화(江華) 송정촌(松亭村)이라는 곳이지만 그가 원래 태어난 곳은 서울이고, 그런가 하면 그가 열 살 이후로 오래 정을 붙이고 산 곳은 전라도 담양(潭陽)에 있는 창평(昌平)이라는 곳이었다. 거기서 학문을 익히고 사람을 사귀어서 벼슬길에 오르게도 되었고 벼슬을 버렸을 때도 창평에 가서 은거했으니까 그에게는 창평이 평생의 고향이나 다름이 없었다. 지금은 광주시 충효동으로 편입되어 있지만 그 곳에 가면 '서하당(棲霞堂)'이며 '식영정(息影亭)'이라고 하는 정자를 볼 수가 있는데 잔잔하게 흐르는 시냇물을 굽어보면서 노송(老松)이 용틀임을 하고 둘러 서 있어서 그 운치를 더해 주고 있다. 이 정자는 당시 그곳에 살던 선비 김성원(金成遠)이라는 사람이 지은 것으로 전해지는데 이 아름다운 풍광(風光) 속에 묻혀 지내는 김성원의 품격 있는 삶을 추앙하고 또 춘하추동 사계절 그 어느 때 할 것 없이 그 경치가 아름다운 것을 노래한 가사 작품이 〈성산별곡(星山別曲)〉이다. 작품 중간을 보면 이렇다.

> 장송(長松)을 차일(遮日) 삼아 돌길에 앉아하니
> 인간(人間) 유월(六月)이 여기는 삼추(三秋)로다
> 맑은 강에 떴는 오리 흰 모래에 옮아 앉아
> 백구(白鷗)를 벗을 삼고 잠 깰 줄 모르더니
> 무심(無心)코 한가(閑暇)함이 주인과 어떠한고

여기서 우리는 조선조의 많은 시가 작품에서 상투어에 가까울 정도로 흔히 등장하는 산수(山水)와 강호(江湖)의 아름다움을 본다. 사실 조선조의 강호시가라는 것은 그 첫머리를 장식하는 정극인(丁克仁)의 〈상춘곡(賞春曲)〉부터 추상의 덩어리라 할 수 있다. '송죽 울울리에 벽계수 앞에 두고' 지었다는 수간 모옥(茅屋)은 아무리 궁리해 보아도 그저 그림같기만 하지 확연하지는 않다는 점에서 추상적이다. 이처럼 조선조 시가들은 구체적인 어떤 대상의 모습을 보여 주기보다는 가슴에 품고 있는 이상향과 같은 풍경을 그려 낸다. 이 작품 〈성산별곡〉도 그에서 예외가 아니다.

그러나 이런 말은 할 수 있다. 그것이 사실 그 자체는 아니더라도, 아니 사실 그 자체가 아니기 때문에 이 작품에서 그리고 있는 것은 '그림'이라기보다 '그리움'이라 할 수 있다. 그러니 그것은 도달하고자 하는 꿈이며 그 꿈이 바로 미의식의 표상이라고 해도 좋다. 그런 의미에서 본다면 송강 정철은 여타의 조선조 선비들이 그러했던 것처럼 한가롭게 유유자적하며 아름다운 경치나 즐기면서 사는 생활의 멋과 운치를 미의식의 출발점으로 삼았던 것이 분명하다.

드러냄의 출발 〈사미인곡〉

그가 추구하고자 했던 미의 이상이 아름다운 정경으로 그려진 것이 〈성산별곡(星山別曲)〉이지만 송강의 생애는 그렇게 한가하지도 못했고 또 식영정 앞을 흐르는 시냇물처럼 순탄하지도 못했다. 그래서 그가 세상을 떠난 곳은 강화(江華)였고, 한 평생 몸을 의지해서 살았던 땅은 수없이 많다. 그는 참으로 여러 곳을 옮겨 다녔던 것이다.

함경도 명천(明川), 경상도 진주(晉州), 평안도 강계(江界) — 이것은 그가 54세 때 우의정 좌의정까지 지내던 중 광해군(光海君) 책봉(冊封)을 건의하다가 선조(宣祖)임금의 노여움을 사서 귀양을 가 지냈던 곳이다. 48세 때 예조참판(禮曹參判)을 하고 이어서 형조판서(刑曹判書) 예조판서(禮曹判書)가 되었다가 49세에 대사성(大司成)이 되었지만 동인(東人)의 논척(論斥)으로 벼슬을 물러났을 때는 고향인 창평에 돌아가서 4년 동안을 은거하기도 한다.

〈사미인곡(思美人曲)〉과 〈속미인곡(續美人曲)〉이라는 두 가사 작품은 이 때에 지었을 것으로 추정되는데 이 두 가사 작품에 나오는 '님'이라는 말이 곧 임금님을 가리킨다는 해석은 이래서 가능하다.

> 이 몸 삼기실 제 님을 좇아 삼기시니
> 한 생 연분이며 하늘 모를 일이런가
> 나 하나 젊어 있고 님 하나 날 괴시니
> 이 마음 이 사랑 견줄 데 전혀 없다
> 평생에 원하오되 한데 지내자 하였더니
> 늙어서야 무슨 일로 외로이 두고 그리는고

'님'을 향한 애소(哀訴)가 이처럼 이어지는 〈사미인곡(思美人曲)〉의 첫머리에서부터 송강의 가사 작품은 경물(景物)을 보되 그것을 오로지 자기 정(情)의 표백(表白)으로 바라본다. 〈성산별곡(星山別曲)〉이 노래했던 미(美)의 이상과는 멀어지면서 삼라만상이 오로지 정서의 표백 수단이 된다. 〈사미인곡〉의 이 부분 다음에 이어지는 춘하추동 네 계절의 사연이 그러하고 그 연장선에 있는 〈속미인곡(續美人曲)〉의 모든 사연이 그러하다. 〈속미인곡〉을 마무리하는 말이 "각시님 달이야카니와 궂은 비나 되소서"인 것은 이러한 경즉정(景卽情)의 절정이라 할 수 있다.

자기 드러냄의 사회적 자리 바꾸기

봉우리가 높으면 골이 깊다는 말처럼 송강이 그 숱한 유배로 거처를 옮겨야 했던 것도 그가 높은 벼슬을 했고 남보다 두드러졌기 때문이다. 말 안 하면 중간은 간다는 삶을 그는 스스로 멀리했던 것이다. 실제로 그는 26세에 진사시(進士試)에 합격하고 27세에 별시(別試) 문과에 급제해서 지평(持平), 전적(典籍), 함경도 암행어사, 수찬(修撰), 교리(校理), 집의(執義), 직제학(直提學), 승지(承旨) 등 주로 학문에 관계되는 벼슬에 오래 종사하게 된다.

그러다가 45세 때 강원도 관찰사(觀察使)라고 하는 벼슬을 맡아서 나갔는데 이 때 지은 것이 저 유명한 가사 작품 〈관동별곡(關東別曲)〉과 연작시조인 〈훈민가(訓民歌)〉 16수다.

〈관동별곡〉은 잘 아다시피 금강산과 동해의 풍경을 가사로 읊은 기행문인데 그 척척 들어맞는 시적 표현이며 능숙한 말의 구사는 익히 알려진 것이고, 그보다 더 중요한 것은 이것이 단순히 풍경의 묘사에 그치지 않고 인간의 진정한 심리를 잘 그려내고 있다는 점에서 음미할 가치가 있다는 점이다. 금강산을 구경하면서는 산봉우리를 보거나 폭포를 보거나 기암절벽을 보거나 한결같이 신하된 도리며 백성들 다스리는 도리만을 생각하는데 바다로 나아가면서는 생각이 전혀 달라진다.

> 산중(山中)을 매양 보랴 동해(東海)로 가자스라
> 남여 완보(藍輿緩步)하여 산영루(山影樓)에 올라하니
> 영롱한 벽계수와 수성 제조(數聲啼鳥)는 이별을 원망하는듯
> 정기(旌旗)를 떨치니 오색(五色)이 넘노는듯
> 북 피리 섞어 부니 해운(海雲)이 다 걷는듯
> 명사(鳴砂)길 익은 말이 취선(醉仙)을 빗기 실어
> 바다를 곁에 두고 해당화(海棠花)로 들어가니
> 백구야 나지 마라 네 벗인 줄 어찌 아는고

이렇게 시작되는 바다에서의 생각은 실로 황홀하다. 풍경이 너무 아름답고 돌아가야 할 기약은 분명하고 그러니 어찌할 것인가? 바다 밖으로 사라져버릴까, 북두칠성을 향해 뗏목을 타고 떠나버릴까, 신선을 찾아서 굴 속에 숨어버릴까? 온갖 궁리를 다 하건만 끝내는 자신의 직분인 목민관(牧民官)으로서의 임무를 자각하게 되고, 그래서 하늘을 보니 둥그런 달이 저 높은 곳과 저 낮은 데 아니 비췬 데 없이 두루 충만하더라—대체로 이런 내용인데 이것이 인간 누구에게나 두루 갖추어진 이중적 심리를 여실하게 나타내고 있는 것이라는 점에서 감동은 더해진다.

그러나 그 이중적 심리상태를 해소하고 다시 평정을 회복하는 그의 해결의 방식에 주목할 필요가 있을 것 같다. 목민관으로서의 나와 정 많은 개인으로서의 나의 갈등에 대한 해소는 "그대를 내 모르랴 상계(上界)에 진선(眞仙)이랴"는 노인의 말로 마무리된다. 그토록 커다란 흔들림을 초래했던 경물의 정이 사회적 처신으로 자리를 바꾸는 것이 그의 해결인 셈이다. 〈사미인곡〉과 〈속미인곡〉에서 표백된 정은 그러한 사회적 처신의 빌미가 주어지지 않음으로써 애소로 일관하였지만 상황이 호전되었을 때인 〈관동별곡〉에서는 태도가 일변하여 그 정이 사회적 위치로 자리를 바꾸어 앉음을 보게 된다.

여기서 남는 문제는 사회적 직분의 자각이 정의 문제라 할 수 있겠는가 하는 점이다. 정이라고 하면 흔히 기쁨, 슬픔, 애련(哀憐) 등을 떠올리는 관점에서는 이것을 정이라 하기 어려울 것이다. 그러나 정서의 형성에 이성이 관여한다는 점이 분명하다는 사실을 감안한다면 대상을 바라볼 때 일렁이는 심리적 동요의 조정을 위하여 지적 태도를 선택하는 것은 정의 종류에 관련된 태도의 차이일 뿐이라고 할 수 있다.

따라서 이런 말이 가능해진다. 송강이 〈사미인곡〉과 〈속미인곡〉에서 바라본 경물은 정을 정으로 표백하는 대상임에 반하여 〈관동별곡〉에서 바라본 경물은 정을 논리로 순화하는 대상이라는 점에 차이가 있다. 그 차이를 빚어내는 요인이 바로 정서를 정돈하는 데 관여한 사회적 삶의 영향이며, 이를 통하여 우리는 정철의 자연을 통한 자기 드러냄의 시학을 인식하게 된다.

사회적 정으로 세상 보기

강원도 관찰사 시절에 쓴 〈훈민가(訓民歌)〉라는 시조 16수는 백성을 다스리는 관찰사로서의 정철의 면모가 여실히 드러난다.

형아 아이야 네 살을 만져 보아
뉘에게서 타고 났관대 모습조차 같은가
한 젖 먹고 길러 났으니 딴 마음을 먹지 마라

이것은 형제의 우의를 강조한 것이고,

네 아들 효경(孝經) 읽더니 어느 만큼 배웠는고
내 아들 소학(小學)은 모레면 마치리라
언제면 이 두 글 배워 어질거든 보려뇨

이것은 자식 교육을 강조한 것이고,

> 어와 저 조카야 밥 없이 어찌할꼬
> 어와 저 아저씨 옷 없이 어찌할꼬
> 궂은 일 다 일러라 돌보고저 하노라

이것은 백성들의 복지에 대한 관심의 표현이며,

> 이고 진 저 늙은이 짐 벗어 나를 주오
> 나는 젊었거니 돌인들 무거우랴
> 늙기도 설워라커늘 짐을조차 지실까

이것은 경로사상을 높이기 위한 것이다. 이처럼 〈훈민가〉는 그의 관심이 두루 미치지 않은 곳이 없음을 보여준다.

〈훈민가〉가 두루 보여주는 것은 인간의 사회적 삶에 대한 송강의 관심이다. 그의 눈이 닿는 곳에 사회적 삶의 모습이 있었고 그는 그것을 노래하였다. 흔히 말하는 인정물태(人情物態)는 삶의 모든 것을 가리키는 말이지만 송강은 물태(物態)까지를 인정(人情) 속에 포함시켜버린 것으로 이해할 수 있다. 그의 관점을 그렇게 옮겨 놓은 것은 그의 사회적 관심이라 할 수 있다. 우리의 용어로 말한다면 사회적 정으로 세상을 바라본 것이다.

벼슬을 해서 나아가면 정치인이자 관리이고 다시 돌아와서 은거하면 학문을 닦는 학자요 문인으로서의 길을 가는 삶의 태도는 조선조 때 유학자라면 누구나가 추구하고 또 성취하고자 했던 길이다. 송강은 그것을 해 냈고 또 거기다가 우리말로 된 주옥같은 작품을 남겼다는 데 그 삶이 더욱 뜻이 있음을 보게된다. 이것은 그가 우리 문화에 대해 뛰어난 안목과 실천의 능력을 가졌던 증거라는 점에서 그의 삶을 기리게 한다.

  그가 서울에서 태어나서 열살 적에 전라도 담양 창평으로 이주해야 했던 그의 소년시절이 그의 삶에 대한 예고였다고도 할 수 있다. 그가 열 살 때 그의 아버지는 을사사화(乙巳士禍)에 휩쓸려 유배를 당하였고 맏형은 매를 맞아 죽는 참혹을 겪는다. 이어 16세 되던 해에 아버지의 유배가 풀려 창평에 가서 살면서 당대의 석학인 김인후(金麟厚), 기대승(奇大升), 송순(宋純) 등의 문하에서 공부를 하고, 이어 이이(李珥), 성혼(成渾), 송익필(宋翼弼) 같은 대학자들과 교분을 나누었기 때문에 그의 그런 생애가 가능했을 것이다.

  1536년인 중종 31년에 태어나서 1593년인 선조 26년에 세상을 떠났으니 57년의 길지 않은 생애였지만, 4백년이 지난 지금도 우리에게 우리말 문학의 백미(白眉)를 맛보게 해 주고 삶을 드러내기로서의 문학이 어떤 것인가에 대한 하나의 단서를 우리로 하여금 음미하게 해준다. 특히 자연을 정의 표상으로 보고 그 정에 사회적 관심과 처신을 담았던 송강의 시학은 그만의 독자적 세계이기에 그만큼 돋보인다고 할 수 있다.

윤선도의 삶과 미의식의 출발점

  전라남도 해남(海南) 대흥사(大興寺)는 유서가 깊고 경관이 빼어나기로 이름난 사찰이다. 특히 절로 들어서는 입구부터 우거진 수풀이 그윽한 분위기를 자아내서 선경(仙境)에 들어선 듯한 기분을 느끼게 한다. 이 절로 들고 나는 길목에 고산(孤山) 윤선도(尹善道)의 종가(宗家)가 있고 또 고산의 많은 유품들을 모아서 진열한 고산기념관이 서 있는데 여기가 바로 고산이 25세 되던 해에 찾아간 조상의 고향이었고 또 나중에도 그의 일가를 이어가던 해남 윤씨의 근거지라 할 수 있는 곳이다.

거기 가면 커다란 정자나무가 기품있게 서 있는 곁에 고풍스런 옛집을 보게 되는데 그 집의 일부는 효종(孝宗)임금께서 하사한 집을 뱃길로 운반해서 지었다고 해서 감회를 새롭게 한다. 또 고산기념관에 가면 돌에다가 새긴 그의 작품이 시인 윤선도의 면모를 새로이 생각하게 한다.

그러나 고산 윤선도는 서울에서 태어나서 자랐고 젊은 날의 대부분을 서울에서 보냈다. 선조(宣祖) 20년 그러니까 1587년에 태어나 여덟 살 때에는 강원도 관찰사(觀察使)를 지내게 되는 큰아버지 앞으로 양자를 갔고 17세에 결혼하고 진사(進士) 초시(初試)에 합격하고 20세 때에는 승보시(陞補試)에 장원 급제하고 향시(鄕試)에도 합격하고…… 이렇듯이 계속 합격은 하면서도 과거를 보기 위해서 공부하는 것보다는 공부 그 자체에 뜻을 두었다.

고산 윤선도의 파란만장한 생애는 광해군(光海君) 8년인 1616년 그러니까 그의 나이 30세에 시작된다. 이 해에 광해군의 측근에서 권력을 쥐고 뒤흔들던 이이첨(李爾瞻)을 탄핵하는 상소를 올린 일로 해서 윤선도는 우리나라 북쪽 끝인 함경도 경원(慶源)으로 유배를 가게 되었고 두 달이 걸려서야 그곳에 도착했는데 거기 가서 그는 글만 읽으며 어려운 생활을 견디면서 많은 한시를 지었고 〈견회요(遣懷謠)〉라고 제목을 붙인 시조 5 수와 〈우후요(雨後謠)〉라는 시조 한 수를 여기서 썼다.

> 슬프나 즐거우나 옳다 하나 그르다 하나
> 내 몸의 하올 일만 닦고 닦을 뿐이언정
> 그 밖에 여나믄 일이야 분별할 줄 있으랴
> 내 일 망녕된 줄을 내라 하여 모를손가
> 이 마음 어리기도 님 위한 탓이로세
> 아무가 아무리 일러도 님이 헤아려 보소서

〈견회요〉 첫째와 둘째 노래인 이 시조가 보여주듯이 유배를 가게 된 울분 속에서도 자기의 도리를 닦을 뿐이라는 선비로서의 태도가 한결같다. 이 점에서 그의 시조는 조선조의 선비들이 정신적으로 추구하던 궁극이 결국은 사람의 도리였다는 것을 알게 해 준다.

그렇기는 해도 이 노래에는 애소(哀訴)가 담겨 있다. 직접적으로 정을 표면에 내세우는 대신 표현은 멀리 돌려 자신을 나무랐지만 그 참뜻은 하소연이다. 그래서 제목도 '마음을 담아 보내는 노래'라 붙였으리라는 짐작이 간다.

그러고 보면 고산의 작품 세계는 정의 뿌리에서 자라나기 시작했다고 할 수 있다. 노래를 정의 감발(感發)과 융통(融通)으로 인식했던 그의 출발점을 여기서 뚜렷하게 확인할 수 있게 된다.

정에서 의미로 자리 바꿈

윤선도는 경원에서 1 년을 보내다가 다시 또 경상남도의 기장(機張)이라는 곳으로 유배지를 옮기게 된다. 거기서 무려 7 년의 유배생활을 보낸 다음 37세 때 인조반정(仁祖反正)이 일어나 유배가 풀리게 되었고 고산은 절의(節義)가 있는 인물이라 하여 벼슬을 받게 되지만 이내 관직을 버리고 해남(海南)으로 돌아간다. 그 뒤 의금부 도사(義禁府都事), 찰방(察訪) 같은 벼슬을 내려 불렀지만 사양하다가 42세 때인 인조 6년에 별시(別試) 초시(初試)에 급제하여 봉림대군(鳳林大君)과 인평대군(麟坪大君)의 사부가 되어 가르치게 된다.

왕자의 사부로서 공로를 인정받은 뒤에 공조좌랑(工曹佐郎), 호조정랑(戶曹正郎), 한성서윤(漢城庶尹), 예조정랑(禮曹正郎) 등에 임명되었다. 출세가 눈부시자 미움을 사게도 되었고 그래서 그의 나이 48세 되던 1634년에는 성산(星山) 현감(縣監)으로 좌천되었는데 그도 마다 않고 임지에 가서 전정(田政)을 가볍게 해 달라는 상소를 올렸는데 이 일로 파직이 되어 해남에 돌아와 은거한다.

그러나 해남에서 1년쯤 지냈을 때 병자호란(丙子胡亂)이 일어나자 윤선도는 강화(江華) 근처까지 왔지만 남한산성에서 이미 항복을 했다는 말을 듣고 뱃머리를 돌려 제주도로 향하다가 발견한 것이 전남 완도(莞島)의 보길도(甫吉島)라는 섬이다. 이 섬의 경치에 반해서 그는 여생을 마칠 곳으로 삼아 은둔한다. 그러나 이듬해 그에게 다시 벼슬이 내려지지만 또 모함을 받아서 옥에 갇히게 된다. 호란 당시에 강화까지 왔으면서도 임금께 문안하지 않았다는 죄목이었다. 이 일로 그는 다시 경상도 영덕(盈德)으로 유배를 가게 되고 1년만에 유배가 풀린다.

그 이후 다시 은둔한 보길도의 부용동(芙蓉洞)과 해남의 금쇄동(金鎖洞) 등에서 고산 윤선도의 우리말 시가 작품이 쏟아지기 시작한다. 그의 나이 54세였고 다시 벼슬길에 나아간 66세 때까지 13년간이 시인으로서의 활발한 활동기다. 여기서 그는 〈산중신곡(山中新曲)〉 19수, 〈산중속신곡(山中續新曲)〉 2수, 〈증반금(贈伴琴)〉 1수, 〈초연곡(初筵曲)〉 2수, 〈파연곡(罷宴曲)〉 2수 등을 지었다.

산수간(山水間) 바위 아래 띠집을 짓노라 하니
그 모른 남들은 웃는다 한다마는
어리고 향암(鄕闇)의 뜻에는 내 분(分)인가 하노라

그토록 파란만장한 삶을 살았던 사람이지만 그의 〈산중신곡〉에는 그런 자취가 전혀 보이지 않는다. 물론 이 언표(言表)의 배면에 자리하고 있을 반어적(反語的) 심경을 전혀 무시할 수는 없겠지만 그가 바라본 자연은 그 자체로 의미의 세계일 따름이다. 그래서 그의 이 시기 작품은 자연의 아름다움과 안빈낙도(安貧樂道)를 앞세우면서 깨끗하고 맑은 느낌을 갖게 하는 특징을 가지고 있다.

의미 드러내기와 자기 감추기

이처럼 소박하고 단촐한 선비로서의 삶이 그의 시조 작품에 주류를 이루고 있지만, 그의 벼슬길이 보여주듯이 파란만장한 삶이 그의 문학에서 그림자를 완전히 감추고 있다고는 하기 어렵다.

그가 65세 되던 해인 1639년에 그는 보길도의 부용동에 있었을 것으로 짐작이 되고 거기서 〈어부사시사(漁父四時詞)〉라는 제목 아래 40수로 된 긴 작품을 짓는다. 40 수의 각 작품은 시조 형식과 흡사하면서도 독특한 여음을 삽입하는 등 시조와는 다른 면모도 지니고 있어서 뱃노래로 보기도 하고, 시조로 보기도 하고, 그도 저도 아니고 조선조 선비들이 즐겨 향유(享有)하였던 〈어부사(漁父詞)〉의 전통을 되살린 것으로 보기고 하고, 시조가 아닌 가사라고도 보기도 하는 논란을 불러일으키기도 하였다.

> 앞 개에 안개 걷고 뒷 뫼에 해 비친다
> 배떠라 배떠라
> 밤 물은 거의 지고 낮 물이 밀어온다
> 지국총 지국총 어사와
> 강촌(江村) 온갖 꽃이 먼 빛이 더욱 좋다

〈어부사시사〉 봄 노래 첫 번째에 나오는 이 내용은 봄날에 배를 저어 나가 멀리 바라보는 경치의 아름다움을 절묘하게 그리고 있지만 '먼 빛'이 더욱 좋다고 한 것이 단순히 원경(遠景)에 대한 예찬만 한 것일까 하는 의문을 낳게 한다. 왜냐하면 그 다음 가을 노래 가운데 둘째 수에 보면,

> 수국(水國)에 가을이 드니 고기마다 살쪄 있다.
> 닫드러라 닫드러라
> 만경징파(萬頃澄波)에 싫도록 용여(容與)하자
> 지국총 지국총 어사와
> 인간(人間)을 돌아보니 머도록 더욱 좋다.

라고 해서 경치가 아니라 사람 세상〔인간(人間)〕을 돌아보니 멀수록 더욱 좋다고 한 데서 사람들에 대한 기피증 같은 것을 읽어 낼 수 있기 때문이다.

이처럼 군데군데서 인간에 대한 염증과 자신의 억울함을 토로하고 있음은 그의 생애로 볼 때 어찌 보면 당연한 것인지도 모른다. 조선조 유학자들의 꿈은 나아가 경륜을 펴서 배운 바를 현실에 실현하는 것이고 물러나면 강호에 묻혀서 안빈낙도의 도리를 닦는 것을 이상으로 삼았기 때문이다.

그렇기는 하지만 우리의 관심을 끄는 것은 고산이 이처럼 경물을 친화의 대상으로 바라본 점이다. 대상에 정을 의탁하거나 대상이 자신에게 일으키는 정을 드러내기보다는 자연이 주는 의미를 깨닫고자 하는 태도로서 인간을 멀리도 하고 경물을 예찬하기도 한다. 그러나 거기에 치열한 삶의 동태나 정의 기미는 드러나지 않는다.

이것은 송강이 보여준 것과 같은 경즉정(景卽情)이 아니라 경즉의(景卽義)의 세계라는 점에서 차이를 보인다. 고산은 이 점에서 감춤의 시학을 구현하고 있다고 할 수 있다.

드러냄과 감춤의 왕래

66세 되던 해에 효종(孝宗)임금의 부름을 받고 나아가지만 시기하는 사람들로부터 비판을 받게 되고 그래서 경기도 양주(楊州)의 고산(孤

山)에 머물면서 〈몽천요(夢天謠)〉 3 수를 쓰게 된다. 벼슬에서 물러난 충격이 컸던 탓일까 이 작품은 고산이 초기에 보여 주었던 〈몽천요〉의 그것과 같은 자기 호소가 강하게 드러난다.

> 풋잠에 꿈을 꾸어 십이루(十二樓)에 들어가니
> 옥황(玉皇)은 웃으시되 군선(群仙)이 꾸짖는다
> 어즈버 백만 창생(蒼生)을 어느 결에 물리치리

나이 66세에 이처럼 강한 집념으로 궁중이며 벼슬길을 노래하는 것은 억울함에서 오는 심리적 반응이라고도 할 수 있겠다. 그래서 이 작품을 보면 그 동안 고산이 내보였던 감춤의 노래들이 어쩌면 본심이 아니었으리라는 짐작까지 갖게 된다.

그러나 이렇게도 생각할 수 있다. 본디 시 세계의 출발이 그러했던 것처럼 고산은 끝내 강한 자기 드러냄의 세계로 돌아섰다. 그러나 바탕이 그러함에도 불구하고 그 동안 이를 멀리하면서 감춤의 시 세계로 나아갔던 것을 어떻게 설명할 수 있을까.

그에 못지 않게 우리에게 감명을 주는 것이 있다면 나이에 관계 없이 그의 정치적, 문학적, 학문적 활동이 치열했다는 점에서 후세인들에게 많은 교훈을 준다. 감춤의 시인이 강렬한 드러냄의 시를 노래할 정도의 집념 때문이었을까. 도리어 고산은 다시 예조참의(禮曹參議) 벼슬을 받게 된다. 그리하여 「시무8조(時務八條)」라는 현실 문제 해결책의 상소를 올려 임금의 칭찬을 받지만 원두표(元斗杓)를 공격하는 상소를 올린 것이 삭탈관직(削奪官職)을 당하는 빌미가 된다.

그리하여 해남에 돌아오고 이듬해에는 다시 보길도에 들어 세상 일을 잊고자 한다. 지금 보길도에 가면 고산이 그 때 만든 연못과 정자의 옛 터가 남아 있는데 한국의 전통적인 조경을 연구하는 데 귀한 자료가 되기도 한다.

그러나 69세 되던 해에 다시 벼슬길에 나아가고 71세 봄에는 첨지중추부사(僉知中樞府事)를 맡았고 이듬해에는 공조참의(工曹參議)가 되었다. 그러던 중 그의 나이 73세 되던 해에 효종(孝宗)이 승하하자 묘소 위치 문제와 조대비(趙大妃)의 복제(服制) 문제를 둘러싸고 남인(南人)과 서인(西人)의 반목이 일었고 정치적으로 열세인 남인이었던 윤선도는 74세의 나이에 다시 함경도 삼수(三水)로 세번째의 유배를 떠난다. 거기서 5년이 지난 79세 때에 전라도 광양(光陽)으로 유배지를 옮기고 그로부터 2년이 지난 뒤 그러니까 그의 나이 81세 때에 유배가 풀린다.

그래서 해남에 잠시 머물다가 보길도(甫吉島)의 부용동(芙蓉洞)에 들어가 5년 동안을 유유자적하다가 85세를 일기로 세상을 떠난다. 1671년, 지금부터 330년 전이다.

우리말의 아름다움을 아낌없이 드러내주었고 담백한 산수화를 보듯이 맑은 느낌을 갖게 하는 시편이라는 평을 받는 윤선도의 시조 작품은 그의 험난했던 생애를 통째로 드러내지 않는다. 아니 드러내지 않는다기보다 그것을 저 안에 감추고 있다고 해야 옳다. 그렇다면 고산에게 삶과 문학의 관계는 무엇일까 하는 의문이 제기된다.

드러냄과 감춤의 근원

송강 정철의 시학을 경즉정(景卽情)이라고 하여 대상에 자기의 정을 투사하여 자기를 드러내는 드러냄이라고 한다면 고산 윤선도의 시학은 경즉의(景卽義)라고 하여 대상의 의미 자체만을 내세움으로써 자기를 감추는 감춤이라고 결론지었다.

어떨 때 드러냄이 되고 어찌하면 감춤이 되는가에 대해서는 많은 설명이 가능할 것이다. 도구적 대상 인식과 본질적 대상 인식이라는 두

가지 다른 태도도 이에 유용한 설명이 될 수 있을 것이다. 대상을 대상 자체로 봄으로써 그 본질을 추구하려는 것이 본질적 인식이고, 이와는 반대로 대상에 자기를 투영함으로써 대상의 도구적 의의를 추구하려는 것이 도구적 인식이다.

이처럼 다른 두 가지 인식 태도가 어디에서 비롯하는가를 단정할 만한 근거를 찾기는 쉽지 않다. 그러나 송강과 고산의 생애와 작품을 살핀 결과로 이런 말은 할 수 있게 되었다.

송강과 고산 두 사람 다 드러냄의 세계를 지니고 있었다. 송강은 후기에 그러하였고 고산은 초기와 말기에 그러하였다. 드러냄의 세계를 내보인 시기는 공교롭게도 벼슬길과 연관된다는 점이 일치한다. 벼슬에 있거나 벼슬에 물러난 직후이거나 그 의식은 모두 벼슬살이의 영향 아래 있게 된다. 특히 고산이 벼슬을 멀리하고 부용동과 금쇄동에 있을 때 드러냄의 시 세계를 떠났다는 것은 눈여겨 볼 만하다.

송강이 드러냄에서 멀어져 감춤의 시학이라 할만한 미의 예찬에 있었던 때는 그의 초기 작품인 〈성산별곡〉의 시기였다. 그러나 벼슬길에 진퇴가 무상하던 시절에는 긍정적이건 부정적이건 자기를 드러냄에 적극적이었다. 고산 또한 그러하였다. 벼슬과 멀어져서 자연을 자연으로 바라볼 수 있게 되었을 때 고산은 감춤의 시학에 충실할 수 있었던 것이다.

송강과 고산에게서 발견되는 드러냄과 감춤의 자리 바꿈은 문학과 삶의 관계를 반추하게 한다. 자기 드러냄은 사회적 욕구의 강렬함을 반영한다. 반대로 자기 감춤은 개인적 삶의 추구가 강렬함의 결과이다. 이를 바꾸어 말한다면 드러냄은 현실에 관계되고 감춤은 인격에 관계된다고 할 수 있다.

인간의 양면성과 시적 해결

이 부분에서 우리는 시인이란 어째서 시인인가 하는 의문을 다시 떠올리게 된다. 문학이란 결코 삶과는 무관할 수 없음에도 불구하고 그것을 감추어 두고 대상의 의미만을 노래하는 것은 흔히 말하듯 이슬을 마시고 노래하는 베짱이의 삶일 따름인가. 혹은 그와 달리 개인의 완성은 저만치 두고 현실을 향하여 강력하게 자기를 드러내는 것은 세상이 말하듯 현실적 욕망의 끝없는 추구일 따름인가.

이런 의문에 대한 대답은 송강과 고산이 이미 해 주고 있다고 본다. 인간은 누구나 그 양면을 지니고 있음을 이 두 시인은 작품으로 입증해 줌을 우리는 확인한 바 있다. 그것이 인간의 실상이다. 그리고 상층인이었던 시인들의 참모습이기도 하다.

다만 두 시인의 드러냄과 감춤을 통하여 우리는 이런 말을 할 수 있을 것이다. 드러냄이 승하면 간절해진다. 반면에 감춤이 앞장을 서게 되면 격조를 얻게 된다. 드러내면서 격조를 얻고자 하거나 감추면서 간절한 감동을 바란다면 그것이 바로 연목구어(緣木求魚)와 같은 행위일 따름이다.

송강과 고산 — 고전시가의 이 두 거인은 잘 쓴 시의 훌륭함만을 우리에게 보여 주는 것이 아니다. 인간에게는 모두 양면의 요소가 감추어져 있다는 펑퍼짐한 심리학을 우리에게 시사하는 정도의 단순한 교훈을 던지는 것만도 아니다.

시인으로서 그들이 들려 주는 교훈은 이렇게 될 것이다. — 얻는 것이 있으면 잃는 것도 있다. 이것은 한 달이 크면 한 달은 작다는 것과 동일한 만고 불변의 진리일 것이다. 그래서 우리는 그들의 시에 공감도 하는 것이고 그들에게서 삶의 지혜를 배우기도 한다. 그 두 시인이 우리의 문화적 정체성을 엮어 주는 끈이 될 수 있는 까닭 또한 우리 모두가 그러한 불완전성을 지닌 인간이기 때문이리라.

여기에 굳이 또 하나의 배움을 추가한다면 문학이 결국은 인간의 일이라는, 결코 새삼스러울 것이 없는 평범한 진리를 덧보텔 수 있을 것이다. 그러나 그러하다. 문학은 결국 사람이 무엇이며 어떻게 살아야 하는가를 일러 주기 위해서 있어 왔고 앞으로도 그러할 것이다. 문학은 그 이상도 그 이하도 아니지만 그것이야말로 인간이 마련해 낸 일 가운데서 가장 소중한 것이다.

그래서 시인은 스스로 불완전함을 내보이면서 시를 쓴다고 보아도 좋을 것이다.

역사의 물결과 작가의 길

— 식민지 시대의 친일문학

암흑기라는 것

일제말의 특정 시기를 가리켜 '암흑기'라고 최초로 이름한 사람이 누구인지 혹은 암흑기라는 명칭은 과연 적절한 용어인지에 대해서는 별로 논의된 바가 없다. 그러나 그 시기가 대체로 1940년에서 1945년 해방에 이르는 시기라는 데는 이견이 없는 듯하다.

그렇다고는 해도 암흑기가 반드시 1940년을 시발점으로 해서 시작된다든가 하는 뜻은 아닐 것이다. 1937년에 중일(中日)전쟁이 시작되고 일본이 전시 체제로 돌입하면서 총독부는 전쟁 수행을 위한 총력체제 구축에 광분하게 되고 이에 따라서 그 당시까지 형식적으로 표방되었던 일체의 온건 또는 유화적인 정책은 자취를 감추게 된다.

그 구체적 움직임의 하나가 1939년 10월에 결성을 보게 되는 조선문인협회인데 이 단체는 이광수(李光洙)가 주축이 되고 일본인과 한국인이 뒤섞여 이른바 내선일체(內鮮一體)를 지향하는 조직이 된다. 조선인측 간사로 김동환(金東煥), 정인섭(鄭寅燮), 주요한(朱耀翰), 이기영(李箕永), 박영희(朴英熙), 김문집(金文輯) 등이 참여하게 되는데 보기에 따라서는 이 조선문인협회를 훗날 나타나는 조선문인보국회의 준비 단계라고 말할 수도 있다.

일제는 이와 같이 문인들을 하나의 단체로 만들어 전시 총력 체제로 돌입시킨 뒤 1940년 2월에는 그 악명 높은 창씨제도(創氏制度)라는 것을 실시하여 한국인의 뿌리를 뒤흔들어버리려는 음모를 노골화하기 시작한다. 이어 1940년 8월에는「동아」,「조선」두 일간지를 폐간시키고 동년 10월 16일에는 국민총력조선연맹을 결성함으로써 전체주의적인 색채가 사회 곳곳에 확고하게 자리잡게 만들었고, 1941년 4월에는『인문평론』과『문장』을 폐간하기에 이른다.

이어 1941년 12월에 진주만 기습으로 태평양전쟁을 도발한 일제는 식민지 수탈을 더욱 강화하여 1942년 9월에는 조선어학회사건을 조작하고, 1943년 4월 17일에는 이른바 문인보국회라는 단체를 태동시키기에 이르며, 동년 9월에는 진단학회(震檀學會)를 해산시킴으로써 이 땅의 민족문화를 말살하려는 조치를 강화하는데 이와 같은 일련의 사태가 전개된 시기를 가리켜 암흑기라고 부른다.

그러나 암흑기라는 용어를 사용하는 데에도 사용자에 따라 차이가 있는 것으로 보인다. 장덕순(張德順)은 암흑기라는 말을 '식민지 정책의 강화에 기인한 암흑시대'(『한국문학사』, 동화문화사, 1975)로 규정하고 있음에 비하여 백철(白鐵)은 '그런 모든 분해된 현상 위에 드디어 우리 문학사상에 그 암흑기가 와 버린 것'(『신문학사조사』, 신구문화사, 1955)이라고 하여 문학사적인 암흑기로 보고 있는 것이다.

그러나 이 시기를 가리켜 암흑기라고 명명하는 것은 일반적으로 정치적인 조건을 가리키는 의미로 사용하고 이 시기에 산출된 문학이나 그 활동에 대해서는 친일문학으로 규정하는 것이 보통이다. 비록 친일문학일지라도 문학 활동이 분명 있었고 그것이 싫건 좋건 우리 문학의 유산 가운데 일부라면 문학적으로 암흑에 묻힌 시기라고 명명할 수는 없기 때문이다.

친일문학의 전개 양상

　친일문학의 폭을 어떻게 잡을 것이냐 하는 문제는 아직도 논의가 덜 끝난 상태로 보는 것이 좋을 듯하다. 논자에 따라서는 식민지 치하에서 문자화된 모든 문학은 친일문학이라고 규정하기도 한다. 어떤 의미로건 식민지 정책에 부합했기 때문에 출판이 허락된 것이고 그런 뜻에서 본다면 분명한 친일문학이라는 주장이다. 물론 일리가 있는 견해다. 그러나 여기서 말하는 친일문학이란 앞서 말한 암흑기에 나타났던 작품군을 가리키며 그 작품의 분류나 규정은 별개로 함이 좋을 듯하다.

　친일문학의 개념을 이렇게 한정하고 바라보면 그 태동기를 1939년 4월 『인문평론』의 창간이라고 장덕순은 보고 있다. 그는 『인문평론』을 '야합의 첫 기수'라고 규정하고 『인문평론』 창간호의 권두언으로 실린 「건설과 문학」이라는 글을 그 구체적 증거로 지목한다. 이 글에서 최재서(崔載瑞)는 일제가 대륙 침략의 구실로 내세우는 '신질서 건설'을 찬양하고 "문학자들도 이 건설 사업에 총력을 기울여 협조해야 한다."고 주장을 폈다는 점을 중시하는 것이다.

　이러한 관점은 최재서가 그 훨씬 나중까지 자기 분열과 고민을 거듭했다고 보는 김윤식(金允植)의 견해(『한일문학의 관련양상』, 일지사, 1974)와는 차이가 있다. 그러나 김윤식의 견해는 최재서 개인의 행적을 면밀히 분석한 데서 얻어진 것이고 장덕순의 판단은 외부로 나타난 양상을 두고 내려진 것임을 감안한다면 친일문학의 태동은 장덕순이 지적한 대로 『인문평론』의 창간으로 봄이 옳을 것이다.

　실제로 『인문평론』 창간호는 박영희의 「전쟁과 조선문학」, 백철의 「일본 전쟁문학 일고」 등의 논문을 싣고 있는데 이들은 모두 일본의 침략전쟁을 합리화하고 긍정하는 글이다. 따라서 『인문평론』은 장덕순의 지적대로 전기 문학에서 암흑기 문학을 연결하는 가교의 구실을 한 것으로 봄이 마땅하다고 할 수 있다.

그러나 친일문학의 준비는 『인문평론』에 국한되는 현상은 아니었다. 이광수(李光洙)가 신문지상에 「국민문학의 의의」, 「심적(心的) 신체제와 조선 문화의 진로」 등 친일을 지향하는 글을 발표하는가 하면 백철이 「시대 우연의 처리」라는 글로 일본의 침략전쟁을 긍정하는 등 시대적 압력에 친일로 대응해 가는 변화를 보이고 있었기 때문이다.

이러한 시기가 지나고 친일문학이 '국민문학'이라는 용어와 함께 구체적으로 나타나기 시작하는데 그것은 1941년 11월 문학지 『국민문학』이 등장하면서부터이다. '국민문학'이라는 용어의 개념에 대하여 최재서는 『국민문학』 창간호에 실린 「국민문학의 요건」 가운데서 다음과 같이 합리화한다.

> 국민문학이란 것은 오직 막다른 골목에 다다른 문단의 길을 타개하기 위하여 제멋대로 생각해 낸 제목은 아니다…… 단적으로 말한다면 구라파 전통에 뿌리 박은 소위 근대문학의 한 연장으로서가 아니라 일본 정신에 의하여 통일된 동서 문화의 종합을 지반으로 하고 새롭게 비약하려는 일본 국민의 이상을 시험한 대표적 문학으로서……

이와 같이 국민문학이란 '일본의 문학'이면서 '일본 정신에 뿌리 박은 문학'임을 천명함으로써 '국민문학'이라는 것이 친일문학으로서의 문학임을 뚜렷이 밝히고 있는 것이다.

또 이 국민문학이란 용어는 단순히 잡지의 명칭에서 따온 것이 아니다. 오히려 『국민문학』이라는 잡지 이름은 친일 지향을 표방하며 내걸었던 '국민문학'이라는 용어에서 빌어왔다고 하는 것이 적합할 것이다. 말하자면 일본의 국민으로서의 문학이기를 지향했음을 뜻한다.

그 구체적 증거로 이광수(李光洙), 김기진(金基鎭), 안함광(安含光),

이석훈(李石薰) 등이 신문지상에 국민문학의 의의라든가 출발 또는 성격, 문제 등등의 제목으로 글을 쓰고 있는 것으로 보아 당대에 슬로건처럼 유행하던 용어라는 사실까지도 짐작할 수 있다.

지금까지의 자료 검토를 통해 알 수 있는 바와 같이 국민문학운동의 선봉은 최재서였으며 이광수가 그 적극적인 지지 혹은 동조자였던 것으로 보인다. 이 밖에도 당시로서는 신인이었던 사람들의 추종을 받으면서 국민문학은 당대를 휩쓸었음을 입증하는 증거는 상당하다.

여기에 더욱 박차를 가한 것이 1942년에 나온 『국민문학』 2권 5호로서 이 때부터 한글판을 없애고 완전히 일본어로만 발행하기에 이른다. 원래는 연 4회가 일어판이고 나머지는 한글판으로 내기로 되어 있었으나 실제로는 그 때에도 평론은 거의가 일본어였고 몇몇 창작만이 한국어였는데 이 『국민문학』 2권 5호를 경계로 한글은 그나마 완전히 자취를 감추게 된 것이다. 이렇게 해서 그들이 내세운 내선일체(內鮮一體)를 명실 공히 실천하기에 이른 것이다.

담담함에서 외침으로

이러한 외형적 변화에 따른 내용상의 변화는 어떤 것이었을까. 먼저 비평부문에서는 그 특징을 한 마디로 공백기라고 장덕순은 지적한다. 그 이전에 활발했던 비평이 자취를 감추고 국민문학이라는 친일사상의 강조에 그침으로써 사실상 비평활동은 끝난 것으로 본 것이다.

그러나 이 시기 비평의 흐름을 살펴 보면 그것은 구미적(歐美的) 색채의 일소였다고 할 수 있다. 미국과 영국에 선전 포고를 하고 있는 일본으로서는 적대국의 잔재를 일소하는 것이 급선무였고 또 구미 문학의 영향만을 받아 온 한국의 신문학으로서는 이것이 문단 혁신의 중요한 과제였기 때문이다.

　이런 추세에서 나타난 것이 정인섭(鄭寅燮)의 「서양문학에의 반성」과 김오성(金午星)의 「세계사의 전환」인데 전자는 적성(敵性) 문화의 비판을 시도한 것이고 후자는 서양의 몰락을 예견하면서 동아(東亞) 문학의 길을 제시한 것이다.

　다음에 보게 되겠지만 최재서는 이 부분에서 심각한 내적 분열을 일으키고 있다. 그 자신 흄(T. E. Hulme)류의 합리주의적 사고와 문학관에 길들여져 온 사람으로서 그러한 문학을 부정하고 내선 일체(內鮮一體)와 식민 체제를 수용하기에는 문제가 있었기 때문이었을 것으로 짐작된다. 중요한 것은 지식인으로서의 최재서가 어떻게 이 갈등을 극복했는가 하는 점인데 이는 뒤에서 살피게 된다.

　다음으로 시 부문에서는 이른바 '국민시'라고 하는 것이 등장하게 된다. 1942년 5월부터는 한글판도 완전히 사라져서 보기 어렵게 되므로 작품이 모두 일본어로 써어졌음은 물론이다. 그러나 친일문학이라 해도 그 정도에서는 약간의 차이를 보이고 있다.

　　낳아 자란 곳 어디거나
　　묻힐 데를 밀어 나가자

　　꿈에서처럼 그립다 하랴
　　때로 진한 고향의 미신이리

　　제비도 설산(雪山)을 넘고
　　적도 직하에 병선(兵船)이 이랑을 갈 제

　　피었다 꽃처럼 지고 보면
　　물에도 무덤은 선다

　　탄환 씰리고 화약 싸아한
　　충성과 피로 고아진 흙에
　　싸움은 이겨야만 법이요
　　씨를 뿌림은 오랜 믿음이라.

　『국민문학』 1942년 2월호에 게재된 정지용(鄭芝溶)의 〈이토(異土)〉
라는 시다. 남양(南洋) 여러 곳에 징용으로 끌려가서 외로운 넋이 된
죽음을 영광의 죽음으로 각색하고 있는 것이다. 그러나 아직 격동적인
구호를 삼가고 있음은 이것이 친일의 초기적 징후임을 보여 준다고 하
겠다.

　초기에는 이처럼 담담한 어조의 시도 나올 수 있었으나 이른바 ‘국민
문학’의 열기가 더해 가고 일제가 침략전쟁을 확대해 나감에 따라 시 또
한 함께 흥분하기 시작한다. 그리고 목적을 가진 문학이 으레 그러하듯
이 시는 점차 생경한 구호와 다를 바 없는 단어와 채 삭지 않은 흥분의
토로로 전락함을 보게 된다.

　　앞장서 지원한 그대에 이어
　　그리운 학모(學帽)를 바람에 버리고
　　새로운 군모(軍帽)의 별을 받들어
　　붓을 검(劍)으로, 서책(書冊)을 지도(地圖)로 대신할 때
　　몇 만(萬)의 발자국은 청운(青雲)을 소용돌이쳤다.

　김용제(金龍濟)가『국민문학』 1944년 7월호에 발표한 〈학병(學兵)의
꽃〉이라는 시다. 전쟁 말기의 학도병 지원을 미화(美化)하는 내용인데
이처럼 이른바 ‘내선 일체’를 지향하고 결전의 각오를 다지는 것들이 있
었는가 하면 일본의 단가(短歌) 형식을 빌어 작품을 쓰는 사람조차 있
었다. 이를 가리켜 형식에서조차 한국적인 것의 포기에 해당한다고 김

윤식은 지적하고 있다.(『한일문학의 관련양상』, 일지사, 1974)

소설 작가의 세 경향

한편 소설 작품은 어떠했던가. 장덕순은 이 시기 소설의 경향을 세 가지 유형으로 분류한다. 하나는 이른바 '황민화(皇民化)'의 철저한 신봉이고, 다른 하나는 현실에서 떠나 은둔하는 태도이며, 마지막은 지식인이기를 버리고 전향하는 유형이 그것이다.

'황민화'의 경향에서 창작된 작품으로 장덕순이 지적한 것은 이효석(李孝石)의 〈계(薊)의 장(章)〉, 〈아내의 고향〉 그리고 정인택(鄭仁澤)의 〈청량리 계외(界隈)〉 등이다. 한편 은둔 표방의 예로는 박노갑(朴魯甲)의 〈백일(白日)〉, 김남천(金南天)의 〈등불〉 등을 든다. 그런가 하면 지식인이기를 포기하고 전향하는 예로는 이석훈의 〈고요한 폭풍〉을 든다. 장덕순이 분류한 이 세 유형은 주인공의 행동 양식에 따른 것으로 작가의 태도를 고려한다면 붓을 꺾고 창작 활동을 하지 않은 저항의 부류를 하나 더 설정해야 할 것으로 보고 있다.

그러나 이것도 초기 현상이고 말기 증상을 보이기 시작하는 1943년에는 다음과 같은 소설 작품이 나오고 있음을 지적한다.

어머니, 이제 곧 동경(東京)을 보여드리겠어요. 사꾸라가 한참 핀 꽃의 동경을 말입니다. 이 말의 뜻은 내가 죽는다라는 말입니다. 죽으면 나는 외람스럽게도 야스꾸니신사〔靖國神社〕의 신으로 제사를 받습니다. 그러면 어머니는 귀족의 한 사람으로서 나를 만나려고 동경에 갈 수가 있다는 뜻입니다. 어머니는 하루도 빨리 동경이 보고 싶다고 생각하지 않으십니까?

정인택(鄭仁澤)의 〈돌아보지는 않으리〉라는 이 작품은 출정한 지원병

이 고향의 어머니에게 보내는 편지 형식으로 되어 있다. 그 내용을 살펴보면 죽음이라는 문제와 민족이라는 문제를 지나치게 단순하게 생각하고 있는 당대 지식인이 지녔던 단세포적 사고의 한 단면을 볼 수 있다. 친일문학의 정도가 이 수준에 이르렀던 것이다.

신념과 의식의 거리

이제 이같은 친일문학을 우리 문학사는 어떻게 다룰 것이며 또 무엇을 다룰 것인가 하는 본질적인 문제가 남는다.

먼저 역사의식의 문제다. 식민지 시대를 살았던 지식인으로서의 작가가 취한 행동을 어떻게 평가할 것인가 하는 것이 문제의 핵심이라 할 수 있다. 이 때에 가장 먼저 묻게 되는 물음은 그들에게도 역사의식이라는 것이 있었던가 하는 점이다. 민족 감정을 배제하고 냉철한 판단으로 본다 해도 대답은 부정적이 될 것이다. 민족이라고 하는 것을 그렇게 쉽사리 뛰어넘을 수 있는 것이라고 생각했다면 오류가 분명하고 그런 생각이 없었다면 무지했다고 할 수밖에 없다.

그러나 그와 같은 역사의식의 결여는 접어두더라도 친일문학에의 전향이 지식인다왔는가 하는 문제는 음미해 볼 가치가 있다. 그리고 이 점에 관해서 김윤식은 논리적이고 객관적인 분석을 가하고 있다.

김윤식은 개인으로서의 최재서라는 범위를 정해 놓고 이 문제를 다루고 있다. 최재서의 변신은 이광수의 그것과는 또 다르다. 이광수의 변신이 "누군가 당해야 할 일이면 내 스스로 당한다."는 식의 선민 의식에서 나온 것이라면 최재서의 경우는 그 나름의 갈등을 거치기 때문이다.

잘 알려진 바와 같이 최재서는 서구적 합리주의와 주지주의적 문학관으로 단련된 사람이다. 그러한 문학관으로 무장했던 그가 친일로 달려간 것이 과연 논리적이었는가. 김윤식은 다음의 글을 예로 지적하면서 논리에 의한 것이 아니라 신념에 의한 것이라고 말한다.

> 금후(今後) 일본문학(日本文學)에서 한편 그 순수화(純粹化)의 도(度)를 더욱 높임과 동시에 다른 한편 그 확대의 범위를 더욱 넓힐 것이다. 전자는 전통(傳統)의 유지(維持)와 국체(國體)의 명징(明徵)에 이어지는 일면(一面)이요, 후자는 이민족(異民族)의 포섭(包攝)과 세계(世界) 신질서(新秩序)와에 이어지는 일면(一面)이다. 전자는 천황귀일(天皇歸一)의 경향, 후자는 팔굉일우(八紘一宇)의 나타남이다.

「조선문단의 현단계」라는 최재서의 이 글에서 우리는 그가 논리에 매달리려고 고심한 흔적을 본다. 허나 그가 일본 체제를 받아들이는 것은 천황귀일(天皇歸一)과 팔굉일우(八紘一宇)의 신념일 따름이지 논리는 아니다.

적잖은 갈등을 겪었던 흔적을 그의 글에서 보이던 그가 끝내 논리를 포기하고 신념으로 이른바 '황민화(皇民化)'의 길에 직선적으로 매달리려 했다는 것은 그가 진정한 지식인이 되지 못함을 보여주는 것이다. 진정한 지식인은 신념이 아니라 논리에 의해 판단하고 행동해야 한다는 점을 전제할 수 있어야 하므로.

최재서의 경우가 이러할 때 여타의 친일 작가에게서 지식인의 행적을 찾기란 어려운 일일 것이다. 이런 점에서 붓을 꺾은 저항 작가의 명단이나 이육사(李陸史), 윤동주(尹東柱) 등의 저항문학을 고귀한 것으로 치는 천이두(千二斗)의 논리는 타당해진다. 천이두에게는 이 문제가 문학의 문제에 앞서서 양심의 문제로 파악된다.(『한국문학사전』, 문원각, 1971)

형식과 언어의 문제

친일문학을 논할 때 두 번째 던지게 되는 물음은 형식의 문제다. 당시 작품평을 하고 있는 글 가운데서 우리는 '단가(短歌)'라는 용어를 발견하게 되고 이광수를 비롯한 몇몇 시인들이 그 형식에 맞춰서 창작을 했다는 기록을 보게 된다.

여기서 단가란 물론 일본 특유의 정형시 형식을 가리킨다. 따라서 이 문제는 그 표현된 언어의 문제와 함께 중대한 의미를 갖는다. 가령 일본어로 시조를 썼다고 가정해 보자. 이것은 어디까지나 가정일 따름이요 실제로는 그런 일이 가능할 수조차 없는 노릇이다. 그렇기는 하지만 그래도 그런 가상이 가능하다면 그렇게 해서 창작된 작품은 어느 나라 문학이 되는 것인가?

형식마저 일본의 정형이고 그 표기 언어가 일본어라면 이는 당연히 일본의 문학으로 귀속되어야 할 것이다. 실제로 당시의 친일문학론자들은 한국의 문학이 일본의 구주(九州)나 북해도(北海島)와 같은 종류의 한 지방 문학에 지나지 않는다는 논리까지도 편 바 있다.

친일문학에 대한 세 번째의 물음은 그 언어에 관련된 것이다. 『국민문학』이 1941년 5월호부터 한글판을 폐지함과 동시에 조선어 말살정책의 압력으로 대부분의 창작활동이 일본어로 이루어지게 된다. 이렇게 해서 일본어로 씌어진 작품들의 문학사적 귀속은 어떻게 될 것인가. 속문주의(屬文主義)를 취한다면 일본문학이 되고 속소재주의(屬素材主義)의 관점이라면 한국문학이 될 것이나 그것이 별로 중요하지 않다고 보는 것이 김윤식의 견해다.

김윤식은 여기서 한 걸음 더 나아가 이무영(李無影)의 〈청와(靑瓦)의 가(家)〉 최재서의 〈비시(非時)의 화(花)〉, 〈민족의 결혼〉 등은 일본 국가에 이르는 혼을 발견하려고 쓴 것이지만 그 소재가 '조선'일 뿐 아니라 '조선적 특수성'을 드러낸 것이라고 지적한다. 그런가 하면 김사량 (金史良)의 〈물오리도(島)〉, 〈태백산맥〉, 유진오(兪鎭午)의 〈남곡선생 (南谷先生)〉, 조용만(趙容萬)의 〈선(船)의 중(中)〉, 오영진(吳泳鎭)의 〈맹진사댁 경사〉 등은 일본어로 썼다 해도 '반민족 또는 친일문학이라고 하기에는 어려움이 있다'고 보고 있다.

일본어로 표기되었다는 사실 하나만으로도 그것은 친일문학으로 규정 할 수 있다는 관점과 비록 일본어로 썼더라도 친일문학으로 보기 어렵 다는 두 가지 견해는 극단적인 대립으로 보인다. 전자의 주장은 언어와 사고의 관계를 바탕에 깔고 있는 반면에 후자의 주장은 한글 이전이나 이후에 쓰인 한문 작품의 존재를 염두에 두고 있는 것 같기도 하다.

작가 의식과 친일 문학의 자리

그러나 보다 중요한 것은 문학을 보는 시각의 문제다. 이 점에서 김 윤식은 우리에게 암시하는 바가 많다. 그는 이른바 '일본혼(日本魂)'이 라는 것을 지향한 친일문학이라 할지라도 '깊이 통찰해 본다면 그 무엇 인가의 불합리, 추태, 고민이 스며 있음'을 알 수 있고 그러기에 그것은 바로 우리의 것이며 우리 문학사의 것이라고 보는 것이다. 문학이 진공 관 속에서 이루어지는 것은 아니라는 점을 인정할 때 이러한 판단은 타 당성을 얻게 될 것으로 보인다.

사실 친일문학에 대한 조사와 정리는 많은 연구자에 의해서 상당한 정도로 진행되어 왔으며 앞으로도 꾸준히 추적될 것이다. 그러나 이제 와서 그와 같은 친일 문학의 흔적들을 섭렵하면서 생각하게 되는 것은 그 작품들을 어떻게 처리할 것인가 하는 문제가 된다.

많은 논자들이 적극적 동조냐 아니면 소극적 동조냐 혹은 적극적 동 참을 주장한 내용이냐 아니면 단순한 반영이냐를 놓고 등급을 매기고 분류를 하는 것을 볼 수 있다. 그러나 분류란 체계적 지식을 위한 준비이며 목표이지만 친일문학에 있어 그것을 분류하는 일은 꼭 필요한 것인가 하는 의문이 남는다. 또 그것이 칼로 자르듯이 명료하게 등급으로 나누어질 수 있는 일인가 하는 의문도 없지 않다.

문학사란 문학작품이 개별적으로 혹은 집단적으로 상호 영향을 주고 영향을 받는 의미의 맥락에서 판단되는 것이다. 이 점을 생각할 때 친일문학에 대한 우리의 적개심을 일단 누르고 그것이 우리 것임을 인정할 필요는 있을 것이다. 밉더라도 혹은 탕아이거나 죄인일지라도 자기 자식을 부정할 수는 없는 것이 부모의 도리일 것이다. 역사에 대해서도 우리는 같은 말을 할 수 있지 않을까 한다. 역사의 부끄럽고 추한 곳까지를 함께 들여다보는 것이 진정한 역사의식일 것이다.

버리고 싶다는 것은 감정이지 논리가 아니다. 남의 경우를 감안하는 것도 판단에 도움이 될 수 있다면 참고할 필요가 있다고 본다. 세계 제2차대전의 패전국 독일이 베르린의 한 복판에 폭격으로 일그러진 카이저 빌헤름 기념교회를 헐어 내지 않고 보존하는 일이 적개심의 표현이라고만 해야 할까. 일본이 패전국이면서 히로시마의 원자폭탄 떨어진 자리를 보존하고 있는 것도 복수심의 발로라고만 해야 할까. 얄밉기는 하다. 그렇지만 그러한 감정을 넘어서서 생각한다면 역사는 지우개로도 지울 수 없다는 스스로의 반성도 얼마쯤은 거기 깃들여 있다고 볼 수 있을 것이다.

일제말의 암흑시대가 비록 부끄럽고 아픈 추태이기는 하지만 그것은 공백이 아니다. 오히려 추하지만 분명 채워져 있는 우리 문학사의 한 대목임을 우리는 부인할 수 없다. 이런 점에서 김윤식의 다음과 같은 말은 친일 문학을 보는 우리의 관점 설정에 도움이 되리라 본다.

이러한 자기 비판이나 역사에의 변명은 제3의 관점을 도입하지 않는 한 무의미할 것이다. 즉 김사량(金史良)류처럼 조선어 제일을 떠들면서 아무 것도 안하고 붓만 끊으면 저항이냐 라는 반문과, 이태준(李泰俊)류의 일본어로 작품만 쓴 것이 아무리 저항적이라도 용납되지 않는다는 명제의 대립은 어쩌면 난쟁이 키 재기 놀음인지도 모른다. 을유(乙酉) 해방(解放) 문학(文學)의 전개가 이 두 전제를 철저히 극복했느냐의 검정은 그 다음 차례에 논구되어야 할 것이다. 그리고 그것은 중요한 일이다.

(『문학사와 비평』, 일지사, 1975)

제 3 부

북한 문학의 탐구

북한의 시가 장르 나누기
— 정치적 목적과 문학의 관련 양상

북한의 문예 창작 원칙

북한의 모든 문학 창작이나 연구는 다음 여섯 가지의 원칙을 지켜 이루어져야 한다. (1)당성·노동계급성·인민성의 원칙 (2)민족적 특성의 원칙 (3)사회주의적 사실주의 원칙 (4)군중예술의 원칙 (5)작가의 혁명화·노동계급화의 원칙 (6)작가 예술인에 대한 당의 영도의 원칙이 그것이다.

이 여섯 가지 원칙은 당에서 공식적으로 제시하고 또 이를 준수할 것을 요구하고 있는데 그런 목적을 위하여 수시로 문예정책을 구체화하는 한편으로 이를 설명하는 문예이론서를 발간해 왔다. 그러한 이론서의 발간에 확실한 원칙이 있는 것 같지는 않지만 정책에 수정이 가해졌다든지 또는 그들 나름의 중요한 기념사업이 필요할 때 발간되는 것으로 짐작된다.

1971년에 나온 『혁명의 위대한 수령 김일성 동지의 주체적 문예사상』이라든가 1975년에 나온 『주체사상에 기초한 문예이론』 같은 것은 김일성의 60회 생일과 당 창건 30주년이라는 시기를 택해서 발간한 것이고, 1973년에 나온 『우리 당의 문예정책』이라든가 1984년에 나온 『주체사상의 기치 밑에 새 사회 건설에서 이룩한 경험, 문학예술 건설 경험』 같은 것은 문학이론의 수정이라든가 지표의 확인 등을 목적으로 발간된 것으로 보인다.

문예이론서의 발간이 보여주듯 북한의 문학은 이 여섯 가지의 원칙을 준수함으로써만 이루어진다. 때문에 이 원칙에서 벗어나는 문학의 창작이나 연구는 이루어질 수가 없다. 이 사실은 우리에게 시사하는 바가 크다. 문학이란 자유로운 정신의 활동이기 때문에 문예정책은 무정책이 최상의 정책일 수가 있는데 북한에서는 문학 활동에서 이러 이러한 것만을 하라고 제시가 되어 있는 것이다. 그 결과 북한의 문학에는 이른바 순수문학이라는 것이 존재할 수 없게 된다.

사정이 이러하므로 문학 장르의 구분이나 창작 활동의 범주가 우리와는 사뭇 다를 수밖에 없다. 남한에서는 문학의 장르 구분이 문학 자체에 내재하는 특성과 질서에 의해 이루어진다는 가정을 갖고 있지만 북한에서는 정치적 목적이 문학의 모든 것을 지배함을 보게 된다. 장르 구분도 이에 따를 것임은 물론이다.

그러면 이러한 사정에서 창작되는 북한의 시가문학은 어떤 양상을 보이는가를 살펴 보기로 한다. 이러한 과정에서 남한과 북한의 문학에 대한 인식이 어떤 편차를 보이는가를 확인할 수 있을 것이다.

당과 수령 찬양하는 송시와 정론시

북한에서의 문학 장르 구분이 갖는 특수성은 앞서 말했던 목적문학론적인 사상을 반영한다. 그 예로 맹세문, 선전글, 웅변 원고, 노래 이야기 대본 등을 들 수가 있다. 1974년에 나온 『창작의 벗』이라는 책에는 '평양 제1사범대학의 국어국문학 강좌'라는 설명이 붙어 있는데 이 책을 보면 송시와 정론시가 매우 중요한 장르로 취급되고 있다. 맹세문이나 선전글 같은 용어는 우리로서는 매우 낯선 장르인데, 이러한 장르가 중요한 창작 대상이 되고 있다는 사실은 북한의 문학 창작이 맹세와 웅변 그리고 선전 등을 매우 중시하고 있다는 사정을 반영한다. 바로 이 점이 북한 문학의 순수문학이나 낭만적 문학성 상실을 설명해 주는 단적인 예가 된다.

물론 북한에도 서정시라는 장르가 있기는 하다. 그러나 서정시라고 해서 우리가 인식하고 있는 그런 의미의 서정시가 창작되지는 않는다. 순수한 서정이라는 것은 그들의 문학 이론에서 불필요한 것이라고 분명하게 밝히고 있을 뿐만 아니라 실제로 북한의 작품을 보면 그런 의미의 서정시는 존재하기 어렵다는 것이 발견된다. 그러면 북한의 시가 장르 가운데서 중요한 장르라고 하는 것들의 작품이 어떤 것인지 살펴 보자.

첫째로 송시(頌詩)가 있다. 송시란 '혁명의 위대한 수령에 대하여, 당과 조국에 대하여, 그의 영웅적 업적과 역사적 사건에 대하여 칭송하고 축하하는 사상감정을 노래한 시'라고 정의한다. 이 설명을 보면 송시라고 해서 일반적이고 자유로운 대상을 노래하는 것이 아니고 반드시 수령과 당을 칭송해야 한다는 것을 알 수가 있다. 그래서 송시로 창작되는 작품은 매우 많고 실제로 그들의 문학사를 보면 역사적 단계로 구분한 매 시기의 문학에서 이 송시가 맨 처음의 목차로 등장한다. 그런 작품의 한 예를 보자.

어느 땐들 조국을 위해서라면
두메산골에서 횃불을 올리고
공장거리에서… 기관구에서
밭이랑을 타고…. 논뚝에서
해풍에 싱그러운 바다가에서
지하를 뚫어 삼천척 지하 막장에서도
장군님 부르심에 떨치고 나서리라

그 이름 하늘에 울리고
삼천리 땅밑까지 스며들어

> 벗이요 스승이신 김일성 장군님
> 세계여 부러워하라 우리나라 태양을
> —김우철, 〈삼천만의 태양〉(1947)

이와 같이 송시는 김일성에 대한 찬양이거나 노동당의 업적 혹은 인민군의 전투 성과 등을 찬양하는 것으로 되어 있다.

둘째로 정론시(政論詩)를 들 수 있다. 정론시란 '사회정치생활에서 가장 관심사로 되는 사실에 대하여 주로 사회정치적 평가를 위주로 하여 쓰는 시'라고 정의하고 있는데, 다시 말해 선동 고무의 목적을 위하여 동원되는 장르이다.

> 흐르는 세월에 거세인 숨결을 뿜으며
> 사회주의 건설의 북소리 높이 울린다.
> ……
> 앞으로! 총동원이다.
> 풍만한 이 땅을 넘겨보는 원수들이
> 가소로운 소동을 일으키며 발악할수록
> 더 좋은 생활과 더 찬란한 래일은 펼쳐 주시려
> 수령님께서 부르신 총진군이다.
> —리광근, 〈조선의 숨결〉(1974)

위의 시가 보여주듯이 정론시란 그들의 목적을 찬양하며 고무·선동하는 내용으로 쓴 시를 가리킨다. 사회정치적 평가라고 해서 부정적인 평가가 있을 수도 있다고 생각하면 그것은 오해다. 북한의 모든 문학에서 부정적인 내용의 묘사나 반영은 있을 수 없다. 김일성의 교시에 의해서 완전히 금지되어 있기 때문이다.

남한 왜곡의 풍자시와 서사시

북한의 문학 가운데 오직 하나, 부정적인 내용의 묘사가 가능한 장르가 있다. 그것이 바로 풍자시(諷刺詩)다. 풍자시란 '대상을 조소·규탄하기 위해 쓰는 시'라고 정의된다. 그런데 북한이 말하는 사회주의 사회는 오직 한 가지의 목적을 가진 사회이므로 부정적인 요소나 갈등이 드러나서는 안 된다는 것이 김일성의 교시다. 따라서 풍자의 대상은 이른바 남조선과 미제국주의로 한정된다. 이는 '남조선 해방'이라고 외치는 북한의 노선을 실현하기 위해서도 더욱 필요한 일이기 때문에 매우 중요한 장르가 된다.

하학종이 땡땡 울려오면
책보를 둘러매고 찾아갑니다.
이 마을 뒤골목에 끼워있는 집
옥이네 판자집을 찾아갑니다.

먹을것이 있어서 찾아갈까요
놀음놀이 하려고 찾아갈까요
우리 집처럼 가난한 집
찌그러진 궤짝 하나 놓여있는 집

약속이나 한 듯 찾아옵니다.
신문팔이 순철이, 담배장사 영남이....
이것저것 심부름 구실을 삼아
밤마다 찾아가는 옥이네집

인민군대아저씨 주고 갔다는

> 깊숙이 넣어두었던 빨간 수첩
> 조심조심 펼쳐들면
> 우리를 바라보시며
> 웃고 계시는 김일성원수님
> (이하 줄임)
>
> —리광근, 〈날마다 찾아가는 옥이네집은〉(1972)

여기 나오는 아이들은 이른바 '남조선의 헐벗고 굶주리는 아이들'이라는 것이다. 이 아이들이 '김일성원수님을 흠모해서 그 사진을 들여다보며' 지낸다는 내용이다. 이 시에 묘사된 내용이 사실과 얼마나 차이가 있는지 웃음이 다 나올 지경이지만 북한에서는 이런 식으로 왜곡된 남한의 현실 묘사가 끝없이 강조되고 문학으로 형상화되는 것을 볼 수 있다.

지난날 남북한 고향 방문단이 오고갔을 때 텔레비전 카메라 앞에서 북한의 한 어린이가 "남반부의 어린이들은 깡통을 차고 밥을 빌어먹고 있다."고 태연하게 말할 수 있었던 것도 다 이런 시를 읽으면서 자랐기 때문이다. 심각한 왜곡이지만 왜곡을 사실로 믿게 하는 효과를 시가 발휘하고 있는 것이다.

넷째로 서사시(敍事詩)를 들 수 있다. 서사시란 '시대적으로 거대한 의의를 가지는 주제를 영웅적이며 숭고한 생활화폭을 통하여 구현하며 시대의 전형적 성격을 창조하는 시'라고 정의한다. 이 설명에서 알 수 있듯이 서사시란 영웅적인 업적을 노래하는 것인데, 북한에서 영웅적인 인물은 오직 김일성 한 사람뿐이기 때문에 서사시의 주인공이 김일성이 되는 것은 뻔한 노릇이다. 따라서 북한의 문학사를 보면 김일성의 유격대 활동 업적을 노렸다는 〈백두산〉(조기천, 1948)이 중요한 작품으로 한 장을 차지하고 있음을 보게 된다.

동요·동시와 대중가요·가사

다섯째로 동요와 동시가 있다. 동요와 동시는 물론 아이들의 시요 노래다. 그런데 북한의 동요나 동시는 주의해서 살필 필요가 있다. 그들이 자라나는 세대에게 무엇을 어떻게 주입시키고 있는가 하는 문제는 민족의 장래를 생각하고 전망하게 해 주는 것이기 때문이다.

1981년에 나온 동요동시집인 『해바라기』라는 책이나 1984년에 나온 민병준의 동시집인 『봄을 선참 알려줘요』를 보면 그 목차만으로도 중요한 특색이 발견된다. 다른 모든 문학작품집이 다 그렇기도 하지만 이들 동시집의 내용은 김일성을 찬양한 노래, 사회주의를 찬양한 노래, 인민군대를 찬양한 노래, 사회주의 건설과 당에 대한 충성을 고무하는 노래, 그리고 남한의 현실을 풍자 비판한 노래로 되어 있다. 어린 시절부터 사상적인 교육과 세뇌를 얼마나 받고 있는가를 알 수 있는 단적인 예다.

우리집 사진첩 번져갈 때면
한번도 그냥은 못번진 사진
우릉우릉 땅크를 앞세우고서
나만한 아이를 목마 태우고
남녘거리 걸어가는 아버지 사진

공화국기 펄펄 높이 날리며
목청껏 만세를 부르는 아이
여윈 볼에 벙실벙실 웃음꽃 피고
너무 좋아 입까지 못다문 아이
둥개둥개 태우고 나가는 사진

> 헐벗고 굶주린 애들을 보면
> 닝큼 안아 모두 안아 목마 태워준
> 우리우리 아버지는 참 좋은 군대
> 원쑤놈들 만나면 사자가 되고
> 아이들한테는 말이 됐대요
>
> 아이들의 말이 됐던 군대 아버지
> 오늘은 붉은기호 영웅 기관사
> 조국통일 그날에 몰고 간대요
> 남녘땅 아이들을 모두 태우러
> 무쇠철마 큰 말을 몰고 간대요
>   ─김선혜, 〈참 좋은 아버지〉(1980)

이른바 '남조선 해방'이라는 그들의 구호를 앞세우면서 남녘의 동포들은 모두 굶주리고 있다는 식의 고정된 이미지를 형상화함으로써 2세 교육을 그들의 전략대로 몰아 가고 있다. 그리고 이렇게 교육을 받은 북한의 어린이들이 무엇을 생각할 것인가는 짐작하기 어렵지 않을 것이다.

북한에는 독특하게 '가사'라는 장르가 있는데 가사란 '노래의 곡을 붙이기 위해 씌어진 시'를 가리킨다. 이 가사는 북한에서 매우 중시하는 장르다. 읽는 시가 개인의 문학이라면 노래하는 시란 집단의 문학이며 대중의 문학이 되므로 그들의 문예정책에 잘 들어맞기 때문이다.

북한의 문학 이론 가운데 '군중예술론'이라는 것이 있는데 이는 문학이 군중을 위해서 봉사해야만 하고 또 군중에 의해서 창작되어야 한다는 것이다. 이러한 요구는 북한의 전체주의적 사회 체제에서 불가피한 일이며 또한 대단히 중요한 일인 것이다. 따라서 가사 작품을 많이 쓸 것을 김일성의 교시로 요구하기에 이른다.

부르기 쉽고 외기 쉽고 만들기 쉽다는 점에서 혁명적 기능이나 교양적인 기능이 중시되는 가사는 이른바 ‘대중가요’라는 이름으로 통용되기도 하는데 그 목차를 보면 우리의 상식과는 매우 판이함을 알 수 있다. 다시 말해 북한은 대중가요까지도 ‘김일성에 대한 찬양이나 사회주의 건설의 고무·추동, 그리고 남조선의 적화 통일을 고취’하는 내용 일색으로 되어 있다. 북한에서 『대중가요집』(1969)이라고 해서 펴낸 책 가운데 제목이 제법 낭만적인 것을 한 편 가려 본다.

> 눈이 내린다 흰 눈이 내린다
> 빨찌산의 이야기로 이 밤도 깊어 가는데
> 불 밝은 창가에 흰 눈이 내린다
>
> 눈이 내린다 흰 눈이 내린다
> 밀림의 긴 밤을 못잊어 차마 못잊어
> 함박눈 송이송이 고요히 내린다
>
> 눈이 내린다 흰 눈이 내린다
> 이 나라 빨찌산들 그 념원 꽃핀 강산에
> 이 밤이 지새도록 흰 눈이 내린다.
> ─김재화 작사, 리면상 작곡, 〈눈이 내린다〉

노래의 곡조는 알 길이 없지만 김일성의 업적이라고 북한이 자랑해 마지않는 빨치산 활동을 찬양하고 회고하는 내용으로 되어 있다. 이처럼 그들은 대중가요까지도 목적론적으로 완전히 통제함으로써 이른바 순수 정서가 머무를 자리를 없애고 만다. 아니 목적으로 충만한 것이 순수한 정서로 인식토록 하고 있다.

이런 가사는 그들의 군중예술론과 결합하여 많은 작품을 낳고 있으며 특히 그들이 자랑으로 내세우는 〈피바다〉 등의 가극은 이런 가사를 바탕으로 해서 이루어진다. 그 또한 군중적으로 선동·고무하려는 목적에서 나온 것이다.

종자론과 사상성의 강조

북한의 문학론 가운데서 매우 낯선 용어가 눈에 띄는데 그것이 바로 작품 창작에서 강조하는 '종자론'이다. 종자론이란 '작품의 주제에 앞서는 사상적 알맹이'라고 정의한다. 여기서 사상적 알맹이는 무슨 사상이나를 가리키는 일반적 용어가 아니고 사회주의 하나만을 지칭하는 유일 사상의 용어이다 따라서 이 종자론의 실상을 보면 그것은 노래하고자 하는 생각을 김일성과 결부시키거나 사회주의 혁명사상과 결부시키는 것임을 알 수 있다.

앞서 말한 『창작의 벗』이라는 책에서 종자의 실상을 풀이해 보이고 있는데 그 예를 보자. '황금으로 여문 벌판의 벼를 보면서 그것이 김일성의 교시를 잘 받들어 제 때에 비료를 주고 열심히 농사를 지었기 때문에 풍년이 들었다는 생각에 이르러야만 작품의 종자를 바로 쥔 것'이라는 게 그 설명이다.

이러한 종자론을 앞세워 '북한의 작가들은 김일성 사상으로 충실히 무장'해야 한다고 요구하고, 그렇기 때문에 작가는 평양에 앉아서 창작할 생각을 하지 말고 농촌으로 공장으로 뛰어들어가야 한다고 강조하고 있다. 더구나 농촌이나 공장으로 뛰어만 간다고 해서 작품이 나오는 것이 아니고 사상적인 무장을 하고 가야 한다고 요구하기까지 한다.

이런 사정으로 미루어 보건대 북한의 작가들은 그들 스스로가 노동계급에 속하는 사람이라야 비로소 편안한 마음을 가지게 될 것임을 짐작할 수 있다. 실제로 북한에서 발행된 한 기록에서는 노동 계급 출신의 작가를 양성하기 위해서 노력했다는 사실을 자랑스럽게 밝히고도 있다. 이런 상황에서 작품의 독창성이라든가 개인적 서정을 드러내거나 그러한 주장을 하는 것은 불가능할 것임이 불문가지이다.

간략하게 북한의 시가문학을 살펴 보았지만 이 정도의 단편적인 예들만으로도 북한의 문학이 나아가고 있는 길은 충분히 짐작할 수가 있을 것 같다. 즉, 북한의 모든 문학은 김일성 찬양이나 사회주의 혁명을 위하여 봉사해야 한다는 노선 자체가 북한 문학의 유일적 지향을 확연하게 시사하고 있다. 이런 수준에서 한결같은 문학이 창작될 것임은 명확하다.

이 모든 것은 문학과 정치적 목적이 긴밀하게 결합하고, 거기에 유일한 사상만이 강조되는 사회적 특성의 산물이다. 따라서 유일성과 다양성이라는 두 핵심어가 남북한의 문학을 지칭하는 말이 될 것이다.

결국 북한의 시가문학은 그 무엇보다도 획일적이라는 점에서 예술적으로 우리와는 다른 길을 가고 있다는 말이 된다. 그러한 문학의 지향은 결과적으로 문학의 기본적인 장르 구분조차 많이 낯설게 만들고 있다. 문학과 정치적 목적의 관계를 여기서 새삼 곱씹게 된다.

그리고 이러한 거리를 알고 우리가 맞게 될 통일의 상황에 지금부터 대비가 필요할 것이다. 그것은 일종의 문화 충돌일 것이기 때문이다. 문화가 단순히 삶의 방식에서 머물지 않고 신념과 가치의 문제를 포함한다는 점을 생각하면 문화의 충돌은 곧 가치의 충돌이 될 것이고, 가치의 충돌은 삶을 피로하고 어지러운 것으로 만들어 갈 수도 있다. 그것은 일종의 일종의 혼란일 것이다.

그러나 문제를 비관적으로만 볼 필요는 없다. 우리를 빼고 나면 지구 상의 거의 모든 나라가 민족의 뒤섞임을 체험하였고 또 그렇게 살아가고 있다. 그리고 그러한 사회가 보여주는 강점은 다민족 국가의 다양성이다.

  남북 문화의 충돌이 빚어내는 혼란이 다소 당혹스럽더라도 이것이 다가치(多價値) 그리고 다양화의 풍성함으로 발전시킨다면 오히려 전화위복의 될 수도 있다. 이것은 분명 행복한 전망이다.

  필연적으로 와야 할 통일을 장미빛으로 전망하는 것은 행복한 일이지만, 중요한 것은 그 행복이 거저 오지는 않는다는 점이다. 따라서 그것이 그러하도록 진지한 노력을 할 필요가 있다. 남북의 문학이 얼마만한 거리를 지니고 있는가를 명료하게 인식하는 일도 그러한 행복으로 가려는 길닦기이다.

북한의 문학사 연구

— 문학의 역사를 보는 시각

몇 가지 기본적 전제

북한의 문학사 연구를 엿볼 수 있는 자료로 알려진 것은 대략 다음과
같다.

안함광, 『조선문학사』, 교육도서출판사, 1956
김하명, 『조선문학사』, 조선문학출판사, 1958
사회과학원 언어문학연구소 문학연구실, 『조선문학통사』 상·하, 과학원
    출판사, 1959
사회과학원 문학연구소, 『조선문학사(고대중세편)』, 과학, 백과사전출
    판사, 1977
박종원·최탁호·류만, 『조선문학사(19세기말-1925)』, 과학, 백과사전
    출판사, 1980
김하명·류만·최탁호·김영필, 『조선문학사(1926-1945)』, 과학, 백과사
    전출판사, 1981
사회과학원 문학연구소, 『조선문학사(1945-1958)』, 과학, 백과사전출
    판사, 1978
사회과학원 문학연구소, 『조선문학사(1959-1975)』, 과학, 백과사전출
    판사, 1977
김춘택, 『조선문학사』, 김일성종합대학출판사, 1982

정홍교·박종원, 『조선문학개관 I』, 사회과학출판사, 1986
박종원·류만, 『조선문학개관 II』, 사회과학출판사, 1986

이 밖에도 1956년 경에 『조선문학사』가 1~14세기, 15~19세기, 20세기를 포괄하는 3부작으로 되어 교재 형식으로 출판되었다는 기록이 고정옥의 「해방후 15년간의 조선문예학」(『조선어문』, 1960. 5.)이라는 글에 보이지만 확인이 되지 못하고 있다. 또 앞에 적은 문학사들 가운데 일부는 국내에서 복사 출판되거나 일부 편집 출판된 바 있다.

따라서 이제 북한의 문학사 연구에 관련된 자료를 대하는 일은 비교적 자유로와졌다고 할 수 있다. 그래서 전에 비하면 그 낯설기가 한결 덜해진 것도 사실이다. 그러나 북한의 문학사 서술을 대하는 데는 몇 가지 기본적인 이해를 가질 필요가 있다. 북한 사회가 우리의 그것과는 구조적으로 혹은 그 지향에 있어서 차이가 있기 때문이다.

그 첫번째가 북한에서의 문학사 연구가 무엇을 뜻하는가 하는 점이다. 이 점은 북한에서의 문학이나 그에 관한 연구의 성격이 어떻게 규정되는가 하는 것을 이해하는 데서 쉽사리 단서를 얻을 수 있다.

그 한 예로 북한에서의 문학 연구는 그 학문적 분류가 사회과학에 속한다는 사실을 들 수 있다. 우리의 이해 방식에 따른다면 문학은 인문 활동 가운데 하나로 인식되기 때문에 그것을 연구하는 학문은 자연스럽게 인문과학이 된다. 전국의 국어국문학과가 인문대학이나 문과대학 소속이라는 점이 이런 생각의 반영이다. 그리고 이것은 전통적으로 문사철(文史哲)을 묶어서 인문활동 파악의 3대 지주로 생각했던 뿌리를 내보이기도 한다.

그러나 북한에서는 사정이 사뭇 다르다. 북한의 문학연구소는 사회과학원 소속이다. 이것은 문학 연구가 사회과학의 일종이라는 뜻이다. 그 말은 결국 문학 활동이 사회적인 활동의 하나라는 인식과도 맞닿는다.

그러고 보면 문학이 진리에 대한 인식이니 존재에 관한 해명이니 하는 우리의 인식은 북한의 그것과는 사뭇 다르다. 이 점을 전제하지 않은 채로 북한의 문학사를 대하게 되면 그 기이함에 우선 당혹하고 그 서술 체계를 이해하기가 어렵게 된다.

문예 정책과 문학사 연구

또 하나는 북한에서의 문학 활동이 정해진 목표와 성격 규정에 의해서 이행되고 있다는 점이다. 문학 연구도 여기서 예외일 수 없음은 쉽사리 예상이 되기 때문에 북한에서 제시되고 있는 문예정책을 살펴보는 것은 문학사 이해에 도움이 된다.

북한의 문예정책은 다음과 같은 여섯 가지의 큰 항목으로 묶인다.

1. 당성.노동계급성.인민성의 원칙
2. 민족적 특성의 구현 원칙
3. 사회주의적 사실주의 원칙
4. 군중예술의 원칙
5. 작가의 혁명화.노동계급화의 원칙
6. 문학예술에 대한 당의 영도 원칙

이상은 1971년 사회과학출판사 발행으로 되어 있는 『경애하는 수령 김일성동지의 탄생 예순돐 기념 혁명의 위대한 수령 김일성동지의 주체적 문예사상』과 1973년 역시 사회과학출판사 발행의 『우리 당의 문예정책』, 그리고 1975년 사회과학출판사가 발행한 『조선로동당 창건30돐기념 주체사상에 기초한 문예리론』과 1984년 사회과학출판사가 발행하고 김정웅이 집필한 『주체사상의 기치밑에 새 사회건설에서 이룩한 경험 문학예술 건설 경험』의 네 책자를 종합하여 추출해 낸 원칙들이다.

여기서 종합했다고 말은 했지만 실은 이 네 책자가 거의 동일하게 위의 여섯 항목을 설명하고 있으며 그 밖의 다른 요소가 추가되거나 혹은 여기는 있는 것이 저기는 빠져 있거나 한 사례는 보기 어렵다.

다만 첫째 책에서는 맑스-레닌주의가 문면에 등장하는 반면에 나머지 세 책들은 그런 언급이 없는 것을 볼 수 있는데 이는 둘째 책의 출판이 이루어진 시기에는 이미 맑스-레닌으로부터도 떠난 주체사상을 운위하게 된 정황을 보여주는 것이 아닌가 한다.

또 셋째 책인 『문학예술 건설 경험』은 집필자의 이름이 기명되어 있는 것도 특이하지만 그보다도 해방후 오늘에 이르기까지 북한에서의 문학활동을 서술한 것이라는 점에 차이가 있는데 그것마저도 위에 말한 6대 원칙에 입각해서 설명하고 있으므로 원칙 설명의 자료는 다르지만 설명되는 원칙은 거의 동일하다.

이런 사례를 중심으로 북한 문학사의 배경을 이해하게 되면 그 전반적인 체계와 방향성이 드러난다. 문학을 사회활동의 일환으로 보면서 인민성과 당성 그리고 노동계급성의 원칙에 서게 될 때 문학사에서 중시될 것이 무엇인가 하는 점은 쉽게 떠오른다. 또 민족적 특성을 오늘에 구현하기를 추구하는 원칙 아래서 문학사 연구가 무엇을 열심히 모색할 것인가도 쉽사리 드러난다.

그 밖에 사회주의적 사실주의며 군중예술론 그리고 혁명화와 노동계급화를 추구하는 일이 문학사 연구에서 등한시될 수 없으리라는 점도 충분히 이해된다. 이러한 이해가 가능한 것은 북한의 창작과 연구가 당에 의해서 영도되고 있다는 사실과 또 그리해야 할 근거를 밝힌 당의 영도 원칙을 통해서다.

문학사 연구에서 전제되고 있는 이러한 원칙과 요구를 감안할 때 북한 문학사의 윤곽은 자연스레 떠오를 수가 있는데 그 결과가 어디까지

와 있는가를 우리와 차이가 나는 점을 중심으로 살피는 것이 그 특징을
드러내기에 용이할 것으로 본다.

사실주의 연구의 성과

북한의 문학사 연구에서 가장 두드러지는 부분은 사실주의에 대한 연
구가 아닌가 싶다. 앞에서 본 바와 같이 사회주의적 사실주의 원칙이
추구된 것은 북한 사회의 이데올로기적인 특성 때문이라는 점을 감안한
다면 이러한 연구의 지향이 이해된다. 사실 북한에서의 이 방면에 관한
연구는 일찍부터 진행된 것임을 짐작하게 하는 진술이 나와 있기도 하
다.

　　지난 시기 우리 문예학계에서 중요하게 론의된 문제의 하나는
우리 나라의 선진적 및 혁명적 문학 전통의 합법칙적 발전 과정을
천명하는 데 있어 제1차적 의의를 갖는 우리 문학에서의 사실주
의 및 사회주의적 사실주의의 발생 발전 과정에 관한 문제였다.
　　사회주의적 사실주의 문제가 조선 문학의 혁명적 전통을 천명하
는 문제와 관련하여 이미 일정하게 론의가 성숙되였고, 사실주의
문제가 제기되기 시작한 1957년에 과학원 언어문학연구소 주최로
전국적 범위에서 첫 토론회를 가지였다. 토론회는 다음 해에도 계
속되였고, 1959년에는 지상 토론이 전개되였다. 1960년에는 사
실주의 문제(비판적 사실주의를 포함)를 중심으로 지상 토론과 소
범위의 토론회들을 배합하여 조건들을 더욱 성숙시킨 조건에서
10월에 다시 전국적 범위에서 토론회를 가지여, 여기서 일정한
결론에 도달할 것이 예견되여 있다. 이리하여 지난 시기의 토론
과정에서 이미 15건(사실주의 9, 사회주의 사실주의 6)의 론문이
잡지 ≪조선어문≫ 및 ≪사실주의에 관한 론문집≫에 발표되였다.
　　사회주의적 사실주의의 발생 문제에 관해서는 신경향파 문학에서

그 시원을 보는 데서 일정한 합의를 보았다고 말할 수 있으나 그
발전 단계에 대해서는 아직도 결론을 얻지 못하고 있으며, 사실주
의의 발생시기 문제는 그 개념들에 대한 구구한 리해로 인하여 현
재 기본적으로 네 개의 견해가 서로 대립되여 있다. 그리고 이와
관련된 비판적 사실주의의 발생 문제도 사실주의와 동시에 18세
기에서 인정하는 견해가 있는가 하면 20세기 20년대 라도향, 김
소월 등에서 보는 견해도 있다.

(고정옥, 해방후 15년간의 조선문예학,『조선어문』1960. 5.)

인용이 다소 장황해진 까닭은 원문을 그대로 옮겨서 이해를 돕고자
한 때문이고 또 북한의 문장 기술 방식을 이해하는 자료로 삼기 위한
뜻도 있다.

사실주의에 관한 연구가 이른 시기부터 진행되었던 사정은 이로써 분
명해지는데 그 성과가 문학사에 반영된 결과는 사실주의의 성립을 훨씬
올려 잡는 것으로 나타난다. 사실주의의 발생을 12세기로 잡으면서 그
러한 경향의 중심적 인물로 이규보(李奎報)를 지목하고 그 주된 경향으
로 '첨예화되는 사회적모순과 령락되여가는 인민들의 생활처지를 그려내
는 현실반영의 사실주의적 경향'(『조선문학사(고대중세편)』)이 사조적
현상을 띠고 나타났으며 그런 시인으로 리곡(李穀), 최해(崔瀣), 홍간
(洪侃) 등을 거명하고 있다. 여기서 '사실주의적 경향'이라는 표현을 쓴
것은 12~14세기를 사실주의의 발생 시기로 본다는 견해가 내포되어
그리 된 것임을 알 수 있다.

사실주의의 발생 원인을 고려 후기의 봉건주의 모순에 두고 있는 이
견해와 작품 해석은 구체적인 부분에서 다소 변화를 보이기도 하는데
『조선문학사(고대중세편)』에서 거명된 바 있는 이곡(李穀)이『조선문학
개관 I』에 이르면 빠지고 그 대신 윤여형(尹汝衡)이 중요한 작가로 취
급되는 것을 보게 된다. 그렇게 된 까닭은 작품에 대한 평가의 변화에

기인하는 것으로 이해된다.

한편 비판적 사실주의에 관해서는『조선문학개관 I』이 분명한 서술을 하고 있는데 1910년대-1920년대 전반기의 문학을 논하는 장에서 제3항을 비판적 사실주의 문학으로 설정하고 현진건(玄鎭健), 나도향(羅稻香), 김소월(金素月)의 창작을 표제로 내걸고 논의하고 있음을 보게 된다. 이 점은 『조선문학사(19세기말-1925)』나 『조선문학사(1926-1945)』의 서술 태도와는 사뭇 다르다는 점에서 주목을 요한다.

특히 김소월에 관한 서술이 그러한데 일찍이 1960년에 고정옥(高晶玉)에 의해서 비판적 사실주의 작가로 언급된 바 있는 김소월이 정작『조선문학사』에서는 빠져 있는 점이 기이하기까지 하다. 북한에서의 문학 연구 상황을 짐작하게 하는 각종 정기 간행물에서도 1960년대 초기까지는 김소월의 이름이 발견되는데 그 이후에는 전혀 보이지 않는 사실과 혹종의 관련이 있지 않은가 추측도 되지만 그 경위를 알 수 없는 채로 빠져 있다가『조선문학개관 I』에서 다시 발견하게 된다.『조선문학사(19세기말-1925)』가 항일문학과 김형직의 문학에 관한 서술에 치중하느라고 그리 된 것인가 하는 생각도 갖게 되지만 그처럼 단순한 이유로 빠졌으리라 보기는 어렵다는 점에서 흥미로운 부분이다.

이런 다소간의 혼란에도 불구하고 사실주의의 문제에 일찍부터 관심을 가졌던 것은 그 의도야 짐작이 가지만 북한의 문학사가 지니는 목적성에도 불구하고 상당한 성과가 아닌가 한다. 사회주의적 사실주의의 원칙과 계급적 관점에서 문학을 이해하려는 동기와 봉건주의 시대의 지배 계층에 대한 투쟁을 중시하는 태도의 소산으로 이런 성과가 가능했으리라는 짐작이 간다.

구비문학에 대한 인식

북한의 문학사는 한문학과 구비문학에 대하여 이른 시기에 포괄적인 태도를 취한 것으로 보인다. 특히 한문학에 대해서는 일찍부터 시문학이라는 이름으로 포괄하고 있음을 보게 되는데 우리 국문학계가 한문학이 국문학이냐 아니냐를 두고 활발한 논쟁을 벌였던 점을 생각하면 상당한 거리가 느껴지는 부분이다.

구전문학에 대해서는 전쟁을 치르는 동안에 그 필요성에 대한 인식이 높아지지 않았나 하는 추리가 가능하다. 『문학연구』 1962년 4호에 지덕봉이 쓴 「현 시기 구전 문학에 대한 연구와 대중화 사업에서 제기되는 당면한 몇 가지 문제」라는 글을 보면 두 가지 주장을 내세우고 있음을 볼 수 있다. "첫째, 구전 문학에 관한 과학 연고 사업을 전면적이면서도 체계성 있게 집중적으로 진행하는 문제는 현 조건 하에서 매우 절실한 당면 문제라고 생각한다. 둘째, 당의 민족 문화 발전의 기본 로선에 근거한 구전 문학 작품의 대중화 운동에 관한 문제이다."가 바로 그것인데 이 글의 논지를 이해하고 저간의 연구 진행을 짐작하게 하는 부분을 인용한다.

> 지난 기간에도 물론 구전 문학에 대한 자료 수집, 정리 사업과 병행하여 연구 사업도 일정하게 조직, 진행되었다. 당의 문예정책을 받들고 진행된 이 분야의 과학적 연구 성과로서는 구전 문학에 대한 개론적 서술과 함께 풍부한 자료에 기초하여 봉건 시기까지의 구전 문학 발전 과정을 쟌르별로 고찰한 ≪조선 구전 문학 연구≫(고정옥 저, 과학원출판사 1962년), 력사설화와 세태 설화를 중심으로 고찰한 ≪조선 고대 설화 연구≫(한룡옥 저, ≪학위론문집 사회과학 편≫ 제3집 과학원 출판사 1958년) 및 김일성 동지의 구전 문학에 대한 강령적 교시들에 의해 계승 발전되고 있는

구전 문학을 개괄적으로 고찰한 한룡옥 동지의 〈문학 예술의 발
전과 인민 창작〉(≪우리 나라에서의 맑스-레닌주의 문예 리론의
창조적 발전≫ 243-275 페이지)을 비롯해서 전통적 구전 문학과
근대 구전 문학에 대한 중요 연구 론문들인 바 이는 청소한 구전
문학 분야에 대한 과학 발전의 토대로 되고 있다.

그러나 우리의 연구 사업은 ≪찬란한 우리 민족 예술의 유산을
계승 발전시켜 선조들이 남겨 놓은 아름답고 진보적인 모든 것이
우리 시대에 활짝 꽃피도록 하여야 하겠습니다.≫(김일성 ≪조선
로동당 제4차 대회에서 한 중앙위원회 사업 총화 보고≫ 92 페이
지)라고 하신 김일성 동지의 당적 요구 수준에 비추어 볼 때 그의
첫 걸음에 불과하다고 본다.

특히 인민 대중의 적극적인 지지와 참가 밑에 일대 개화기에 들
어 선 구전 문학 예술의 현실적 요구에 비추어 볼 때 이 분야의
연구 사업은 더욱 그러하다.

이 인용문은 북한에서의 구전문학에 관한 관심이 1960년경에 강력하
게 대두되었음을 보여주고 그 동인(動因)이 김일성의 교시에 있으며 그
연장선에서 인민 대중의 지지와 참가를 들고 있다. 그리고 이 이후 고
정옥의 주도로 『인민창작』이라는 정기 간행물이 발간되기에 이른다는
점과 그 간행물에 민요 설화의 수집과 창작 민요를 모집하고 있는 것을
보면 이것이 군중예술론과 인민성에 입각한 목적성을 지녔음을 쉽게 이
해하게 된다.

지덕봉이 쓴 앞의 글은 구전문학의 용어로 "구전문학 외에 구비문학,
인민창작, 인민구두창작, 구전인민창작 등과 국제적 통용어로서 폴클로
르가 쓰인다."고 하면서 용어의 정립을 주장하고 있기도 한데, 우리 학
계가 구비문학을 문학사에 포함시킨 시기와 그러기 위하여 겪었던 논쟁
들을 생각하면 상당한 선구성을 느끼게도 한다. 이는 북한의 사회와 학

계가 제시된 목표에 의해서 규정되고 지향되기 때문일 것이다.

지덕봉의 글 이후에 구전문학에 대한 연구가 어떻게 진행되었는가 하는 것을 이해하기 위한 단서로 고정옥의 글 「구전문학사(인민창작사)의 방법에 관하여」(『문학연구』, 1965. 4.)의 끝 부분을 인용한다.

조선 인민이 창조한 문학적 재보는 크게 세 개 분야로 나누이는 바 개인 서사7) 문학, 서사화된 인민 창작 또는 인민 창작적 서사 문학 및 구전적 형식의 인민 창작이 그것이다.

이 세 분야의 자료들은 각각 력사적 체계를 가질 수 있다. 그러나 그 중 둘째 분야의 그 문학적 속성은 첫째 분야로, 인민 창작적 속성은 세째 분야로 통합하는 것이 합리적이므로 둘째 분야는 독자적인 력사적 체계를 가질 필요 없이 문학사(개인 서사) 또는 인민 창작사에 포섭하는 것이 타당하다.

이리하여 전체 조선 문학은 두 개의 력사적 체계 즉 문학사 체계와 인민 창작사 체계로 나누인다. 이 두 체계는 문학과 인민 창작이 여러 가지 점으로 다른 문학적 성격을 가지고 있기 때문에 그 문학사 서술의 방법도 많이 다르지 않을 수 없다.

그런데 두 개의 문학사적 체계는 조선 인민이 이룩한 문학적 재보의 총체를 력사적으로 체계화하는 과업이 응당 제기되여야 할 사정과 관련하여 조만간 그 통합이 시도되여야 한다고 생각한다.

이 진술에서 둘째 분야라고 지칭하고 있는 서사화된 인민 창작 또는 인민 창작적 서사문학이라고 한 것은 『삼국유사』나 『삼국사기』에 기록되어 있는 구전문학 자료들을 지칭한다. 그러니까 이 글은 한자를 사용해서 기록했던 서사(書寫)의 주체는 대체로 지배 계급이고 그에 담긴 내용들은 상당 부분이 피지배 계급인 인민들이라는 점을 어떻게 취급할

---

7) '서사(書寫)'의 뜻으로 쓰인 말로 이해됨.

것인가 하는 데 대해 북한사회다운 고민을 하고 있는 셈이다.

이 문제는 우리가 얻을 수 있는 상당 부분의 문학사료가 상층계급의 것이라는 점에서 이의 처우 문제가 심각한 고민을 야기했음을 말해 주며, 이러한 고민은 구전문학만의 문제가 아니었다는 점이 나중에 확인될 것이다. 그러나 구전문학사와 기록문학사의 관계라는 측면에서 본다면 북한의 문학사 서술은 고정옥이 이 글에서 희망한 대로 통합된 문학사로서 서술되고 있음을 이내 목격하게 된다.

목적 지향의 가치 평가

문학사를 서술하는 태도는 얼마든지 다양할 수 있을 것이다. 이럴 때 우리는 문학사 서술을 결정하는 것이 사관(史觀)의 문제라고도 말한다. 여러 형태의 문학사가 존재할 수 있는 근거도 이런 생각에 뿌리를 두고 있는 것이고 삼십 년마다 문학사가 새로 씌어야 한다는 말도 사관의 변화를 보는 시각이 세대를 단위로 구획지을 수 있다는 판단에서 나온 것이라 할 수 있다. 최근에는 십 년마다 문학사는 새로 씌어야 한다는 말도 하는데 이 또한 역사를 보는 시각의 변화가 그만큼 빠르다는 뜻에지나지 않는다.

그러나 일찌기 웰렉(R. Wellek)이 그의 *Theory of Literture*에서 지적한 바 있듯이 문학사 서술에서 문제되는 것은 한두 가지가 아니다. 문학이면서 역사인 서술인 가능한가 하는 문제도 그렇거니와 문학 작품 개개의 사이에 의미의 그물이 설정된다는 일이 참으로 가능한 것인가에 대해서는 앞으로도 두고두고 답을 해야 할 문제임이 분명하다.

그러나 북한의 문학사는 이런 문제에 대하여 별로 고민하고 있는 것 같지는 않다. 그 까닭은 앞서 말한 바와 마찬가지로 문학을 사회적 활동으로 보는 전제가 이미 마련되어 있기 때문이다. 그런 관점에서 역사주의의 원칙이 천명되기는 하지만 문학사 서술의 관심은 역사주의적 판단의 문제보다는 오늘의 사회적 목적에 어떻게 기여할 것인가를 분별하는 데 더욱 부심한 것으로 보인다.

그 구체적 사례는 1977년 사회과학원 문학연구소가 집필하고 과학, 백과사전 출판사가 발행한 『조선문학사(고대 중세편)』의 한 부분만을 보아도 금방 드러난다. '1-7세기 전반기 문학'으로 시대 구분을 하고 있는 서술 가운데서 '봉건사회의 형성과 삼국시기 문학'으로 항목을 설정한 부분을 보면 그 설명항과 거론되는 작품들이 다음과 같이 요약된다.

로동가요적 성격 — 〈도솔가〉, 〈회소곡〉
인정세태를 노래한 것 — 〈사모곡〉, 〈정읍사〉
인민들의 반침략투쟁과 애국주의 사상감정 — 〈래원성〉, 〈무등산〉
애국적 행동 찬양 — 〈해론가〉, 〈양산가〉
봉건통치배들에 대한 증오와 원망 — 〈연양〉, 〈물계자가〉, 〈실혜가〉

여기서 주목되는 것은 다섯으로 분류한 항목의 성격이다. '인정세태'로 분류된 것을 제외한다면 노동성, 애국주의, 계급적 증오의 세 가지가 앞에서 본 문예정책의 그것에 입각한 판단임을 금방 눈치챌 수가 있다. 거기에다가 '인정세태'라고 한 것도 우리가 전통적으로 서정시로 분류하는 것임을 생각하면 '세태'라는 말을 '인정'의 꼬리에 붙인 것이 예사롭지가 않다. 세태라는 말에는 삶의 반영이라는 뜻이 강하게 함의되어 있다는 점에서 그러하다.

이런 서술 태도는 어느 시대 어느 장르를 서술할 때나 한결같은 태도라는 점에서 그 의도성의 강도를 짐작할 수가 있는데 그것은 한 마디로 말해서 현재적인 문제 의식, 다시 말해서 북한의 사회 건설에 유용하게 한다는 목적성을 강하게 시사한다. 물론 역사의 탐구와 체계화 그 자체가 현재적 삶을 위한다는 측면을 가지는 것은 사실이지만 그것이 지나치게 어떤 목적의식에 사로잡힐 때는 대상을 때로 왜곡하게 되는 결과를 낳게 됨은 불가피하다.

북한의 문학사가 사실의 기록보다는 해석과 평가로 나아간다든지 문학을 문학의 구조로 보기보다는 윤리 도덕적인 기준으로 본다든지 하는 것은 모두 이런 전제 때문에 빚어지는 현상이며 그것은 문학의 역사인지 특정한 관점에서 바라본 목적 지향의 삶의 역사인지 혼동하는 결과를 빚어내게 된다.

예를 들어, 고대 설화 중 '온달'이야기에 대하여 김일성의 교시를 논거로 삼으면서 서술한 정홍교와 박종원 공저인 『조선문학개관1』(사회과학출판사, 1986)의 서술을 보면,

> 설화는 온달의 이러한 형상을 통하여 봉건사회에서 ≪바보≫로 불리우며 천대받고 멸시를 당하던 가난한 사람들이야말로 슬기롭고 용맹하며 진실로 나라를 사랑하는 사람들이였다는것을 감동깊이 보여주고있다.
>
> 온달의 안해로 된 평강공주는 왕의 딸로 되여있지만 그의 형상에는 근로하는 녀성의 성격적특질이 일정하게 구현되여있다.
>
> 〈중략〉
>
> 평강공주에게 이러한 성격적특질을 체현시켜 온달과 결합시키고 온달을 왕의 사위로 만들어 장군으로 출세하게 한 것은 행복한 생활을 지향한 당대인민들의 념원에 대한 예술적 구현이였다.

라고 서술하고 있다. 그런데 평강공주는 물론이거니와 신분이 상승한 뒤의 온달은 이른바 착취계급이라고도 볼 수도 있다. 그렇다면 그런 계급적 상층성의 한계가 인민성의 문제와 어떻게 연계되어 해석될 수 있는가는 숙제가 될 수밖에 없게 된다. 이런 불가피성 때문에 이 부분을 비켜가기 위한 논리의 굴절은 불가피한 것으로 보인다. 그러기에 이야

기 속 인물들의 행동 그 자체에 문학적 평가의 척도를 대고 있음에 눈
이 가지 않을 수 없다.

이런 사례는 일일이 들 필요도 없다. 북한의 문학사는 전체가 이런
관점에서 서술되고 있기 때문이다. 문제는 그러한 문학사 서술이 학문
적 관심의 결과로 이해되기는 어렵다는 점이다. 당대 사회의 문제가 오
늘의 문제와 동일할 수 없다는 점은 북한의 문학사에서도 밝히고 있다.
'사회역사적 조건이 문학을 규정한다'는 식의 전제가 그것이다.

그럼에도 불구하고 그 문학이 형성될 당시의 상황에 대한 고려가 없
이 오늘의 특정한 목적의 관점에서 평가하고 서술한다는 것은 문학사의
실상에서는 멀어졌다고 볼 수밖에 없게 한다. 그것은 문학사라기보다는
그 사회에서 오늘을 살아가는 데 참고하기 위한 교훈 사례집으로 떨어
질 우려마저 갖게 한다. 문학사 서술에서 드러나는 이와 같은 목적성은
역사 서술이 철저하게 배제의 논리 위에 서게 된다는 또 다른 문제로
이어진다.

배제의 논리와 문학사 서술

북한의 문학사는 오늘의 특정한 목적이라는 관점에서 평가하고 해석
하기 때문에 그 목적에 반하는 사례에 대해서는 가차없는 비판이 가해
지고 부합되는 사례에 대해서는 긍정적 평가가 내려지게 된다. 문학사
서술의 태도가 그러하기 때문에 이는 당연한 귀결이라고도 할 수 있다.
그러나 보다 큰 문제는 긍정적 평가가 내려질 수 없는 사실들에 대해서
는 아예 배제하는 태도를 취한다는 데 있다.

예를 들어, 조선조의 대표적인 문학 장르라 할 수 있는 시조 작품
가운데서 북한의 문학사에서 언급되고 있는 작품과 작가는 극소수에 불
과하다. 주세붕(周世鵬)과 이황(李滉)을 거명하면서 이를 '도학시가'라

고 규정하고 이현보(李賢輔)와 권호문(權好文) 등을 거명하면서 이들을 '강호 시가'로 규정하고 있는 정홍교와 박종원의 『조선문학개관1』은 이에 대하여 다음과 같은 평가를 내리고 있다.

> ≪도학시가≫와 ≪강호시가≫에 속하는 시조작품들은 주제사상
> 적내용과 경향에서 일련의 차이를 가지고있으나 모두 량반선비들
> 의 고루하고 무위도식적인 생활감정을 표현하고 현실을 미화분식
> 하거나 외면하고있는 점에서는 공통성을 가지고 있다.

이와 같은 서술 태도는 『조선문학사(고대중세편)』에서도 동일하게 표방되고 있음을 볼 수 있다. 주로 '보수 반동적인 량반관료문인'이라는 지칭이나 '무위도식적인 생활감정을 표현'했다는 평가 등으로 비난을 앞세우면서 이들의 작품을 빼놓은 결과 실상은 3천여 수에 이르는 시조작품의 실상이 참으로 가난한 것처럼 보이게 만들어 버린다. 그러한 배제의 결과는 문학사의 빈곤화로 결론지을 수밖에 없을 것이다.

이처럼 배제의 논리 위에서 시조사를 서술하면서 긍정적으로 평가하고 문학사에 등재한 작가와 작품을 보면 1)반침략 애국주의 사상을 표현한 것, 2)국토의 아름다움을 노래한 것, 3)인민들의 정신도덕적 풍모를 노래한 것, 4)지배계급의 착취 허위와 사회적 모순을 비판한 것, 5)서민들의 생활 체험과 애정을 노래한 것, 6)조선 후기의 사회경제적 변화를 반영한 것으로 제한된다.

이렇듯이 비판되거나 추앙되거나 하는 기준은 문학으로서의 기준이라기보다는 오늘의 사회에 기여할 수 있는 가치 판단의 문제로 귀결되며, 그 점에서 문학이란 무엇인가 하는 질문이 여전히 남게 되는 것은 당연하다. 그리고 나아가 그런 목적성의 기준에서 문학을 보게 되면 그 해석에 자의성이 따르지 않을 것인가 하는 문제를 떠안게 된다. 뿐만 아니라 그 시대의 당대성을 무시하고 나면 정작 그들이 추구하고자 하는

역사성이며 계급성의 문제가 어찌 될 것인가 하는 한계를 드러내게 된
다. 이 점은 다음 항에서 서술될 것이다.,

그러나 고전문학 시기의 서술에서 보여주는 이런 배제론적인 태도는
그나마 폭과 여유가 있는 셈이다. 현대문학의 시기에 대한 서술에서 목
격하게 되는 다음과 같은 서술은 문학사가 실은 문학 아닌 것의 역사라
는 느낌을 지울 수 없게 한다.

> 다른 한편 해방직후 미제의 앞잡이인 박헌영, 리승엽도당은 부
> 르죠아반동작가들인 림화, 리태준을 사촉하여 남조선에서 반혁명
> 적문학예술단체들을 조작하고 민족문화는 계급문화로 되여서는 안
> 된다고 떠벌이면서 문학예술의 당성, 로동계급성, 인민성을 반대
> 하고 부르죠아반동문학예술을 부식시키려고 악랄하게 책동하였다.
> (『조선문학사(1945-1958)』, 사회과학원 문학연구소, 1978)

이런 논단의 당연한 결과로 임화(林和)며 이태준(李泰俊) 등은 문학
사 서술에서 제외된다. 식민지 시대의 삶에 대하여 그 나름의 시 세계
를 구축했던 임화의 작품 가운데 어떤 것은 북한이 추구하는 목적론적
문학사 서술에서도 논의됨직한데 그 행적이 이유가 되어서 작품에 대한
논의조차 피하게 된다. 이는 남한에서도 월북 작가들의 작품에 대한 논
의가 금지되었던 사실과 함께 뼈아픈 부분이기도 하다.

결국 배제론적인 문학사 서술이 보여주는 것은 그 실상과 어긋나는
파행성이다. 우리가 역사에 관심을 갖고 인문 활동의 궤적을 추구하고
자 하는 것은 인간에 대한 보다 폭넓은 이해를 기하고자 하는 본능적인
관심에서라고 한다면 배제론에 입각한 문학사 서술이 이런 원초적인 목
적에 부응하기 어려울 것임은 자명하다. 뿐만 아니라 그렇게 해서 배제
되는 작품들이 많아지다 보면 해석상의 자의성에 의해 작품을 왜곡하게
되기도 할 것이며 그 결과로 그들이 정작 추구하고자 하는 사회역사적

조건과 계급적 관점을 훼손하리라는 예상이 가능하고 그것은 금방 사실로 확인된다.

계급적 시각과 작가의 계층 문제

북한의 문학사가 계급적 관점을 고수하리라는 것은 상상만으로도 충분히 짐작이 가능하다. 그러나 그 연구의 실상을 보면 그러한 관점을 철저히 유지하지 못하고 있음이 드러난다. 계급적 관점이라는 것이 근본적으로 인간의 사회적 역사적 관계를 계급적 갈등에서 발견하고 그 발전과 전환을 변증법적으로 이해하는 데서 구체화된다고 본다면 북한의 문학사는 단순히 착취계급과 피착취계급, 양반관료와 인민이라는 흑백논리적 구분에 입각해 있어서 매우 단순한 시각에 머물러 있음을 보여 준다. 이 점은 그 사회가 지향했을 법한 계급 투쟁론적인 전제를 생각할 때 이상하기까지 하다.

그 일례로 사실주의적 경향의 성립을 12세기 이규보에서 찾고 윤여형, 최해 등에서 사조화하고 있음을 설명하는 시각도 봉건사회의 모순과 피착취계급의 현실 반영이라는 점에 치중하고 있을 뿐 그러한 계급적 갈등이 어떻게 역사적 단계를 이루면서 진행되어 갔는가를 설명하지는 않고 있다. 다만 15~6세기의 문학에 대하여 서술하면서 사실주의적 경향을 강화했다는 정도가 고작이다.

이런 의외성은 여러 가지 이유에서 초래된 것으로 짐작된다. 그 하나는 우리 역사상의 봉건시기가 매우 길었다는 점이다. 그러기에 계급적인 갈등과 투쟁으로 역사의 단계를 설정하기가 어려웠으리라는 짐작이 가능하다. 그래서 편법으로 선택된 것이 착취계급과 피착취계급의 양분법에 의한 평가와 취사선택이었을 것이다.

계급적 관점에 투철하지 못하게 된 또 다른 이유는 문학 자료 가운데 상당 부분 또는 대부분이 이른바 착취계급인 상층인에 의해서 이루어진 것이라는 점이다. 이 문제는 매우 심각한 양상을 보이는데 착취계급일 수밖에 없는 계층 출신의 문인들에 대하여 서술하는 태도가 이중성을 지니게 되는 데서 그 파행성이 나타난다.

그 일례로 정철(鄭澈)의 〈관동별곡(關東別曲)〉을 평설하고 있는 김하명의 논문 「송강 가사의 혁신적 의의와 언어 구사의 수법」(『조선문학』 1966. 3.) 앞 부분에 나오는 다음 글을 보기로 하자.

> 송강 가사가 이와 같이 사람들의 심금을 울리며 생동한 시적 생명을 지니고 길이 애송되는 것은 무슨 까닭인가? 정철의 가사 작품들이 제기하고 있는 문제성은 무엇인가?
>
> 그것은 그의 시가 작품들이 자기 시대의 민족적 및 계급적 각성을 진실하게 반영하였으며 서정적 체험이 깊고 개성이 뚜렷하며 조선 말의 시어적 가치를 만폭적으로 발휘하여 진실로 조선 사람이 좋아하는 민족적 형식을 창조한 것과 관련되여 있다.
>
> 그의 시가의 사상 예술적 성과는 우선 자기 시대 인민들의 심각한 서정적 체험을 옳게 일반화하였다는 데 있다.

송강(松江)의 민족적 각성을 치켜올린 것은 지배계층이면서도 한글로 시가 작품을 쓴 사실과 중국 중심적인 사고가 지배하던 시대에 우리의 강산을 민족적 우월감으로 노래한 점 등을 근거로 삼는 것이다. 또 자기 시대 인민들의 심각한 서정적 체험을 옳게 일반화하였다는 것은 〈훈민가〉 가운데 몇 수를 근거로 한 것이다.

그러나 이 진술이 우리를 당혹하게 하는 이유는 다음과 같다. 송강(松江)이 자기 시대의 계급적 각성을 진실하게 반영하였다는 것은 그의 출신 계층이 지배 계층이라는 사실에 반하는데 이 점은 어떻게 설명되는가? 바로 이 문제가 앞에서 살펴본 구비문학의 이중성과도 같은 범주의 어색함이다.

문제 해결과 논리의 굴절

이런 어색함을 해소하기 위하여 시인이 유배살이를 한 점을 강하게 드러내고 그럴 때에 인민들의 삶을 눈여겨 보았을 가능성을 강조하는 것이 통례지만 어색함은 여전히 남는다. 정철과 비슷한 범주에 속하는 윤선도에 관한 『조선문학사(고대중세편)』의 진술은 논리적 굴곡을 보인다는 점에서 흥미롭기까지 하다.

> 윤선도는 류배살이를 하는 과정에 인민들과 접촉하면서 그들의 생활형편을 일정하게 알게 되였다. 그리하여 그는 당시의 농촌생활을 반영한 시조도 썼다. 비오는데 들에 가랴……(시조 작품 인용 생략) 시조는 보통 사람들이 일상적으로 쓰는 우리 말로써 당시 농민들의 생활의 한 측면을 소박하게 노래하고있다.
> 농민생활에 대한 시인의 관심은 ≪산중신곡≫중의 ≪기세탄≫에서 흉년세월에 굶주려 살면서도 환자쌀을 타먹는것마저 뜻대로 못하는 농민들의 어려운 생활처지를 노래하고있는데서도 나타나고 있다. 그러나 량반선비로서의 윤선도의 시가에서 이러한 작품들은 기본을 이룰수 없었다.
> 윤선도의 시세계에서 주요한 자리를 차지하는것은 조국산천의 아름다운 경치에 대한 묘사, 자연속에서 ≪깨끗하게≫ 살아가려는 생활리념에 대한 표현이다. ≪다섯벗의 노래≫와 ≪어부사시사≫는 그의 이러한 시세계를 보여주는 대표적 작품들이다.

인민들의 생활을 이해한 것에 대한 칭찬인지 혹은 그 반대인지 모호하게 되어 있다. 또 〈오우가(五友歌)〉와 〈어부사시사(漁父四時詞)〉야말로 조선조 지배 계층인 양반들의 사고를 대표하는 것인데 그 점은 지레 못본 체하고 있다. 그런가 하면 조국 산천의 아름다움을 노래하고 깨끗하게 살아가려는 태도가 그토록 비난했던 강호시가의 그것과 어떻게 다르다는 것인지 앞뒤가 맞지 않는다.

물론 어떤 작가의 경우에도 그 출신 계급보다는 작품이 지닌 가치가 중시되어야 한다. 또 앞서 살펴본 바와 같은 몇 가지의 원칙에 해당하는 요소가 있다면 현실적인 목적을 충족한다는 의미에서 문학사에 기록하는 태도를 보이고 있음을 이해할 수는 있다. 그러나 한 작가에게 있어서 그 사상성과 작품이 지닌 요소가 제각각 독립적으로 논의될 수 있는 것일까? 또 인민성의 원칙이라고 하는 그 사회의 대전제를 훼상하는 점은 어떻게 이해해야 할 것인가? 더욱이 시조라는 장르는 이른바 지배 계층과 그에 봉사하는 사람의 전유물이었음이 확실한데 이러한 계급적 차이와 인민성 문제를 어떻게 아우를 수 있을 것인가?

이런 등등의 문제적인 시각을 가지고 보면 북한의 문학사 서술이 지니고 있는 고민이 어떠한 것인가를 짐작하고도 남는다. 특히 기록된 문학 자료는 거의가 상층에 속하는 사람들에 의해서 이루어졌다는 점과 정철이나 윤선도 같은 사람을 빼놓고 논의하는 문학사 서술이 얼마나 적막할 것인가를 생각할 때 그 고민의 깊이를 헤아릴 수는 있다. 그러나 고민이야 여하간에 결과적으로 계급론적 시각은 물론 배제론적 문학사 서술의 방향성마저 불투명해져버린 것이 북한 문학사의 실상이다.

북한의 문학사가 민족적 특성론을 강조하게 되는 까닭도 이런 문제와 연관을 갖는 것으로 이해된다. 1962년에 쓴 것으로 되어 있는 박종식의 논문 「우리 문학의 민족적 특성에 대하여」(『새시대의 문학』, 조선 문학 예술 총동맹 출판사, 1964)는 그 논리적 궤적을 짐작하게 한다. 이 논문은 우선 '민족적 특성이 계급 투쟁의 역사적 구체성을 절실하게 반영하는 문제'라고 하고 있는데 그 논거로는 맑스-레닌주의 세계관의 공통성과 별도로 '매개 나라들의 자기들 력사 발전의 특수한 조건'론을 들고 있다.

이런 전제 위에서 김창석이 제시했다는 '검박성과 담백성, 상호 부조의 미덕, 외유 내강'(『문학신문』, 1960년 2월 5일자) 등은 결코 전 계급과 계층들에 공통된 특질이 아니라고 하면서 그 대안으로 견인성, 용감성, 불굴성을 들고 있다. 이러한 특성은 근로 인민의 성격적 특질이라는 점에서 노동계급의 대표성을 갖는 것이므로 민족적 특성의 대표성을 갖는다고 말하고 있다. 또 이러한 특성이 구체적으로 드러난 장으로 항일 빨치산 참가자들이 '애국적 용감성과 완강성, 혁명적 락천성을 발휘'하였다고 설명하고 있다. 북한의 문학사에서 애국과 비판이 중시되는 연원이 여기서 발견된다.

박종식의 이 논문은 민족적 특성을 구현하는 보조적 수단으로 '국토와 자연 및 풍속 세태의 묘사'를 들고 있음도 흥미롭다. 그의 말을 그대로 옮겨 보면, '이 요소는 물론 문학 작품에서 극히 조건적이며 부차적임에도 불구하고 문학 창작에서 민족적 특성을 발현케 하는 데 일정하게 작용하고 있다고 보아야 할 것'으로 제시되고 있다. 그리고는 정철(鄭澈)의 〈관동별곡〉을 구체적 예로 들고 있는 것을 보아서도 알 수 있는 바이지만 이 부분에 오면 계급적 관점과의 거리가 사뭇 멀어지게 된다. 바로 이처럼 부차적 요소를 가지고 계급적 한계성을 강조하면서 정철이며 윤선도를 언급해야 했던 사정에서 그들의 계급적 세계관이라는 것이 희석된 자취를 살피게 된다.

사회적 목적과 문학사 연구

북한의 문학사도 그것이 연구인만큼 그 일차적 자료인 원전의 해석이나 자료의 수집에 관한 노력이 상당함을 볼 수 있다. 이는 그 문학사의 지향이 어떠하든 필수적인 작업이기에 차이가 있을 수 없는 부분이다. 그러나 이 밖에도 북한의 문학사 서술이 추구한 방향의 차이로 해서 그 결과로 두드러지는 특색을 한두 가지 더 지적할 수 있다. 하나는 시대 구분의 방법에서 보여주는 방법론이고 다른 하나는 항일 문학에 대한 문학사적 진단 대목이다.

우선 시대 구분의 방법으로 특이한 것은 시대의 성격을 해석하는 시각을 보여주는 명명법이다.

19세기말에서 1925년을 한 시기로 묶어 반일 애국의 문학 시대로 설명한다든가, 1926년에서 1945년 8월까지를 다시 한 시기로 묶어 항일혁명 투쟁시기의 문학으로 명명하고, 1945년 8월부터 1950년 6월까지를 한 시기로 묶어 평화적 건설시기로 명명한다든가, 1950년 6월부터 1953년 7월까지를 위대한 조국해방전쟁시기 문학으로 설명하고, 1953년 7월에서 1960년까지를 전후복구건설과 사회주의 기초건설을 위한 투쟁시기 문학으로, 1961년부터 1966년까지를 사회주의의 전면적 건설을 다그치기 위한 투쟁시기로, 1967년 이후를 당의 유일사상체계를 더욱 철저히 세우며 사회주의의 완전승리, 온 사회의 주체사상화를 앞당기기 위한 투쟁시기로 명명한 것은 북한에서 문학사를 보는 눈이 어떤 것인가를 짐작하게 한다.

이 명명법 가운데서도 대표적인 것은 현대에 해당하는 모든 시기가 김일성의 행적을 좇아 시대 구분되고 있다는 점이다. 6.25야 그렇다 치더라도 김일성이 항일 투쟁을 시작한 시기, 김일성이 무슨 무슨 방침을 선언한 시기로 구분되는 것이 그 시대 구분의 근거가 되고 있음은 문학사를 연구하는 일 자체가 사회활동이며 그것이 사회활동인 한은 그 사회의 시대적 목표에 부응해야 한다는 관점을 헤아리게 한다. 전후 1953년 8월 5일 조선노동당 중앙위원회 제6차 전원회의에서 행한 김일성의 전후복구체제 선언이라든가, 1961년의 천리마운동 선언, 1967

년의 유일사상체계 선언 등이 곧 문학사적 시대 구분의 명확한 거점이 되고 있다는 점이 이를 설명한다.

또 하나는 항일혁명문학에 대한 문학사 서술의 방식이다. 『조선문학사(1926-1945)』는 거의 전체가 이 문제에 대한 서술로 채워져 있는데 그 이유는 항일혁명문학이야말로 혁명의 위대한 진리를 형상화하고 대중을 혁명 사상으로 교양하는 혁명 투쟁의 무기가 된다는 점에서 주체성, 인민성, 군중성을 충족시키는 가장 이상적인 문학이라는 설명이 가능하다. 여기에 북한사회 특유의 수령관이라고 하는 것이 제시되어 있어서 사회주의 혁명을 완성하기 위해서는 수령의 영도가 절대 필요하다는 논리까지 덧붙여지고 보면 김일성을 중심으로 설명하는 것은 필연적이다. 그러한 김일성의 행적을 추구한다는 점에서도 항일 투쟁 문학의 전통을 체계화하고 계승하는 문제가 급선무가 됨이 당연하다.

이 두 문제는 사실 앞에서 논의한 어떤 문제보다도 남북한 문학사의 이질성을 분명하게 드러내는 부분이라고 할 수 있다. 이는 북한의 문학사가 그 사회의 특정한 목적이라는 관점에서 평가되고 선택되며 서술된다는 특성에서 오는 것이기에 우리와는 근본적인 인식의 차이를 보이는 부분이기도 하다. 이는 북한의 문학연구소가 사회과학원 소속이라는 점을 다시 생각하게 하는바 바로 이 점이 북한 문학사의 출발점이 되는 본적지이며 도달점인 현주소라고 해야 할 것이다.

북한 문학의 이러한 모습은 남한의 문학 연구자들을 당혹스럽게 한다. 그것은 문학을 바라보는 시선의 아득한 거리에 관계된다. 물론 남한에도 문학에 대한 갖가지 시각은 있어왔지만, 그 차이에도 불구하고 문학을 일률적으로 재단하려 들지는 않는다. 그러나 북한에서는 그 일을 한다. 이것은 참으로 아득한 거리이다.

그러나 그 아득한 거리감을 희망으로 바꾸어 놓을 수 있을 때 우리는 비로소 통일을 말할 수 있게 된다. 그러기 위하여 가능한 방법을 동원

할 필요가 있다.

그 방법의 하나로 문학사 논의를 피하는 소극적 방법을 생각할 수 있다. 관점의 차이가 빚어내는 충돌을 막아 보자는 것이다. 그러나 이것은 어디까지나 소극적인 방법이다.

보다 적극적인 방법으로 민족의 문학적 형상을 함께 찾아 보는 것을 생각해 본다. 가령 '금강산'의 형상이라든가 '하늘'의 형상을 놓고 함께 민족적 특성을 탐구하는 일을 생각할 수 있다. 이미 있는 실상을 놓고 합의할 수 있는 공통된 모습부터 찾아 나서는 일은 분명 '생각'의 공유로 나아가는 길이 될 것이다.

남북한의 시가 문학 연구

— 전망을 위한 연구사 반성

북한을 생각하는 까닭

북한의 국문학 연구는 더 이상 궁금증이나 신기성의 대상이 아닐 뿐더러 그에 대한 깊이 있는 연구 저작물까지도 세상에 나와 있다. 이 자리는 그 낱낱을 헤아리는 기회가 될 수도 없고 실제로 그것이 가능할 만큼 연구의 성과가 단순하지도 않다.

그러함에도 불구하고 북한의 국문학 연구에 관한 한 그 총체적 모습을 우리가 알 수 있다고 하기 어렵다는 점도 장애가 된다. 남한의 경우에도 사정은 마찬가지이다. 북한은 아득해서 그리고 남한은 등잔 밑이라서 어려운 측면도 있다.

문제는 통일이 와야 하고 또 그것이 미구에 다가오리라는 희망과 불안이다. 우리가 북한의 국문학 연구에 대하여 끝없이 관심을 갖게 되는 까닭도 아마 그 때문일 것이다. 따라서 그러한 전망을 위하여 여기서는 전망을 위한 성과의 점검에 초점을 맞추기로 한다.

자료 연구의 성과

학문 연구의 선결 요건은 자료의 발굴·확보임에 췌론의 여지가 없다. 이 방면의 성과는 남북한이 각기 그 나름의 노력을 바쳐 온 결과 상당

수준에 이른 것을 볼 수 있다. 그러나 자료 개발의 방법 차이에 따른 결과의 상이함은 주목을 요한다.

북한은 사회 체제와 학문 연구의 지표가 그러하듯이 자료의 발굴도 중앙의 체계적인 지휘에 의한 계획적 발간이 이루어졌고 그것도 인민성의 원칙을 지향하면서 추진되었다. 그 결과 한시 번역, 구비문학 자료의 대대적 수집, 고전 원전 및 작품의 정리 및 번역이 이루어진 바 있다. 이 모든 것은 인민성의 원칙에 따라 쉬운 현대어로 표기되는 것을 기본 조건으로 하고 있음이 눈에 띈다. 그것이 갖는 장단점의 문제는 평가를 필요로 한다기보다는 앞으로의 전망을 위한 과제로 논의함이 바람직할 것이다.

남한의 자료 개발은 대부분 개인적 노력의 성과였다는 점이 북한과는 다른 특색이라 할 것이다. 그러면서도 선학들의 연구 의욕과 애정에 힘입어 상당한 성과가 이루어진 것은 귀중한 성과가 아닐 수 없다. 그러나 그것이 개인의 노력에 맡겨지는 동안 그것은 산발적으로 추진되었고 결과적으로 불균형을 초래하였는가 하면 아직도 미진한 부분이 많다고 할 수 있다. 뒤늦게나마 관계된 기관들이 이 방면을 기획하여 상당한 성과를 거둔 것은 보람이라 할 것이다.

이러한 남북한 비교는 연구 자료의 개발과 보급에 관계 기관의 적극적인 노력이 질과 양을 확보하는 데 절대적으로 필요하다는 교훈을 되새기게 한다. 한국정신문화연구원의 『구비문학대계』와 『한국민족문화대백과사전』, 민족문화추진회의 『고전국역총서』, 고대 민족문화연구소의 『한국고전문학전집』 간행 등에서 중요한 교훈을 얻는다.

그러나 이러한 전망이 또다시 획일주의적 선풍의 필요성을 말하는 것으로 오해된다면 그것은 불행한 일이다. 우리가 체험한 바만으로도 분명하게 말할 수 있는 것은 다양성이 아름답다는 점이다.

방법론의 전개 양상

학문 연구에 꼭 필요한 또 하나의 요건은 방법론의 개발이다. 이 문제에 관한 한 남·북한은 매우 대조적인 길을 걸어 오지 않았는가 하는 생각을 갖게 된다.

남한의 방법론 개발은 한 동안 외국문학 이론가들의 임무처럼 보였던 시절이 있었다. 국문학 연구자들은 거기서 배급되는 소개서들을 통해 이차산업 종사자들처럼 재생산에 몰두하거나 아니면 그런 동향과 관계 없이 오로지 원전의 실증만이 학문의 전부라고 문을 닫아버리거나 하였다. 그렇지 않으면 스스로 외서(外書)나 양서(洋書)를 수입하는 서점이든지 아니면 청계천의 헌책방을 헤매면서 행여 남들이 놓친 서양책은 없는가 하고 기웃거리는 것이 급선무인 때가 있었다.

그 결과는 박래품(舶來品)으로 논문의 각주와 참고문헌을 채우기였다. 그 사람이 어떤 철학적 배경을 지녔는지도 잘 알지 못한 채로 그의 주장을 따르기에 골몰하였고, 그들이 제시한 방법이 금과옥조로 채택되었다. 남보다 앞서서 그를 인용한 사람은 선각자였고, 나중에야 그 이름을 들은 사람은 앞서의 독해에서 오류를 찾는 것이 연구의 주된 관심사였다.

이를 이름하여 수입학(輸入學)이라고도 한다. 모든 판단의 근거는 서양에 있는 것으로 착각하던 것이 근대 이후의 우리 삶이었으며, 수입된 모든 물품은 우리의 것을 능가하는 것으로 여겨지기도 하였다. 그래서 서양의 학문은 우리가 달달 외우고 입에 달고 살아야 하는 것으로 마치 개화경(開化鏡)처럼 빛나는 것으로 비치기도 하였다. 그러한 속에서 이루어지는 연구는 서양의 누구 이론에 맞추어서 해 보니 우리도 거기 들어맞더라는 것이었다. 그것은 침대의 길이에 맞도록 키 큰 사람은 자르고 키가 작은 사람은 늘이는 일이나 다를 바가 없었다.

세상 일이 나쁘기만 한 것이 없다는 말은 여기에도 적용되는지 모른다. 비록 수입으로 한 학문이지만 그렇듯이 어두운 긴 터널을 거친 다음에 우리 학계가 자각에 이른 것은 중요한 소득이라고 해야 할 것이다. 출판과 정보 유통의 기술이 진보한 것도 중요한 원인이지만 우리의 자각도 여기에 가세하여 서양의 이론을 곧 경전으로 생각하던 관념의 굴레를 벗어난 것은 귀한 소득이다.

그 연장선에서 이제 세계를 감싸 안을 이론의 개발이 절실하다고 깨닫게 되었고, 그것을 위한 노력도 여러 각도에서 전개되고 있다. 새롭고 독자적이면서 세계성을 갖는 이론의 개발이 있어야 국문학 연구가 세계학이 될 수 있다는 깨달음에 이르기까지 그 길은 멀었지만 그래도 성과는 있었다고 자위할 수 있게 되었다.

북한은 사정이 이와 매우 다르다는 점은 이미 널리 알려져 있다. 1970년대 들어서 왕성하게 전개된 주체적 문예이론의 개발이 그것이다. 종자론, 전형론, 갈등론 등으로 대표되는 이 이론들은 그 정치도(精緻度)에는 재론의 여지가 없지 않은 것으로 보이지만 말 그대로 주체적 문예이론임은 분명하다. 그 정치도를 문제 삼는 것마저도 우리가 북한 사회의 지표에 익숙지 않기 때문인지도 모른다. 그리고 그것은 아마도 문학관의 차이에 기인할 것이다.

물론 북한도 유일사상 체제로 전환하는 고비라 할 수 있는 1960년대 전반기까지는 사회주의적 사실주의의 틀에 맞추고자 맑스-레닌을 유일한 깃대로 삼았던 적이 있었다. 1957년부터 1965년에 이르기까지의 사실주의 발생·발전 논쟁은 바로 그 시기의 성과이자 징표가 된다. 그러나 1960년대 후반 이후, 본격적으로는 1970년대부터 맑스-레닌의 이름이 별로 등장하지 않는 것은 그 동안의 사정 변화를 말해 준다.

구체적으로 살피면 1971년에 간행된 『김일성 예순돐기념 혁명의 위대한수령 김일성동지의 주체적문예사상』(사회, 과학출판사)의 목차에서는

'제1장 혁명의 위대한수령 김일성동지의 주체적문예사상은 우리시대의 유일하게 정당한 맑스-레닌주의 문예사상'이라고 표현하고 있음에 반해, 1973년에 나온『우리당의 문예정책』(사회, 과학출판사)에는 이런 표현이 보이지 않으며 이 점은 1975년에 조선로동당 창건30돐기념으로 발간된『주체사상에 기초한 문예이론』(사회, 과학출판사)에서도 마찬가지이다.

통일 이후의 조국이 세계의 반열에 함께 설 수 있는 수준이라야 할 것임을 전제하고 본다면 이처럼 서로 다른 길을 걸어온 경험은 앞으로의 국문학 연구를 위해 좋은 거울이 되어 줄 것으로 전망할 수 있다. 그것은 기준 없는 개방과 획일적인 폐쇄가 그 어느 쪽도 불완전함을 일깨워 주기 때문이다.

우리의 경험을 통해서 추리할 수 있는 바람직한 길은 세계의 문학 연구 동태를 주시할 수 있는 안목과 노력을 함께 갖추고 경주하면서 동시에 독자적 개별성을 확보하는 길일 것이다. 이것은 문학이 지닌 본질인 보편성과 개별성의 원리에 비추어 보더라도 마땅한 길이 될 것이다.

이러한 전망이 단순히 산술적 합작을 의미하는 것으로 오해되는 것은 불행한 일이다. 문학이 지닌 본성으로 보더라도 그것은 연구 방법에 대한 각자의 시각과 태도에서 포괄성이 확보될 때 통해 성취될 수 있는 것이 아닌가 한다.

문학사의 두 갈래 길

문학사 연구는 국문학 연구의 좌표와 성과가 가장 구체적·체계적으로 노출되는 부분일 것이다. 이 방면의 연구 결과는 남북간에 상당한 공통점과 차이점을 보여 준다.

북한의 문학사는 진보적 문학과 반동적 문학의 대립으로 구도가 잡혀 있다. 이것은 북한의 여러 가지 정황에 비추어 당연한 귀결일 것이다. 문학의 정의가 '사람을 사상미학적으로 교양하는 사회적 의식의 한 형태로서 생활을 형상적으로 반영하는 것'이고, 문학사는 '인민대중의 리해관계를 반영하는 진보적 문학과 착취계급의 리해관계를 반영하는 반동적 문학과의 투쟁의 력사'라는 개념 규정이 이미 그 방향을 시사하고 있다.

그런 속에서도 책이 발간되는 시기에 따라 문학사에서 언급되는 작가의 범위가 변화하고 작품에 대한 평가가 다소 달라진다는 등의 미세한 변모를 지적하는 것은 별다른 의의를 가질 것 같지 않다. 물론 그것이 그렇게 된 연유나 의의는 따로 생각할 만한 가치가 있는 문제이겠지만 우리의 관심은 그런 데 있지 않다.

그보다는 한 연구자가 명명한 대로 북한의 문학사를 '이념적 주관성'의 문학사라고 한다면 남한의 문학사는 '자료적 객관성'이라고 할 수 있다는 양쪽의 편향성이 중요한 논의거리가 되지 않을까 싶다. 이러한 편향성은 결과적으로 문학사 서술의 불구성을 초래한다는 점에서 앞으로의 전망에 시사하는 바가 크다고 할 수 있다.

그러한 목표를 상징할 수 있는 말은 아마도 포괄성이 될 것이다. 그 포괄성을 다른 말로 총체성이라고 할 수 있다면 그렇게 하는 것이 문학의 실상에 한 걸음 접근하는 길이 될는지도 모른다. 본래 인간이 그리고 인간의 삶이 그러하고, 그러기에 문학이 또한 독자성, 전형성, 구조성으로 설명되는 총체성을 띤 것이라면 그러한 문학사의 전개를 보는 시각도 역시 총체적이라야 마땅하다고 할 수 있을 것이다.

문학사 저작물이 1950년대 후반에 성과를 보이는 점도 흥미롭다. 북한에서는 과학원 언어문학연구소 문학연구실의 『조선문학통사』 상·하권이 1959년에 출판되는데, 남한에서는 이병기·백철의 『국문학전사』가 1957년에 나온다. 그리고 문학사 서술의 변화를 보여 주는 저작이 양쪽 다 1970년대에 출현함을 본다. 북한에서는 1977-1981년 사이에 『조선문학사』 다섯 권이 나오고, 남한에서는 1973년의 김윤식·김현의 『한국문학사』 이후 활발한 간행을 보였고, 최근 조동일의 『한국문학통사』 다섯 권이 그러한 추세의 연장선에서 이루어진 바 있다. 이 시기 남한 문학사 서술의 중요한 특징은 고전문학과 현대문학을 일관된 맥락 위에서 파악하려는 노력을 보인 점이다.

남한의 문학사 서술에 나타난 변화는 1960년대말의 근대 기점 문제에 대한 재인식에서 촉발된 것이라면 북한의 문학사 서술은 역시 1960년대말에 진행된 유일사상 체제로의 변화에 의해서 결과된 것이라 할 수 있다.

문학사 서술의 변화 요인을 사관으로 보든 문학관으로 보든 간에 이러한 변화는 학문이 결과적으로 사회의 요구와 변화로부터 자유로울 수 없음을 반영하는 것으로 해석할 수 있다. 북한의 사회가 그러하듯이 남한의 사회도 60년대의 경제입국이 본궤도에 돌입하면서 점차 주체성의 문제가 사회와 문화의 관심사로 떠올랐고, 근대 기점 문제는 그러한 사회적 욕구와 연계되어 해석될 수 있기 때문이다.

그러고 보면 이런 전망도 가능해진다. 문학사 연구의 총체성 확보는 사회 자체가 총체성을 확보할 수 있을 때 원천적으로 가능하다는 점이다. 이 점에서 우리는 낙관해도 좋을 것으로 본다. 통일 조국의 모습이 어느 한쪽이 다른 한쪽을 제압해버리는 것을 이상으로 여기지 않는 한 그 사회는 다양성의 구조를 필연으로 취하게 될 것이기 때문이다.

북한의 진보적 문학관

한국문학의 범위가 어디까지인가 하는 문제는 북한이 남한보다 훨씬 포괄적인 관점을 일찍부터 확보하고 있었다고 할 수 있다. 북한의 문학사 서술에서 매시기마다 인민 창작의 서술을 해당 시기의 맨 앞에서 하고 있음이 그 증거이고, 한문학은 일찍부터 번역에 착수하였고 문학사의 서술 대상으로 삼아 왔다.

남한에서는 한문학이 국문학에 포함되는가 하는 문제를 두고 문학사의 장절(章節)을 할애해야 했으며, '넓은 의미의 국문학'이라는 용어가 등장하게 된 것도 우리의 시야가 그만큼 편협한 시기가 있었음을 부여준다. 더구나 구비문학이 문학이냐는 논쟁이 제기된 것이 1970년대였다는 점은 음미할 만한 대목이다.

북한이 일찍부터 이 방면에 매우 포괄적인 태도를 취한 것은 그 사회가 지향하는 바로 보아 지극히 당연한 귀결로 볼 수 있다. 북한의 문학예술 6대 원칙의 첫번째로 당성·로동계급성·인민성을 사회주의적 문학예술의 요건으로 표방하는 데서 알 수 있듯이 북한 사회는 그 문학 주체를 인민으로 보고 있다. 이런 관점의 연장선에서 전문성과 지배 계급성의 상징인 판소리와 시조를 거부할 수가 있게 되기도 하였다.

거기에 비하면 남한의 문학관은 상당 기간 '문학성'의 마술에 젖어 있었다고 함이 옳다. 문학은 문학만이 지닌 어떤 고유하고 신비로운 세계가 있어서 그것이 부족한 문학은 문학의 반열에서 함께 거론하기가 거북하다는 식의 신비주의가 은연중에 자리잡고 있었음을 부인하기 어려울 것이다.

그 원인이 이념보다는 자료, 주관성보다는 객관성을 중시하는 연구 태도에 있기도 하고, 또 그런 논의가 자유롭지 못했던 정치·사회적 분위기와도 상당한 관련을 가질 것은 족히 짐작이 된다. 그러나 그런 까닭의 모두를 남한의 체제 탓으로만 돌리는 것은 문제를 바로 보는 것이라고 하기 어렵다. 오히려 전통적으로 문학은 그러한 계층성의 색채를 띠면서 이루어져 왔고 현대에 와서 그것이 강화된 결과이기 때문이다.

애당초 문학은 구비문학으로 시작이 되었고 그 때에는 문학에 계층성이 있을 리 만무했다. 그러나 문자가 창안되면서부터 문자로 된 문학이 상위의 자리를 차지하게 되었는데 그 까닭은 문자를 소유할 수 있는 사람이 곧 상층인이었기 때문이다. 이 때부터 문학은 상층의 것이고 구비 전승의 하층민 소작은 부수적이거나 하찮은 것으로 치부되었던 것이다. 이러한 저간의 사정은 『시경』이 입증한다.

한 번 길을 갈라 잡은 것은 기득권화에 가속도가 붙게 마련이고 그러는 과정에서 비밀스럽고 심오한 경지의 추구는 더욱 가열되는 것은 경험적 사실을 통해서도 충분히 알 수 있는 바다. 문학이 걸어 온 그 길은 선각자의 길이거나 고귀성의 길이거나 했던 것을 살피기 위해서는 1910년대에서 1930년대에 이르는 그 시기의 한국 문학 전개만을 보아도 쉽게 확인할 수 있다. 그 때는 동경 유학생이 곧 문인이었으며 사회 계몽가가 작가였다.

남북한이 문학의 범위를 바라보는 시각의 차이가 어디서 비롯된 것인가를 이해하기 위한 성찰은 앞으로의 전망에도 중요한 시사를 던진다고 할 수 있다. 그것은 문학 연구가 가야 할 길이 또한 포괄성의 기조 위에 서 있어야 할 것임을 말해 준다. 문학성이라고 강조되는 신비주의적 태도가 민주주의와 어떻게 조화를 이룰 것이냐를 걱정하고 있는 외국 학자의 예에서 보듯이 선택은 곧 배제를 뜻한다는 점은 음미할 가치가 충분할 것이다.

포괄적 시각의 확보를 위하여

남북한의 문학 연구가 지닌 가장 뼈아픈 공통점으로 배타적 태도를 지적하고자 한다. 그것은 앞으로의 문학 연구를 전망하는 자리에서 가장 중요한 문제로 떠오르지 않을까 한다.

정도의 차이는 있지만 북한의 문학사에서는 논의되는 사람만 논의된다. 남한의 문학사에서도 이 점은 마찬가지였다. 뒤늦게나마 남한의 형편이 호전된 것은 매우 다행한 일이다. 그러나 북한에서의 미제 간첩 규정 못지 않게 아직도 우리 사회에 배타적 논의가 완전히 사라지지 않은 것은 깊은 고려를 요한다고 하겠다. 그 한 예로 친일문학을 역사의 도마 위에 올려 놓자는 것과 논의 대상에서 제외하자는 것과는 전혀 성질이 다른 문제일 것이다.

문학은, 더구나 앞으로 우리가 더욱 열심히 추구해야 할 민족문학은 양지에 못지않게 음지까지 조명되고 자랑에 못지않게 부끄러운 곳까지도 궁리되어야 입체성을 지닐 수 있지 않을까 한다. 얻는 것이 있으면 주는 것도 있는 법이고, 사랑스러우면 사랑스러울수록 미운 구석을 다스려야 하는 것이 사람의 이치이고, 이러한 이치가 사람의 거울인 문학의 이치도 된다는 점에서도 포괄성의 원리는 다시 한 번 되풀이되어도 좋을 것이다.

그러한 전망을 위한 이 글의 핵심어는 포괄성이라는 말로 압축할 수 있을 듯하다. 그것은 때로 입체성을 뜻하기도 하고, 혹은 다양성을 뜻하기도 하며, 어떤 경우에는 총체성을 뜻하는 말로도 사용되었다. 그처럼 의미는 다양하고 용법에 따라 불투명성을 배제하지 못한 약점은 있지만 의도하는 바는 충분히 전달되었기를 바란다.

이 포괄성의 강조는 특수한 상황을 예상하기에 제시하는 처방이라기보다 본디 문학이 그러하다는 기본적 인식에서 나온 전망이라고 할 수 있겠다. 문학의 연구가 궁극적으로는 작품의 의미를 가지고 입체적 그물을 짜는 일이라는 점에서도 이 점은 다시 한 번 강조하고자 한다. 의미의 그물을 위해서는 가치에 따른 선택이 필요하겠지만 선택은 배제라는 동전의 또다른 한 면임을 분명히 알자는 말이다.

남북 문학의 내일

— 통일 시대의 문학을 위한 전망

앞세우는 결론

남북의 문학을 말하는 일이 통일에 대비하기 위한 것이라면 이런 논의가 성급할 수도 있고, 특히 나는 이러한 논의에 적절하다고 하기 어렵다. 문학에 관한 한, 남북의 문학은 너무 현격한 차이를 갖고 있고, 내가 이해하고 있는 것은 그 차이에 관련된 것일 따름이며, 그것에 어찌 대비해야 하는가 하는 처방은 갖고 있지를 못한 사람이기 때문이다.

굳이 이런 표제를 내걸어 놓고는 불필요한 겸사(謙辭)로 보이는 이와 같은 전제가 왜 필요한가? 통일은 반드시 와야 하는 당위임에 재론의 여지가 없지만 문학의 장에서 예상되는 어려움이 너무나 큼을 알고 있기 때문이다. 실제로 남북 문학의 거리는 인간적 애정이나 민족적 당위 등의 구호를 외치는 정도로 극복될 수준이 아니다. 또 나아가 어떤 기준을 내세우고 거기에 맞추어 점진적으로 교육해 나가면 되지 않겠느냐는 식의 노회(老獪)한 지혜 정도로 해결될 문제는 더더욱 아니다. 상황의 엄청남이 전망에 대한 두려움을 낳는다.

왜 엄살부터 하는가, 문제를 단순화해서 낙관적으로 그리고 미래지향적으로 생각할 수는 없느냐고 반문할 수도 있다. 그렇다, 분명 희망은 있다. 북한의 문학도 한글로 씌어지므로 읽는 데 별 무리가 없을 것이고, 거기 등장하는 이름이나 지명에서 우리는 낯설지만은 않은 느낌을 받을 수도 있을 것이다.

물론 이만한 일에도 난점은 얼마든지 예상된다. 띄어쓰기가 남한보다는 좀더 많이 붙여 쓰도록 되어 있는 점이 다르다든가, 표기나 어휘에 낯선 것이 많이 있다든가, 중언부언이 상투화되어 있어서 문장의 구조가 조금은 늘어져 있다든가 — 이런 느낌들이 다소간 어색하게 느껴질는지도 모른다. 이런 어색함이 이질감부터 불러옴으로써 무리없이 뒤섞여 논의하고 모색하는 공동의 노력을 가로막는 장애로 작용할 수도 있을 것이다.

하지만 그런 표기상의 문제 정도야 무어 그리 대수로운 일이겠는가. 그것은 네거리의 신호체계가 '정지 ⇨ 직진 ⇨ 좌회전'으로 되어 있다가 '정지 ⇨ 좌회전 ⇨ 직진'으로 바뀔 때 겪는 혼란 정도라고 생각하면 될 것이다. 아니면 자동차 왼쪽에 있는 운전석에서 차를 몰다가 갑자기 오른쪽에서 운전을 하는 런던이나 홍콩에서 겪는 어색함 정도라고 생각해도 될 것이다. 그것은 제도의 문제이고 친숙감의 문제이므로 시간이 해결해 줄 수 있을 것이다.

그러기에 통일이 되고 한데 어울려 살다 보면 평양방송의 어나운서나 사회자의 말투가 이상야릇하게 느껴지겠지만 그것도 별다른 어려움 없이 시간의 흐름에 따라 극복될 것이다. 교통신호나 언어나 체계적 규범이라는 측면에서는 동일한 단순성을 지니고 있기 때문이다. 또 그 규범은 약속이므로 이것이야말로 남북이 모여 앉아서 정하고, 정한 바에 따라서 그렇게 쓰면 그만이다.

그러나 문학의 문제는 사뭇 다르다. 그 까닭은 문학이 인간의 표현이고, 삶의 표출이며, 이념의 표명인 데 있다. 이 점에서 문학은 언어가 지닌 규범성이라는 기호 체계의 문제를 떠나서 인간이 지닌 사고의 양식, 즉 문화의 문제라는 성격이 두드러지게 된다. 문화를 '삶의 방식'으로 정의하든지 아니면 '의미 작용'으로 정의하든지 심지어 '지적 세련'으로 정의하든지 간에 동일하다. 문화로서의 문학은 결국 존재의 근원에 닿는 문제이고 삶의 지표를 뒤바꾸는 문제가 된다.

이 점을 이해하기 위해서 많은 예를 들기보다는 우리가 텔레비전 화면에서 본 북한의 사람들을 떠올리는 것으로 충분하리라고 생각한다. 〈우리의 소원은 통일〉이라는 노래를 부르는 평양 유아원의 4-5세쯤 된 소녀가 눈물을 줄줄 흘리는 까닭은 무엇인가? 그 아이로 하여금 까닭 없고 부질없는 눈물을 더 이상 흘리지 않게 하는 방법은 무엇인가? — 이런 질문이 곧 문화로서의 문학이 짐져야 할 몫이 된다.

주제의 문학과 종자의 문학

먼저 북한의 시 작품 한 편을 보자.

총알처럼 튀여날듯 여문 나락이여!
너는 어버이수령님의 은혜로운 사랑 속에
눈이 오나 비가 오나 싸워오는
우리 농민들의 실속있고 거짓말 모르는 마음 닮아서
천만 알알이여! 황금으로 여물었구나!

이 작품은 1974년에 평양의 사로청출판사에서 낸 『창작의 벗』이라는 책에 이른바 '종자론'을 설명하기 위해 예로 들고 있는 것이다. 이 책에서 설명하는 바에 따르면, 누렇게 익은 벼라는 대상을 앞에 놓고 그것이 '수령님의 사랑과 농민들의 꾸밈없고 실속있는 마음을 닮아서' 그렇게 황금 들판을 이룬 것을 알아내는 일, 그것이 종자의 발견이라고 한다.

종자론은 1970년대에 김정일에 의해서 교시된 이론이다. 종자의 사전적 정의는 '작품의 핵으로서 작가가 말하려는 기본문제가 있고 형상의 요소들이 뿌리내릴 바탕이 있는 생활의 사상적 알맹이'라고 되어 있으며, 그 요건으로서 '종자는 무엇보다도 먼저 당정책의 요구에 맞게 잡아야 한다'고 규정하고 있음을 본다.

남한의 문학론에서는 작품을 이루는 골간이 주제 의식에 의해서 이룩된다고 본다. 물론 남한에서도 주제란 말은 매우 다양한 뜻으로 사용되고 있음은 다 아는 사실이다. 그러나 그것이 '도덕적·철학적 명제(thesis)'를 뜻하건, '화제(topic)'를 뜻하건, '신화(myth)'를 뜻하건, '애기거리(subject)'를 뜻하건, '관념(idea)'을 뜻하건 간에 주제는 궁극적으로 '문학의 모든 요소들을 통어하는 중심'이라는 인식이 보편화되어 있다. 이런 보편적 인식은 이른바 구조적 관점에 많이 기울어져 있음이 사실이기도 하다.

어떻게 보면 북한의 종자론도 주제와 비슷한 기능을 한다고 볼 수 있다. 그러나 중요한 것은 북한의 문학론에서도 주제를 논하고 있고, 종자론은 주제를 통어하는 원칙으로 제시되어 있으며, 그것이 '당정책에 맞게'로 규정되어 있다는 사실이다. 즉 종자란 주제의 선정을 결정짓는 사상적 방향성이다. 따라서 강제적이고 제한적일 수밖에 없도록 애당초 설정된 것이며 그렇게 인식되고 수행되어 왔다.

남한이 북한을 찬양하는 등의 특정한 주제를 설정할 수 없도록 부분적 제한을 가하고 있다면, 북한은 선정할 수 있는 주제 자체를 '당정책에 맞는 것만'으로 포괄적 한정을 하고 있다는 점에 문예 정책상의 크나큰 거리가 있다. '무엇은 하지 말라'와 '무엇만을 하라' 사이의 거리는 크며 특히 후자는 사고와 행동에 관여하는 규범의 틀로서 엄청난 영향력을 행사하게 된다. 이 점에서 주제의 문학과 종자의 문학 사이에는 애당초 건너지 못할 골짜기가 놓여 있음을 확인하게 된다.

대립적 갈등과 동지적 갈등

남한의 문학론에서는 갈등을 작품의 핵심적 요소로 이해한다. 소설의 주인공은 자기를 둘러싼 대립자들과 갈등을 일으키면서 그 해결의 방식을 제시하는 인물이며, 시의 정서는 심리의 내면에 형성되는 갈등의 정화 과정이라고 설명된다. 이러한 갈등의 성격은 다양하다. 개인과 개인, 개인과 사회, 개인과 운명, 개인과 그 내면의 자아 등등 인간이 살아가면서 부딪히게 되는 삶의 모든 요소들이 모두 갈등의 모습으로 문학에서 추구되며, 그 갈등이 의미 있고 첨예할수록 작품의 긴장감과 의의는 강화되는 것으로 이해된다.

북한의 경우는 사뭇 다르다. 이 점은 김일성이 1964년 1월 8일 연극 〈아침노을〉을 보고 연극예술인들에게 내린 담화에서 「문학예술작품에서의 갈등문제에 대하여」라는 제목으로 분명하게 제시하고 있다. 그 내용은 "우리 사회주의사회근로자들의 생활을 반영한 예술적갈등은 극단적으로 조성되거나 결렬에로 나아가는것으로 되여서는 안되며 부정이 극복되고 동지적단결이 더욱 강화되는것으로써 해결되도록 설정되여야 합니다."라는 것이다.

자세한 설명을 따라가 보면 이렇게 된다. 자본주의 사회에서의 갈등은 착취 계급과 피착취 계급 사이의 그것이어서 적대적이다. 그래서 첨예하고 극단적이며 그 방향은 결렬로 나아간다. 그러나 사회주의 사회에서의 갈등은 동지적 단결과 협조에서 비롯되는 갈등이다. 사회주의 사회의 근로자들 사이에 의견의 충돌이 있다 하더라도 그것은 이해 관계의 대립이 아니라 동일한 이상과 목적을 실현해 나가는 과정에서 생기는 내부의 문제일 따름이다. 따라서 갈등의 요인을 '낡은 사상의 잔재'와 '낡은 생활 습성'에 설정해야 한다. ─ 이것이 북한의 문학론에서 살펴 본 이른바 '동지적 갈등론'이다.

북한의 문학론이 제시한 갈등론의 성격이 동지적 갈등이므로 그 논리적 연장선에서 추구되는 문학이 사회주의 현실의 고무·찬양일 것임은 당연한 이치이다. 따라서 남한에서 통념적으로 받아들여 온 현실의 폭로라든가 고발과 같은 것은 작품의 주제가 되기 어려움은 물론이다.

갈등이 첨예하고 본질적일수록 그 문학적 성과를 높게 여겨 주는 남한의 대립적 갈등론에 기반한 문학적 안목으로 보면 북한의 동지적 갈등론은 서로 이질적일 수밖에 없다. 여기에 포괄적이니 광의니 궁극적이니 하는 말을 덧붙여 동질성을 찾아볼 수도 있을는지는 모른다. 남한의 문학관이 말하는 대립적 갈등이라는 것도 궁극적으로 보면 인간답게 살아가기 위함이고 참답고 궁극적인 가치를 추구하기 위한 대립이라는 점에서 보면 결국은 '인간적으로는 동지적'이라고 해석할 수도 있지 않겠는가 하는 설명이 있을 수도 있다.

그러나 이런 해석은 실상을 벗어난 변설로서 말만 그럴듯한 것이다. 북한의 '동지적'이란 말은 '사회주의 사회의 완성'이라는 한정된 목표가 세워져 있다. 이 점에서 북한의 동지적 갈등은 인간의 삶과 가치가 본질적으로 다양하다는 자유의 원리보다는 오로지 한 길이라는 유일성을 겨냥하고 있다. 따라서 동지적 갈등의 진정한 뜻은 방법적 갈등만이 허용되며 목표 갈등은 있을 수 없다는 것임이 드러난다.

이런 점에서 본다면 '인간답게'라는 말이 내장하고 있는 다양성은 발붙일 틈이 없어진다는 점에서 남한과 북한의 문학이 다루는 갈등은 애초부터 길을 달리 잡고 있다. 문학의 기반이라 할 수 있는 갈등을 이처럼 달리 보고 있는 점이 남북의 거리이다. 이 거리의 문제도 죽을힘을 다하면 극복할 수 있다고 쉽사리 말할 만한 정도를 훨씬 넘어서 있는 것이 아닌가 싶다.

무원칙과 6원칙

남한에 문화부가 생길 때 문화인들은 여러 가지 말을 한 바 있다. 기대의 말도 있었고 충고의 말도 있었다. 그 중 관심을 끌 만한 발언 하나는 대체로 공감하는 것이었다. "정부는 도와 주되 지배하지 말라!"는 발언이 그것이다. 문화예술은 누가 이끌어서 되는 것이 아니고 그저 백화(百花)가 만발하게 도와 줄 때 비로소 아름다워진다는 뜻을 담고 있는 말로 이해된다. 이것은 문화예술에 대한 자유주의적 사고의 표현이라고 할 만하다.

북한은 어떠한가? 북한에서 출판되는 작품집들을 눈여겨 보면 대체로 통일된 편집 체계가 있음을 보게 된다. 특히 시선집에서 두드러지는 편집 체계는 (1)수령에 대한 찬양, (2)당과 조국에 대한 찬양, (3)사회주의 현실에 대한 찬양과 건설에의 고무·추동, (4)인민군대의 영웅적인 투쟁에 대한 찬양, (5)남조선 현실의 폭로와 혁명 고취, (6)미제(美帝)에 대한 증오 등 여섯 가지의 내용이 묶음을 이루면서 차례로 실려 있음을 볼 수 있다. 이것은 우연의 소산이 아니다. 북한의 문예 정책이 모든 문학을 그렇게 하도록 요구하고 있고, 모든 문학은 그 정책에 부응하여 창작되며, 작품집은 그 내용의 편차에서까지 당의 문예 정책을 일목요연하게 드러내고 있다.

그러한 북한의 문예 정책을 소상하게 살필 수 있도록 해 주는 자료들은 1970년대에 집중적으로 출판되는데 『경애하는 수령 김일성동지의 탄생 예순돐 기념 혁명의 위대한 수령 김일성동지의 주체적 문예사상』(사회·과학출판사, 1971), 『우리 당의 문예정책』(사회·과학출판사, 1973), 『조선로동당 창건 30돐 기념 주체사상에 기초한 문예리론』(사회·과학출판사, 1975) 등이 그것이다.

이 책들에서 우리는 북한의 문예 활동이 당의 정책적 지도에 의해서 일사불란하게 이루어지고 있음을 분명하게 이해할 수가 있는데 이 정책의 뼈대를 이루는 것은 (1)당성·노동계급성·인민성의 원칙, (2)민족적 특성의 원칙, (3)사회주의적 사실주의 원칙, (4)군중예술론의 원칙, (5)작가의 혁명화·노동계급화의 원칙, (6)작가·예술인에 대한 당의 영도 원칙이 그것이다.

여기서 우리는 '수령에 대한 찬양'이나 김일성의 '부모를 찬양'하는 일이 '당성'의 문제와 직결되는 것이며 그것은 북한 나름의 '수령관'에 근거한 것임을 알 수 있다. 그러나 그것을 아는 것과 공감하는 것과는 별개의 문제일 것이다. 모든 것은 인간의 문제이자 그 삶의 방식에 관련되기 때문이다.

문학에 대한 사회 또는 정책의 규제가 이 만큼 다를 수밖에 없는 것은 이제 궁극적인 문제와 연관되어 있음을 생각하게 한다. 그것은 문학이 본질적으로 무엇인가 하는 물음과 관련되며, 문학이 인간 정신활동의 소산이라는 점을 고려하면 궁극적으로는 인간이란 무엇인가를 생각하는 데 놓인 커다란 거리라는 문제와 부딪히게 된다.

공산주의적 인간형

1975년 사회,과학출판사가 펴낸 『조선로동당 창건 30돐 기념 주체사상에 기초한 문예리론』이라는 책을 보면 제Ⅰ편 제1장은 '사회주의적 문학예술에서의 당의 유일사상체계의 확립'으로 되어 있고, 그 아래 제1절 문학예술에서의 당의 유일사상의 구현, 제2절 혁명적문예전통의 계승발전, 제3절 문학예술사업에 대한 당의 령도가 제시되어 있다. 문예이론의 첫머리는 유일사상으로서의 주체사상이 필요한 이유를 강조하는 데 할애하고 있음을 본다.

그 다음 제2장은 '공산주의적 인간학'이라는 제목을 달고 있는데 이 부분이 북한의 문학을 이해하는 핵임을 알 수 있다. 나머지 모든 문예 이론의 밑바탕에 자리한 것이 주체사상과 공산주의적 인간학임을 내용에서 강조하고 있음이 그 증거이다. 또한 그 세부 목차에서도 이를 알 수 있는데, 제1절 '주체적인 사회주의적 문학예술은 참다운 공산주의적 인간학', 제2절 '자주적인 인간의 전형 창조는 공산주의적 인간학의 기본 요구'라는 표제에서 그 점이 드러난다. 이러한 내용과 목차에서 보듯이 공산주의적 인간학은 주체사상조차도 궁극적 도달 목표로 삼는 상위 목표이자 절대적인 지표임을 헤아릴 수 있게 해 준다.

그렇다면 북한의 문학이 서 있는 근거인 공산주의적 인간형이란 무엇인가? 그것은 '사람 일반이 아니라 육체적 생명보다도 사회정치적 생명을 더 귀중히 여기며 목적의식적으로 새 역사 새 생활을 창조해 나가는 근로인민대중'이라고 『조선문학사 1959-1975』(사회,과학출판사, 1977)는 요약하고 있다. 여기서 강조되는 것은 '육체적 생명보다 사회정치적 생명을 더 귀중히 여기는' 인간이라는 점이다.

이러한 공산주의적 인간형에 대하여는 남한 연구자의 시각에서 여러 가지 해석을 내놓은 바가 있다. 그것은 '자율성·자발성'으로 설명하기도 하고, '일신의 안일 따위는 돌아보지 않고 인간을 위해 모든 것을 구하는 사람'(김윤식, 『한국현대현실주의 소설 연구』, 문학과 지성사, 1990)을 이상적으로 표방했던 것으로 파악되기도 한다.

이러한 인간형의 추구가 북한의 사회·역사적 현실 속에서 어떤 굴절을 일으키며 그 결과가 어디에 이르렀는가를 헤아리는 것은 이 글의 능력을 벗어나는 문제들이다. 우리로서는 어색해 보이는 획일적 생각이 왜 가능했던가 하는 근원을 찾아 보려는 것이다. 이념적인 공산주의가 정치적·현실적으로는 그리 될 수 없었다는 역사적 교훈 앞에서도 북한은 '우리 식대로 살자'를 외치면서 지금도 '수령의 찬양'과 '무갈등' 또는 '전형의 형상화'를 위하여 '종자론'을 외치고 된 맥락을 이해하려는 것이

이 글의 목적이다.

통일에 거는 희망

남북 문학에 나타난 거리와 원인의 진단은 통일에 대비하기 위한 것이었다. 그러나 그 결과는 우리를 망연하게 한다. 그것은 본질적으로 사람이 무엇인가 혹은 인간의 삶은 어떠해야 하는가를 바라보는 차이에서 연유한다. 이것은 일종의 종교적 차원의 것이라고 할 수도 있다. '극락'이니 '내세'니 '천국'이니 하는 것을 믿느냐 믿지 않느냐의 차이와 흡사하다. 따라서 이 거리는 존재의 근원에 가 닿는 시각의 차이일 수밖에 없다.

통일이 된 다음, 남북의 학생이 한 교실에서 문학 작품을 읽는 광경은 마치 이교도(異敎徒)들이 한데 모여 치르는 종교 집회와 같을지도 모른다는 생각이 든다. 그것은 대단히 혼란스럽고 어색한 자리가 될 것이다. 그러나 그 일이 기어이 있어야 하는 일이라면 그에 대비해야만 한다는 것은 필연이다. 그러나 이를 위하여 우리가 선택할 카드는 그리 많지 않다.

통일이 한 민족의 껴안음이라면 껴안을 만한 사람이 그 일을 해야 한다. 우리 사회의 다양성은 그만한 역량을 갖추지 않았는가 하는 생각도 든다. 이런 점은 우리가 지니고 있는 자신감을 바탕으로 가져 볼 수 있는 희망이기도 하다.

또 다른 희망은 북한 사회의 변화에 대한 기대다. 1990년대로 들어서면서 북한 문학에 나타난 변화 가운데서 눈여겨 볼 만한 것은 '과학 기술'과 '세대 간의 갈등' 그리고 '이산 가족의 아픔' 등이 전에 없이 관심사로 등장하기 시작하였다는 사실이다. 이것은 '수령의 가계'나 '항일 혁명' 또는 '남조선의 비참한 현실' 등을 강조하던 그 동안의 경향과는 다른 새로운 동향이어서 눈길을 끈다.

북한도 별 수 없이 세계사의 흐름 속에 있는 것이라면 이만한 변화는 필연의 것일는지도 모른다. 더구나 포스트 김일성 시대라 할 만한 1994년 이후가 북한 문학에 어떤 변화를 몰고 왔는가나 또 앞으로 어떻게 전개될 것인가 하는 것은 섣부른 진단이나 예측을 불허한다. 그러면서도 이러한 생각은 앞으로의 변화에 대한 기대를 포함한다.

북한 사회도 어떤 형태로든지 개방의 물결을 타게 된다면, 인간이 오로지 이념적으로만 인간일 수는 없다는 사실을 혹 알게 되지는 않을까, 사람이 사는 데 오로지 하나뿐인 길이 따로 예비되어 있는 것만도 아니라는 것을 짐작하게 되지는 않을까 하는 등등의 기대를 해 본다. 그리하여 인간과 삶의 문제를 달리 보기 시작할 수 있을 때 그 생각에서 자란 나무라야 문학도 다양할 수 있을 것이다.

또 막연하나마 이런 기대도 있다. 1990년 중국 장춘(長春) 공항 로비에서 우연히 마주친 북한의 한 통역관 아가씨는 김내성(金來成)이 지은 소설 〈청춘극장〉을 평양에서 읽은 바 있다고 분명하게 말했다. 나로서는 귀가 의심되는 말이었지만 그의 말에는 주저의 빛이 없었다. 그렇다면 평양에는 우리가 밖에서 보아 왔던 그런 류의 공식적인 작품 말고도 다른 유형의 비공식 문학 작품이 일반의 독서물로 돌아다니고 있다는 말인지……. 이 부분은 지금으로써는 확인할 길이 없지만 혹 그럴지도 모른다는 위안을 가져 본다. 만약 그것이 사실이라면 그만큼 공동의 화제가 있을 수 있다. 따라서 남북의 동질성을 추구하는 문제는 훨씬 쉬울 수도 있다.

민족 정체성으로서의 고전문학

이 글은 남북 문학의 거리가 어떠한 상태이며 어찌하여 그리 되었는가를 진단하는 데 초점을 맞추었다. 지금까지 보아 왔듯이 그 결과는 거리의 확인에 따르는 심각한 불안과 그래도 하는 기대의 뒤범벅이다.

그러나 주저할 이유는 없다고 본다. 문제는 근본이기 때문이다. 본디 하나였던 것이 다시 하나가 되지 못할 까닭이 없으며, 하나였던 것은 하나로 되는 것이 지극히 자연스러울 것이다. 사실 어떤 형태의 통일론도 이러한 당위를 앞세워 전개되었음이 사실이다. 그러고 보면 여기서도 그러한 당위를 앞세워 길을 찾아 보아야 할 것이다.

본디 하나였다는 것을 새삼스레 확인할 필요는 없겠으나 그것의 징표가 무엇으로 가능하겠는가를 생각해 보는 것도 하나의 방법이 될 듯하다. 그러한 '하나'임의 구체적 증거와 매개로 고전문학을 생각해 본다.

남북의 문학이 지금처럼 현격한 거리를 보이게 된 것은 시기적으로 1945년 이후임이 분명하고, 따라서 그 이전의 문학은 지역이나 사상에 관계 없이 하나였음이 분명하다. 그 중에서도 고전시대의 문학은 온전하게 우리 민족이 공유하는 우리의 문화이다. 그것의 문학사적 평가가 서로 어떻게 어긋나 있는가에 눈을 두는 대신에 그것이 본디 하나인 겨레의 문화였음에 동의하는 선에서 출발점을 찾는 일은 아주 손쉽고 또 가능하며 미래가 보장될 수 있다.

고전문학을 매개로 삼는 이러한 희망과 낙관은 문학이 문화적 정체성과 공동성을 확보해 주는 확실한 실체이기 때문이다. 다양한 인종이 뒤섞여 살면서도 국민적 공동성과 정체성의 확보를 셰익스피어에서 구하고 여기서 나아가 문화적 우수성의 표상으로까지 삼는 영국의 사례는 참고가 될 만하다. 이런 관점에서 본다면 독일을 중심으로 전개되었던 민족주의에 기반한 낭만주의 운동도 하나의 타산지석이 될 수 있다고 본다.

문학을 예술의 고매성과 세련성으로만 보는 시각을 넘어서서 그것이 민족의 삶과 가치의 표상이라는 문화적 시각으로 눈을 돌리면 문학을 매개로 한 공감의 확보는 문학을 통한 통일이라는 지름길로 달려갈 수 있을 것이다. 이를 위해 가장 손쉬운 공감의 표상이 고전문학이다. 북한의 문학사가 윤선도(尹善道)의 계급적 성분을 나무라면서도 그의 작품에 긍정적 가치를 부여하는 논리의 굴절을 보이고 있는 점을 보더라도 문학을 통한 공동성의 확보에 희망을 가질 수가 있다.

문학을 교육하는 이유 가운데 하나도 이러한 민족의 공동성과 정체성의 확보를 위함에 있음을 여기서 새삼스레 환기할 필요도 있다. 이미 말을 하고 글을 쓸 줄 아는 사람에게 굳이 자국어를 교육하는 일은 문화적 정체감과 공동성을 통한 유대를 형성하자는 뜻이고, 이를 통하여 내일을 지향하는 인간으로 성장하도록 하자는 뜻이다. 이 점이 분명한 이상 통일 시대의 동질감과 유대감의 확보는 서로가 공유한 문학을 통해서 일차적으로 가능하게 된다. 그것이 바로 우리의 고전문학이다.

이것은 우리가 내세우는 '민족'이라는 것의 실상을 확보하는 일도 된다. 민족에 대한 애착을 우리처럼 강하게 지닌 민족이 세계에 유례가 없다고도 하지만, 그 민족의 실상이 무엇인지는 이렇다 하게 드러난 바가 없다. 역사적으로 하나였다고 하지만 그것이 현실적 당위로 곧바로 치환되는 것은 아니므로 민족의 단일성은 그 실상이 될 만한 표상을 요구하게 된다. 바로 그것이 우리가 공유한 고전문학이다.

고전문학을 공유하는 것을 매개로 한 통일의 설계는 매우 저렴한 비용으로 성취할 수 있는 문화적 통일이라는 점에서 당장이라도 시도해 볼만하다. 남북의 학자와 젊은이가 모여서 우리 문학에 나타난 금강산을 이야기할 수도 있고, 우리가 공유하고 있는 설화며 민요와 같은 구비문학을 함께 말할 수도 있다. '춘향'이며 '심청'을 이야기할 수도 있고, '말뚝이'나 '홍동지'를 이야기할 수도 있다.

물론 같은 것에 대해서 말한다 해서 그 이야기가 한결같을 수는 없을 것이다. 해석이 분분하고 가치에 대한 평가가 엇갈릴 수도 있다. 그것은 갈라져 걸어온 길의 거리만큼이나 멀 수도 있다. 그러나 그러한 시각 차이는 우리 사회에서도 이미 있어 왔던 것이라는 점을 생각하면 그러한 차이의 노출이 새삼 심각할 이유가 없다. 그것은 일종의 다양성에 대한 믿음이 되면서 포괄성에 대한 전망도 되기 때문이다.

다양한 개방 사회에서의 삶이 20세기를 마감하는 인간론의 대단원이라면, 그리고 우리가 분명히 다양한 개방의 사회를 지향하고 있음이 명확하다면 이제 남북 문학을 두고 추구해야 할 통일의 길은 자명해진다. ― 그것은 아마도 우리가 그 모든 것을 껴안는 길이 될 것이다. 그 껴안음은 북한의 통합을 뜻함이 아니다. 고전문학이라는 공유의 문화 자산을 통한 논의의 어떤 시각도 그 나름의 의미를 지니는 다양성, 그리고 어떠한 견해도 제기 가능한 개방성, 그리고 이러한 과정을 통한 공동체적 포괄성의 사회로 통일해 나아감이다.

제4부 문학 탐구의 길 찾기

고전문학을 보는 눈
— 탐구를 위한 인식의 전제

'우리' 문학이다

'고전문학이란 무엇인가' 하는 물음에 대답하는 방법 중 하나는 말뜻을 풀이하는 것이다. 그런 식으로 말하자면 고전문학이란 '우리' '옛날'의 '문학'이다.

그러나 이런 대답으로는 아무것도 알 수가 없다. 그것은 마치 "너희 집이 어디냐?" 하고 물으니까 "우리 집은 철수네 앞집이다."하고 대답하고, "그럼 철수네 집은 어디냐?" 하고 물으면 "우리 뒷집이다." 하고 대답하는 식이나 한가지다. 동어반복이기 때문에 여전히 질문은 질문으로 남아 있고 해명된 것은 아무것도 없다.

이제 하나씩 뜻을 분명히 헤아려 보자. 먼저 '우리'란 누구인가?

'우리'라는 단어를 모를 사람은 없지만 고전문학의 범위를 정하는 데 '우리'의 문제는 그리 간단하지가 않다. 운동회 때 청군·백군을 갈라서 '우리'라고 한다면 자기가 속한 편을 가리키는 말이 되고, 이웃집 사람과 말을 하다가 '우리'라고 하게 되면 자기 가족을 뜻하는 말이 될 정도로 쉽게 알아차릴 수 있다.

그러나 '우리 문학'이라고 할 때, 더구나 고전문학을 두고 그런 말을 규정지을 때 그 일은 그리 간단할 수 없다. 그러나 이것이 누구에 대하여 '우리'인가를 생각하면 그 가닥을 어렴풋이나마 잡아낼 수가 있게 된다.

우리 문학을 우리는 한국문학이라고 하고 또 이것을 줄여서 국문학이라고도 한다. 그러니 달리 생각하면 '우리'라는 말이 '한국'이라는 나라를 뜻하는 말로 이해되기도 한다. 우리 문학의 상대 개념이 남의 문학 또는 외국문학인 점에 비추어 생각하면 그럴 듯도 하다.

그러면 충분한가? 아니다 그렇지 않다. 한국이라는 말의 뜻을 좁게 해석하게 되면 대한민국이라는 뜻이고, '대한'이라는 나라가 세워진 것은 19세기말이므로 신라나 고려시대의 문학은 여기에 포함되지 않는다는 해석도 가능해지므로 문제가 된다. 따라서 한국문학 또는 국문학이라고 할 때의 그 '한국'을 나라의 개념으로 좁혀 잡아서는 안 된다는 점이 분명해진다.

그렇다면 나라의 이름을 넘어서는 동질성을 확보하고 있는 '우리'는 무엇인가? 그것은 우리의 핏줄을 이어 이루어진 '민족'의 개념임을 쉽사리 알 수 있다. 국호(國號)가 몇 번을 어떻게 바뀌고 그 정치적인 이합집산이 어떠했거나 간에 '우리'의 동질성을 면면하게 이어오면서 남들을 향해서 우리라고 지칭할 수 있는 것은 결국 우리 '민족'이고, 이런 점에서 우리 문학은 우리 민족의 문학이라는 뜻이 된다.

우리 민족은 누구인가? 우리는 쉽사리 다음과 같은 대답을 떠올릴 수가 있다. 그 근원이 정확하게 어디인지는 알 수 없으되 이 한반도를 중심으로 생활해 왔으며 우리 말을 사용하고 지금 우리처럼 생긴 사람들이다 ― 이것이 한민족이라는 우리 민족을 풀이하는 말이 될 것이다. 그러니 고전문학이 '우리' 문학이란 말은 한민족의 문학이라는 뜻이 된다.

그래도 아직 불분명한 것들이 남아 있다. 내 집 감나무가 담장을 넘어 남의 집 쪽으로 뻗어나가서 그 가지에 감이 열렸을 때 그것이 과연 뉘 집의 감이냐를 따졌다고 하는 옛날의 일화를 우리는 안다. 그런 문제가 '우리' 문학의 경우에도 있다.

먼저, '우리말'을 쓰는 우리 민족이라고 했는데 그렇다면 한자로 기록된 것은 우리 문학인가 아닌가 하는 의문이 있을 수 있다. 이 문제는 한동안 심각한 논쟁을 불러일으키기도 했었다. 한자는 중국 사람들이 만든 글자여서 우리말을 적은 것이라고 보기 어렵다는 이유에서였다.

또, 우리 민족의 후예라는 것은 분명하더라도 살기를 한반도가 아닌 딴 곳에서 살면서 작품을 남겼다면 그것도 우리 문자가 아닌 한자로 남겼다면 그것은 우리 문학인가 아닌가?

실제로 〈공무도하가(公無渡河歌)〉라는 작품을 두고 이런 얘기가 오간 일이 있었다. 이 작품을 설명한 글에 보면 '조선의 뱃사공(朝鮮津卒)'이라는 말이 나오고, 그래서 그 기록은 중국책에 있는 것이라도 우리 문학으로 생각했었는데 실은 '조선진(朝鮮津)'이 중국땅에 있던 지명일 가능성이 있고 그러고 보면 그건 우리 문학이라고 하기 어렵지 않으냐 하는 생각에서 얘기가 오간 것이다.

이런 문제들에 대해서는 감나무와 감의 일화를 생각하는 것이 문제를 해결하는 열쇠가 된다. 이 땅에서 살고, 우리말로 적고, 우리 핏줄이 분명한 사람이 이룬 문학이면 '우리'라고 하는 데 부족할 것이 없지만, 이 중에 어느 하나만 갖추어도 그것이 우리 민족의 생각과 삶을 드러낸 것이라면 우리 문학의 범위에 넣는 데 주저할 아무런 이유가 없다.

고전문학을 생각하는 '우리'의 범위를 정하는 데 중요한 것은 우리의 삶과 생각이라는 점이다. 감나무는 땅에 뿌리를 박고 자라지만 문학은 삶과 생각에 뿌리를 박고 자라기 때문이다.

고전문학에 대한 이러한 규정은 고전문학의 연구가 지향해야 할 바 한 가지를 명료하게 시사한다. 그것은 우리에 관한 연구이기 때문에 민족의 정체성을 추구하는 일, 여기서 나아가 민족의 공동성과 정신적 유대에 관한 것이 고전문학 연구의 중요한 사명이라는 뜻이다. 그러기에 고전문학 연구의 일차적 의의는 민족의 정신적 공동성과 가치를 드높이는 데 둘 필요가 있다.

'옛날' 문학이다

고전문학은 말 그대로 '옛날'에 지어진 문학이다. 그러니 현대인이 고전문학을 창작한다는 일은 있을 수가 없다. 결국 고전문학은 우리의 독서를 기다리는 문학이라는 말이 된다.

그러면 옛날이란 도대체 언제인가? 천 년 전도 옛날이고 일 년 전도 옛날일 수가 있다. 쌍둥이들 사이에서도 세대차를 느낀다는 농담이 있는데 그런 관점에서 본다면 몇 초 전도 옛날일 수 있다. 지나간 시간은 모두 옛날이라는 관점에서 본다면 그렇다는 말이다.

그러기로 든다면 이 세상에는 옛날의 것이 아닌 문학이 있을 수 없을 것이다. 어떤 문학이든 작자의 손끝에서 적혀 나오는 순간 옛날의 일이 되어버릴 것이기 때문이다. 그러나 우리는 '옛날'이라는 말을 그렇게 현미경을 들여다보듯이 쪼개서 생각하지는 않는다.

옛날이라고 하면 우리는 상당한 세월이 지난 옛적이라는 생각을 떠올린다. 그러니 우주가 처음 생기던 때가 언제인지는 몰라도 그 아득한 시절은 분명 옛날일 것이라는 데 의심의 여지가 없다. 마찬가지로 고려나 조선조 때가 모두 옛날이리라는 것도 자명하다.

문제는 옛날의 끄트머리가 언제까지냐 하는 것이다. 우리 문학에서는 그것을 20세기초까지, 좀더 구체적으로 말한다면 3·1운동이 일어나기 직전까지로 잡는 것이 보통이다.

그 까닭은 3·1운동 이후부터는 '근대'라는 시대적 특성을 지닌 문학이 이루어졌다고 보기 때문이다. 물론 이런 판단이 사람마다 다 같은 것도 아니고 실제로 문학이 어느 날 어느 시에 고전에서 근대로 일시에 변하는 그런 일도 있을 수 없음은 사실이다. 학교 수업시간이라면 종을 쳐서 수업을 시작하고 끝내고 하지만 역사의 단계라는 것은 그렇게 한 순간에 이루어질 수가 없는 노릇이기 때문이다.

그럼에도 불구하고 어떤 시간을 정해서 고전문학 시대의 끄트머리임과 동시에 새로운 근대문학 시대의 시작으로 보려고 하는 것은 문학이 보여주는 고전적 성격이 그 때까지 계속되다가 새로운 경향으로 변해갔기 때문이다.

앞에서 고전문학의 끄트머리를 3·1운동 이전까지로 본다는 말을 하면서 견해가 다른 경우도 있다는 말도 했는데 상당수의 사람들이 1896년의 갑오경장(甲午更張)을 그 분기점으로 보는 견해를 내놓기도 했다. 그러나 갑오경장은 그 당시 이러저러한 제도들을 새롭게 하고자 하는 정부의 조처였고 따라서 그렇게 볼 경우 학교 종을 치듯이 문학도 땡땡 종을 울려서 바뀐 것처럼 생각하기 쉽다는 생각에서 그보다는 좀더 나중인 1918년까지로 보는 경향이 있다.

하지만 고전문학이 이루어진 '옛날'의 끄트머리를 어디까지로 보거나 간에 그 끄트머리에 해당하는 시대에 오게 되면 앞 시대의 특징이 서서히 흔들리고 새로운 변화의 조짐들을 보이게 되기 때문에 '이행기'라는 말로 그 특징을 표현하기도 한다는 점에 유념하는 것도 필요하다.

그러고 보면 고전문학에 포함되는 '옛날'은 우리가 알지 못하는 저 아득한 시대에서부터 20세기초에 이르는 상당히 긴 시간이 된다. 시간이 그토록 긴만큼 그 기간에 이루어진 문학적 자산도 엄청난 양에 이를 것임은 두말 할 나위도 없다.

옛날이라는 시기를 분명히 하는 것도 중요하지만 구비문학(口碑文學)의 경우에는 오늘날에 그것이 행해지더라도 고전문학으로 친다는 것을 이해하는 일도 필요하다. 구비문학이라고 하는 것은 입에서 입으로 전해지는 문학이라는 뜻인데 입으로 전해지는 것이므로 옛날에 있었던 그것은 그 옛날의 할머니 할아버지들이 입으로 전하다가 돌아가셨다. 따라서 옛날 그것은 없어졌으니 그만이라고 할 수도 있다.

그러나 비록 옛날 할머니 할아버지들이 갖고 있던 그것은 사라졌더라도 입에서 입으로 전해서 오늘날 행해지는 구비문학은 옛날의 그것과 상당히 흡사하리라는 생각을 할 수 있다. 또 입에서 입으로 전해지는 것은 많이 변하는 것이 분명하지만 그것이 변하더라도 변하지 않고 살아 남아 전해지는 골격은 그만큼 튼튼한 뼈대라서 그럴 것이라는 가정도 가능하다.

그래서 그 말이 행해지는 것은 비록 지금일지라도 구비문학은 고전문학의 귀중한 자료로 여기게 되는 것이다. 예컨대 〈해와 달이 된 오뉘〉라는 설화는 지금 우리가 듣는 얘기일지라도 고전문학의 범주에 넣어서 생각하게 된다. 〈춘향가〉라는 판소리는 오늘날도 광대들이 창으로 전하지만 역시 고전문학으로 여긴다. 구비문학에 속하는 민요라든가 설화 또는 판소리나 가면극 등을 오늘날 받아 적어서 고전문학의 영역에 넣는 것은 그런 까닭에서다.

그렇다면 이처럼 옛날의 것인 고전문학을 탐구하는 일이 정작 해야 할 일은 무엇인가? 그것은 왜 우리가 옛날 일을 생각하는가를 돌아봄으로써 답을 찾을 수 있다. 인간이 옛날을 생각하는 것은 보다 나은 미래를 위해서다. 과거의 잘못을 반성하여 바로잡고 과거의 돋보이는 점은 드러내어 더욱 빛나게 하기 위하여 우리는 과거를 돌아본다. 고전문학 연구의 의의도 보다 나은 내일을 위한 인간적 노력에 있다.

그러기에 고전문학을 탐구하는 의의는 미래의 삶을 도탑게 하는 데 두어야 한다고 주장하고자 한다. 옛일을 바르고 확실하게 이해하는 일도 중요하다. 그러나 그런 수준을 넘어서서 고전문학이 인간답게 사는 데 일러주는 바를 밝혀 내고 그렇게 살아가도록 권해야 한다. 고전문학 연구가 이용후생(利用厚生)의 학(學)이 되어야 하는 까닭이 여기에 있다.

'문학'이다

고전문학은 문학이다. ― 이렇게 말을 하면 삼척동자도 웃어버릴 것이다. 그 말이 그 말이기 때문이다. 그러나 웃어넘기면 그만일 정도로 간단한 문제는 또 아니다.

이 세상에 문학을 모르는 사람이 어디 있으랴! 누구든 그를 가리켜 문학을 모른다고 하면 화를 낼 것이다. 그러나 화는 내지 말고 그 대답을 곰곰 생각해 보자. 문학이란 과연 무엇인가? 의외로 대답이 쉽지 않다는 것을 느끼게 될 것이다.

어떤 사람은 반문할 것이다. "문학이라는 거는 시, 소설, 희곡…… 이런 거 아니냐?"고. 그것도 한 대답은 된다. 그러면 물어 보자. 단군신화는 문학인가 아닌가? 또 고조선 시대에는 소설이 있었는가? 답변은 궁할 것이다. 결국 그런 설명으로 문학을 완전하게 말하기 어렵다는 것을 우리는 알아차리게 된다.

또 어떤 사람은 이렇게 말할 것이다. "최치원(崔致遠)의 〈추야우음(秋夜雨吟)〉이라든가 서거정(徐居正)의 『태평한화골계전(太平閒話滑稽傳)』같은 것 혹은 김시습(金時習)의 『금오신화(金鰲新話)』가 바로 문학이 아니냐."고. 그렇다, 그것이 문학임은 분명하다. 그러나 그런 식으로 대답하자면 몇 날 며칠을 계속 말해도 문학을 다 말하지는 못할 것이다. 고전문학 작품만 해도 무수하기 때문에 그 예를 다 들자면 한이 없기 때문이다.

그러니 문학이 무엇인가를 말하기 위해서는 예를 드는 것보다는 정의를 내려야 한다는 것이 분명해진다. 그러나 그처럼 어려운 일도 드물 것이다. 그 까닭은 문학이라는 것이 '연필'이라든가 '빵' 혹은 '지구'처럼 구체적으로 손에 잡히는 사물도 아닐 뿐더러 그 지닌 속성도 다양한 데다가 더우기 시대에 따라서 그 개념이 조금씩 바뀌어 왔기 때문이다.

그만큼 문학은 복합적이고 다양한 성격을 지닌 것이어서 정의가 쉽지 않다는 사실을 알아 둘 필요가 있다.

그러나 문학이 무엇인가 하는 질문에 대한 답변을 단념할 수는 없다. 이 세상 무엇이든 그 개념을 명확하게 하지 않고는 그것을 알았다고 하기가 어렵기 때문이다.

우선 쉽사리 떠오르는 방법으로 사전을 찾아서 문학의 개념을 알아 볼 수도 있다. 어떤 사전에 보면 문학을 정의해서 '사상·감정을 상상력에 의하여 언어로 표현한 작품'이라고 했다. 이쯤만 해도 문학의 모습이 상당히 드러난다.

그렇지만 아직도 문제는 남는다. '상상'이라는 말이 뜻하는 바는 무엇인가? '실제로는 경험이 없는 사물·현상을 머리에 그려보는 것'이 '상상'의 뜻이라고 해 놓고 보면, "그러면 경험한 사실을 적은 것은 문학이 아닌가?"하는 의문이 금방 생기게 된다. 일기도 기행문도 우리는 문학에서 제외시키지 않는 점에 비추어보면 이 정의도 완전하지 않다.

문학이 무엇인가를 분명히 아는 또 다른 방법은 그 방면의 책을 찾아 읽는 일이다. 그런 책을 가리켜 우리는 '문학개론' 혹은 '문학원론' 등의 이름으로 부르고 실제로 그런 책은 서점의 서가를 가득히 메우고 있는 것을 볼 수 있다.

그러나 그 책을 읽자고 들거나 혹은 읽거나 간에 머리만 혼미할 따름이고 문학은 여전히 잘 모르겠다는 결론에 이르고 말게 될 것이다. 그 까닭은 책을 잘못 써서인가? 천만에 그렇지 않다. 앞에서도 말했듯이 문학이란 개념이 그만큼 추상적이고 복합적이며 다양하기 때문이다.

따라서 문학을 손에 쥐어 주듯이 그렇게 선명하게 일러 줄 방도는 없다. 다만 어렴풋한 뼈대만을 얘기해서 이해를 돕고자 할 따름이다. 그것을 위해서 우리 각자는 자기가 문학이라고 알고 있는 구체적인 작품들을 떠올리면서 생각하는 것도 도움이 될 것이다.

그렇지만 고전문학이 문학이라는 대전제는 고전문학의 탐구가 가야 할 길을 일러준다. 그것은 곧 문학의 연구라야 한다는 길에 대한 계시이다. 이 말은 문학이 지닌 본질과 특성에 기반하여 그 연구가 이루어져야 한다는 뜻이다. 문학을 사실 자체로 보는 것을 넘어서서 그것이 곧 우리 민족의 정신 활동이 낳은 언어 구조물이라고 보는 데서 고전문학의 탐구는 시작되어야 한다는 말이다. 이제 그 구체적 방향을 더듬어본다.

폭이 넓은 문학이다

문학의 성격과 관련해서 고전문학을 생각할 때 되도록이면 오늘날 생각하게 되는 문학의 관습에 대한 선입견을 접어두는 것이 유리하다. 오늘날에는 문학이라고 하면 대부분 전문적인 작가가 쓰는 것이라는 생각, 혹은 문학에는 시라든가 소설 또는 희곡이며 수필 따위가 있다는 생각 등을 한다. 그런데 이런 생각은 이 시대에 와서 그렇게 된 관습일 따름이고 예전에는 그와 꼭 같지는 않았다는 점을 알 필요가 있다.

문학은 작가가 쓰는 것이라는 말도 근래에 생겨난 것이다. 원래는 글을 쓰면 그가 누구이든지 작자이지만 그를 일러 굳이 전문적인 사람이라고 하지도 않았고 작가가 따로 있다고 생각지도 않았다. 예컨대, 윤선도(尹善道)의 직업을 우리가 굳이 작가라고 적지 않는 것도 그런 까닭이고 논에서 모내기를 하면서 새로 노래를 지어 부르는 농부를 가리켜서 그냥 농부라고만 하지 작가라고 부르지 않는 것도 그 때문이다.

또 문학의 장르만 하더라도 신라·백제·고구려 같은 시절에는 소설이라는 것이 아예 생겨나지도 않았고 수필이라는 개념도 머리에 들어 있거나 하지 않았던 것을 생각하면 이해가 쉽다. 오히려 옛날에는 문학이라고 하면 시(詩)·문(文)·경(經)·사(史)를 통틀어 하는 말로 쓰이기까지 했던 것은 이런 경향을 가리킨다.

실제로 신라에 향가가 있었고 조선조에 시조가 생겨난 것처럼 문학이라는 것은 변하기도 했고 또 그렇게 되는 것이 문학의 참모습이기도 하기 때문에 고전문학이야말로 매우 폭이 넓고 다양하다는 점을 전제로 하는 것이 고전문학을 바로 보는 일이 될 것이다. 이제 그 이해를 위해서 문학이 포괄할 수 있는 여러 요소들 가운데 중요한 몇 가지를 가지고 그 폭을 생각해 보기로 하자.

첫째, 문학은 언어로 표현된다. 그것이 말이건 글이건 간에 문학은 반드시 언어로 표현된다. '침묵은 금'이라는 말이 있긴 하지만 문학은 침묵만으로는 절대 이루어지지 않는다.

둘째, 문학은 체험을 통한 사상·감정의 기록이다. 언어로 무엇인가를 기록한 것이 문학의 본질 가운데 하나라는 뜻이다. 그러나 모든 기록이 다 문학이 되는 것은 아니다. 옛날의 기록이라고 해서 자기 집에 전해오는 족보가 고전문학이 될 수 없는 것은 너무나 분명한 노릇이다.

따라서 문학이 될 수 있는 기록의 조건을 추가하게 된다. 문학은 기록이되 체험의 기록이라야 한다는 조건이다. 체험해야만 사상·감정이 생기게 되고 사상·감정이 있어야만 문학이 된다는 사실과 관련된다. 이순신(李舜臣) 장군의 '한산섬 달 밝은 밤에……'라는 시조는 그것이 형식으로 보아 시조라서 문학이 된다기보다는 체험을 통해 생겨난 사상·감정이 담겨 있어서 문학이 된다.

셋째, 문학은 주관적 인식의 표현이다. 앞에서 문학이 체험의 기록이라 했대서 그것이 꼭 피부로 느끼고 땀을 흘려서 몸으로 겪은 것만을 뜻하는 것으로 생각하면 그것은 체험이란 말을 너무 좁게 생각하는 것이다. 우리의 머리 속에는 가 보지 않은 곳을 그려내는 능력도 있고 남의 마음속을 미루어 짐작하는 힘도 있다. 우리의 정신 세계가 겪은 것 ― 그것을 상상이라는 말로 바꾸어 말하기도 한다. 문학이 상상력을 필요로 한다는 것은 이를 두고 하는 말이기도 하다.

가령 광해군 때 인목대비(仁穆大妃)가 당한 일을 궁인(宮人)들이 적은 것으로 보이는 『계축일기(癸丑日記)』가 문학이 되는 이치도 그러하다. 이것은 일기라는 이름 그대로 사실을 적은 것이지만, 그 사실이라는 것도 보는 사람의 관점에 따라 다를 수 있어서 주관적 판단을 가지고 그려낸 것이라서 우리는 그것의 문학성을 인정하게 된다. 만약에 '밥을 먹음', '잠을 잠'…… 이런 식으로 기록한 일기가 있다면 누가 그것을 일러 문학이라 하겠는가? 문학이 무엇을 '그려 냈다'고 말하는 까닭도 여기에 있다.

넷째, 문학은 형상화다. 형상화라는 말은 그려 낸 것이라는 뜻을 갖는다. 그러나 그려 냈다고 해서 꼭 묘사만을 뜻하는 것으로 생각할 필요는 없다. 주관적으로 인식한 생각을 나타내되 그저 사실을 전달하는 것이 아니라 주관적 인식을 표현하는 쪽으로 나아간다는 뜻이다.

그 한 예로, "춥다. 옷을 보내 다오."라는 말은 옷을 보내라는 당부를 전달하는 데에 목적이 있고 그 목적이 달성되면 그만이다. 그러나 '삼동에 베 옷 입고 암혈에 눈비 맞아……'라는 시조는 남더러 무엇을 어찌해 달라는 부탁이 아니라 자신의 인식을 그려낸 것이라는 점에서 문학이 된다. 문학의 이런 성격을 두고 '전환적 표현'이라는 말을 쓰기도 한다.

다섯째, 문학은 그 자체로 완결되어 있다. 완결되어 있다는 말은 어디다 내 놓아도 그 처음과 끝을 보여주고 그럼으로써 뜻을 가져야 한다는 말이다. 이것을 가리켜 '구조'를 갖는다고도 한다.

예컨대, "배가 고프다."라는 말은 그 말을 누가 했으며 누가 들으며 어떤 상황에서 말을 했는가가 밝혀져야만 뜻이 분명해진다. 이것이 짧아서 그런가 생각된다면 다른 예를 보자. "나는 배가 고프다. 그래서 나는 밥을 먹는다. 밥을 먹으면 배가 부를 것이다." 같은 말도 역시 사정은 마찬가지다.

따라서 이런 것을 문학이라고 하지 않는다. 그러나 "오다 오다 오다 서럽더라 서럽다 우리여 공덕 닦으러 오다"같이 짧은 말이 문학이 되는 까닭은, 누가 한 말인지 몰라도 그리고 왜 그런 말을 했는지 몰라도 우리가 그것만 가지고도 뜻을 알 수 있기 때문에 문학이 되는 것이지 그것이 신라 시절에 〈풍요(風謠)〉라는 작품으로 등록이 되어 있어서 문학으로 봐 주는 것은 아니다.

여섯째, 문학은 풍부한 의미를 지닌다. 이 세상에 의미가 없는 말이 어디 있으랴마는 여기서 말하는 의미란 현실적으로 통용되는 전달로서의 의미를 넘어서는 것이라는 점은 앞에서 이미 말한 바 있다. 따라서 주관적 인식을 그려내어 형상화한 표현이 그 자체로 완결되어 있음으로써 그것은 풍부한 의미를 지니게 된다. 이런 것을 함축이라고도 하고 다의성(多義性)이라고도 한다.

그 한 예로 『구운몽(九雲夢)』이라는 소설을 여러 사람이 두고두고 읽는 까닭은 어디에 있는가를 생각하면 쉽다. 그것은 성진(性眞)이라는 한 스님의 이야기지만 누구에게 무슨 지시를 내려서 어찌하자는 글이 아니고 작자가 주관적으로 인식한 삶의 한 모습을 그려내어 독립성을 갖는 이야기가 되어 있기 때문에 읽는 사람마다 이러저러한 뜻을 발견하게 되고 그 뜻하는 바를 생각하게 됨으로써 두고두고 읽히게 되는 원천이 되므로 문학이 된다.

일곱째, 문학은 보편성을 갖는다. 문학이 체험이고 따라서 주관적 인식이며 그 형상화라면 한 개인의 생각으로 끝나버릴 수도 있다. 그러나 그것이 풍부한 의미를 갖게 되는 것은 그것이 '값진' 체험으로서 사람들의 심성에 보편적으로 잠겨 있는 심성을 울려 감동케 하기 때문이다.

체험에 덧붙여 '값진'이라는 조건이 하나 더 붙은 것은 좋은 문학이 되기 위한 자질을 말하는 것이기도 하다. 우리 모두가 그러하듯이 배가 고프니 밥을 먹고 졸리니 잠을 자고 하는 그런 평범한 체험이라면 그런 것의 기록이 문학이 되기는 어렵다. 아주 독특하면서도 모든 인간의 심중에서 고개를 끄덕이게 하는 그런 체험의 기록이라야 한다.

박지원(朴趾源)의 『열하일기(熱河日記)』는 중국 대륙을 여행한 기록이지만 같은 풍경을 보되 남들이 느끼지 못한 독특하고도 주관적인 체험의 세계를 기록한 것이다. 그러나 거기에는 남들이 미처 깨닫지 못했지만 읽고 보니 과연 그러한 값진 체험이 형상화되어 있어서 그것을 읽으면서 새삼 잠자는 생각들을 일깨우게 된다. 좋은 문학 작품이 두고두고 읽히는 힘도 여기에서 비롯한다.

고전문학을 탐구하는 일은 이처럼 다양한 문학의 본질에 초점을 두어야 한다. 고전문학의 문학다운 가치를 벗어나서 자질구레한 일들에 정신을 팔아 버리는 일은 이런 점에서 의미가 줄어든다. 문학의 다양한 본질은 근원적으로 인간 정신 활동의 다양성과 가치에서 비롯한 것이므로 그 다양성과 가치를 드러내는 일이 고전문학 탐구의 궁극적 도달점이 됨은 물론이다.

그 틀이 다양하다

우리는 자신도 모르는 사이에 정해진 틀에 맞추어 생각하고 생활한다. 버스를 탈 때 특별한 이유가 없는 한 뒷문으로 타는 사람은 없다. 옷을 뒤집어서 입고 다니는 사람도 없다. 어른 앞에서는 공손한 말씨로 경어를 쓰는 것도 당연하다. 그것들이 다 무엇인가? 삶의 틀에 맞추어서 하는 행동들이다.

문학에도 틀이 있다. 틀을 다른 말로 하게 되면 관습이요 제도가 된다. 사람들은 그 당대의 관습과 제도에 맞추어서 생각하고 표현하게 되는 것이고 문학 또한 그러하리라는 것은 당연하다. 실제로 오늘날 향가(鄕歌)의 틀에 맞추어 시를 쓰는 사람도 보기 어렵거니와 한문으로 편지를 쓰는 사람도 드물다. 그것들은 이미 이 시대의 틀이 아니기 때문이다.

고전문학은 오랜 세월에 걸쳐서 이루어진 작품들이기에 그 틀이 다양할 것도 충분히 짐작될 것이고 사실이 그러하다. 바지 속에 넣어서 입을 줄만 알았던 와이셔츠를 바지 밖으로 비죽이 내놓고 입고 다니는 유행이 생기는 것은 그 틀이 바뀌어서 그리 된 것이듯이 문학도 그 삶의 변화에 따라서 그 틀이 바뀌어 왔을 것임은 짐작하기 어렵지 않을 것이다.

그 틀이 같거나 비슷한 유형끼리 묶어 놓는 것을 문학에서는 '장르'라고 한다. 문학의 장르를 나누는 것은 시험 문제를 만들기 위해서거나 문학을 공부하는 사람들을 골치 아프게 만들고자 해서 그러는 것으로 오해하면 곤란하다. 장르란 일종의 분류법인데 분류라고 하는 것은 그 대상을 분명하게 아는 데 필요한 체계라서 그것을 신중하게 따지는 것이다.

우리가 서점에 책을 사러 갔을 때를 생각해 보자. 『심청전』이라는 책을 구할 생각이라면 문학 작품이 진열된 서가로 갈 것이고 그 중에서도 소설 혹은 고전으로 분류된 서가를 찾으면 거기서 원하는 것을 발견할 수가 있을 것이다. 그것은 우리가 〈심청전〉이 무엇인가를 알고 있다는 것을 뜻하기도 한다. 장르를 나누어 묶어 보는 노력은 그래서 문학의 이해를 돕는 일이 되기도 한다.

장르의 이해가 이렇듯이 문학의 이해에 필요한데도 고전문학을 대하게 되면 그 종류의 다양함에 우선 압도될 것이다. 서(序), 기(記), 발(跋), 논(論), 책(策), 명(銘), 행장(行狀), 소(疏) 등만 해도 우선 기억하기가 쉽지 않다. 더구나 고대가요, 향가, 고려속요, 경기체가, 시조, 가사, 잡가, 판소리, 전(傳), 가전(假傳), 몽유록(夢遊錄)…… 이런 식으로 늘어놓게 되면 머리가 어지러워지기까지 할 것이다.

그러나 이런 장르들을 이해하는 것은 곧 그 개개의 작품을 보다 확연하게 이해하는 일이 된다는 점이 중요하다. 향가의 예를 가지고 생각해 보자. 〈찬기파랑가(讚耆婆郎歌)〉가 향가에 속한다는 사실을 앎으로써 우리는 그것이 신라때의 것이라는 사실과 함께 4·8·10구체 가운데 어느 형식에 속하는 형식적인 단아함을 지니고 있으리라는 것, 그리고 그것이 향찰로 표기되어서 해석의 여지를 남겨 두고 있으리라는 점 등을 쉽사리 떠올릴 수가 있을 것이다.

이렇듯이 실제로 존재했던 작품들을 그 성격에 따라 한데 묶은 구체적 장르들을 가리켜서 장르종이라고 하는데, 이것을 다시 또 비슷한 문학성을 지닌 것끼리 묶어서 나누는 것을 장르류라고 한다. 흔히 서정·서사·극으로 나누기도 하고 최근에는 교술이라는 장르류를 하나 더 세워서 나누기도 한다.

교술 장르를 하나 더 생각해 내게 된 까닭은 우리 고전 작품들의 종류와 성격이 워낙 다양해서 삼분법만으로는 처리하기가 어려웠기 때문이다. 그러나 그렇게 해도 여전히 그 성격에 따라 명료하게 갈라 묶기가 어려워서 중간 장르 혹은 혼합 장르 등의 용어를 사용해서 처리하기도 한다.

그런가 하면 교술이라고 하는 것은, 문학의 지향이 쾌락의 추구에 있는가 아니면 교훈의 효용에 있는가 하는 태도의 차이에 따른 것이므로 이것은 장르의 문제와는 달리 문학적 태도 또는 지향의 문제로 보아야 한다는 견해도 만만치 않다. 예컨대, 서정 장르라고 분류하는 시조의 경우에도 교훈적, 다시 말해서 교술에 해당하는 작품이 매우 많은 것으로 보건대 장르를 그렇게 갈라 묶는 것이 그 본질의 이해에 별 도움이 되지 않는다는 것이다.

그럼에도 불구하고 장르종을 구분하고 그것을 다시 장르류로 묶어 내려는 노력은 고전문학의 본질과 실상을 되도록이면 바르게 이해하고자 하는 노력으로 이해하는 것이 옳다. 달걀을 파는 사람이 그저 비슷비슷하게 생긴 달걀들을 큰 알 작은 알로 나누는 노력과 흡사한 것이다. 다만 차이가 있다면 달걀장수는 값을 제대로 쳐서 받기 위해 그 일을 하지만 문학을 이해하는 사람은 그런 이익을 추구함이 아니라 고전문학이라는 고귀한 자산을 보다 바르게 이해하려는 지적인 목적을 위해서 그러한 일을 한다는 차이가 있을 따름이다. 도토리 키 재기라는 속담이 있지만 도토리의 키에는 같은 것도 있고 차이 나는 것도 있을 것은 당연하며 거기에도 큰 것과 작은 것의 구별이 있음은 분명하지 아니한가.

다만 대학 입시의 커트라인이 300점이라고 했을 때 299.9점과 300점의 차이는 고작 0.1의 차이임에도 불구하고 합격·불합격을 갈라 놓게 되는데 그것은 인위적인 결정일 따름이지 그 능력의 본질적 차이가 거기서 발견된다고 하기는 어려울 것이다. 따라서 문학의 장르 분류는 그러한 인위성을 자행할 필요도 없는 것이고, 또 그렇게 한다고 해도 장르 분류가 본디 지향하는 의도인 문학의 본질적 이해와는 거리가 멀게 된다. 그렇기 때문에 그 분류가 어려운 그 자체를 현상의 가장 바른 이해로 보기도 하는 것이다.

따라서 우리가 고전문학의 그 숱한 장르종 그리고 그것을 다시 묶는 장르류의 번거로움 앞에서 취할 태도는 분명해진다. 그런 번거로움을 통해서 우리는 고전문학의 성격이 다양함 그 자체라는 점을 이해하고, 그것이 오랜 역사의 산물이며 변화하는 관습의 결과로 그리 된 것임을 분명히 하는 것으로 족하다.

그러한 태도로 탐구하는 고전문학은 우리의 역사적 장르들이 어떤 자질들을 가지고 있었는지, 그리고 그것은 세계의 그것과 어떻게 같고 다른지, 오늘날에는 이러한 장르의 모습이 왜 그 시절에는 그러했는지, 그것이 어떤 삶의 소산이며 어떤 정신활동의 결과인지를 추구하는 데 중점을 두는 것이 바람직하다.

흘러가는 시간과 삶의 표현이다

고전문학이 우리 옛날의 문학이라면 그 맨처음의 모습은 어떠했을까? 이 땅에 첫발을 디디고 살았던 우리네 조상이 언젠가부터 있었을 것이고 그들이 인간이고 말을 할 줄 알았다면 문학도 함께 있었을 것이다. 문학이란 전문가가 만들어내는 것이 아니라 체험의 형상화이므로 말이 있을 때 이미 문학도 있었을 것임을 짐작하기는 어렵지 않다.

그러나 그 최초의 모습이 어떠했으며 그로부터 상당 기간 동안 그 모습이 어떠했는지에 대해서는 미루어 짐작만 할 따름이지 확실하게는 알 수가 없다. 혹자는 생각하기를 우리에게 단군신화가 있고 단군이 나라를 세웠으니 그 때가 처음이 아니냐고 할는지 모른다. 그러나 단군할아버지가 사람을 만들었다는 말은 어디에도 없다. 그것은 창세 신화가 아니라 나라를 세운 건국신화다. 따라서 단군 이전에도 이 땅에 사람이 살고 있었다는 말이 된다. 그들은 문학을 지니고 있었을 것이라고 확신할 수 있다는 것은 앞에서 말한 문학의 폭을 생각하면 가능해진다.

그렇다면 그 시절의 문학이 우리에게 모습을 드러내지 않는 이유는 무엇인가? 그 까닭은 그 시절에 그 문학을 기록할 문자가 없었던 데 있다. 단군신화가 그 시절이나 그 어느 어름에 이루어졌을 것임은 추측이 가능하지만 그것은 고려때 일연(一然)이라는 사람의 손을 빌어 비로소 한자로 기록된다.

그러고 보면 고전문학 최초 시대의 그것은 입에서 입으로 전하는 구비문학만으로 존재했으리라는 짐작이 가능해진다. 이런 사정은 우리 고전문학만이 아니라 다른 어느 나라 어느 민족의 경우도 그러하다. 그리스·로마의 신화가 그러하고 〈일리아드(Illiad)〉며 〈오딧세이(Odyssey)〉가 역시 그러하고 『시경(詩經)』에 실려 있는 상당수의 작품이 그러하다.

그것은 그 시간과 삶의 자취가 아닐 수 없다. 그 시대의 삶이 문자가 없는 문화였고 과학적 합리성보다는 주관적 인식이 강조되던 시대였기에 그들은 우주와 인간의 불가사의한 여러 가지를 신화의 모습으로 형상화했음을 우리는 이해할 수가 있다. 단군신화가 그러하고 주몽(朱蒙)신화가 그러하며 박혁거세(朴赫居世)며 김수로(金首露)에 관련된 설화들이 그러하다.

이런 설화들의 존재는 문학이 무엇인가 하는 우리의 탐구적 궁금증에 대한 일종의 증거가 되어 주기도 한다. 즉, 박혁거세가 알에서 나왔다고 하고 김수로왕을 맞이하기 위해서 〈구지가(龜旨歌)〉를 불렀다고 하는 그 시대로부터 무려 500여 년 전에 중국 땅에서는 공자가 『논어(論語)』와 같은 구체적인 철학을 폈다는 사실이다. 그 뿐인가? 그로부터 3000여 년 전에 이집트며 메소포타미아에는 왕조(王朝)가 이룩되고 피라미드며 청동기의 문화를 지녔음을 보여주고 있지 아니한가?

이런 사실들에 비추어 본다면 문학의 한 비밀을 우리는 극명하게 인식할 수가 있을 것이다. 그것은 문학이 주관적인 체험의 형상화라는 사실과 관련된다. 문학은 그 시대의 삶이 지니고 있는 틀에 맞추어 우주를 체험하고 그에 맞추어 생각한 것을 언어로 표현하는 일이며 그것이 고전문학의 모습으로 우리에게 끼쳐져 있는 셈이다. 그 설화들은 그 삶의 인식틀이 어떠했던가를 보여주는 것이다.

그렇게 나라가 세워지고 그 건국의 영웅들은 그런 신비성을 지니고 있었으리라고 상상적인 체험을 한 것이 바로 그 시대의 문학이요 그들의 삶이었다고 보아 무리가 없다. 이것을 두고 문명의 정도 운운하는 것은 타당하지 않다. 오늘날처럼 문명이 진보한 시대에도 사람들은 신화를 지니고 산다. 그 차이가 있다면 오늘날의 신화는 민족의 신화라기보다는 개인의 신화라는 점이 다를 뿐이다.

공부를 잘해서 늘 시험 성적이 좋은 학생을 보면서 그 친구들은 그 친구가 하루에 잠을 두 시간 정도밖에는 자지 않을 것이라고 추리하는 것을 넘어서서, 그 추리가 마치 사실이라도 되는 것으로 이야기를 만들어 퍼뜨리게 되는 것은 우리 주관적인 인식의 체험이며 상상의 세계인 것이다. 문학은 거기서 생겨나며 거기서 자란다.

고전문학이 흘러가는 시간의 물구비에서 그 삶이 어떠했던가를 보여 주는 것은 구비문학에 이어지는 그 다음 시대의 문학들을 차례로 살펴면 알아차리게 된다. 한자가 이 땅에 전해지고 그래서 그것을 익힌 사람들이 문화의 표면에 나서게 되면서부터 문학의 모습도 달라지게 되는 것만 해도 그러하다. 여기서부터 문학은 상층의 것과 하층의 것이 갈라지게 되었을 것이다. 오늘날 여러 기록을 보더라도 하층민이 불렀을 법한 민요의 모습을 찾아보기 힘드는 것은 바로 그런 삶을 간접적으로 반영한다.

정치적으로 나라끼리의 세력 각축이 심해지고, 그와 병행하여 사회의 계층화가 더욱 두드러지는가 하면 삶의 형태가 복잡화되기 시작하면서 문학의 장르들도 더러는 변화하고 더러는 새로 나타나고 혹은 사라지기도 하는 것은 삶의 형태가 그렇듯이 달라졌음을 반영하는 것이다. 향가가 고려로 와서 사라지고 대신에 속요가 등장하는 것이나 전에는 없던 가전(假傳)이라는 양식이 생겨나게 된 것은 사회구조의 다양화 또는 삶의 형태가 분화한 결과로 이해할 수 있어서 그 의미를 음미하게 한다.

그 뒤에 이어지는 한글의 창제는 문학의 새로운 장을 열어 주기에 충분한 일대 사건(?)이 아닐 수 없는 것으로 평가된다. 한글을 지니지 못했던 삶과 지닌 이후의 삶이 다르다는 것은 그 결과로 창조된 문학의 다양성과 깊이가 그것을 입증한다. 한글의 창제에 힘입은 다양한 장르의 등장과 더불어 음악과의 밀접한 관계 속에서 다양하게 발전해 간 시가 장르들이 그러하고, 한글로 기록됨으로써 비로소 가능했던 일기며 서간문 또는 기행의 기록 등이 여러 계층 또는 남녀에 걸쳐 확산되었던 것은 그만큼 삶의 폭도 넓게 다양해졌음을 입증해 준다.

그러나 견고하던 중세적 삶이 흔들리면서 등장하게 되는 새로운 여러 모습의 문학이 등장하게 되는 것도 고전문학의 중요한 양상으로 우리에게 의미를 던져 준다. 문학이란 그 시간과 삶의 물구비에 밀착되어 변모하고 생성된다는 사실이 그것이다. 하층민이 문화의 주요한 담당층이 되면서 체험의 형상화가 더욱 다양화하고 구체화한다는 것은 그 삶 또한 그러했다는 것을 우리에게 일러준다.

시간은 흘러서 가버리는 것이지만, 그 시간의 물구비에서 살아간 삶의 형상화인 문학은 인간의 여러 모습을 우리에게 보여주는 가장 인간적인 증거물이라는 점에 고전문학의 의의가 있다 하겠다. 그러기에 고전문학을 탐구하는 일은 궁극적으로 인간을 탐구하는 일이다. 인간의 그림자를 문학에서 드러내어 보다 인간다운 삶을 설계하도록 돕는 일이 바로 고전문학 탐구의 과업이 된다.

읽고 느끼는 것이 처음이자 마지막이다

고전문학이란 무엇인가를 이야기하면서 많은 것을 줄였고 또 구체적인 예는 일일이 들지 않았다. 그것은 그 분야를 설명하는 구체적인 대목에 가서 자세히 살피는 것이 좋으리라는 생각에서 그냥 개괄적으로 고전문학이라는 것의 성격만 간추려 본 것이다.

이제 고전문학은 무엇보다도 먼저 읽고 느끼는 것이 첫째라는 말로 생각을 마감할까 한다. 그 까닭은 그 동안 교실이건 어디서건 고전문학을 잘못 받아들여 왔고 그러기에 오해가 적지 않다는 생각에서다.

〈용비어천가(龍飛御天歌)〉를 읽되 관련된 고사나 열심히 찾아보고 말았던 것은 슬픈 일이다. 그것은 왕실의 족보가 아니라 조선 건국의 이상과 기상이 깃들여 있는 작품이고, 그러기에 사람을 격동시키고 고무하는 문학이 지니는 흥분과 고양의 언어가 거기에는 있다. 그럼에도 방점이나 헤아리고 창작 연도나 암기하고 말았던 것은 어찌 아니 슬픈 노릇이랴.

『두시언해(杜詩諺解)』를 앞에 놓고 초간본과 중간본을 분별하는 증거 찾기에나 골몰해 온 것은 불행이다. 그것이 비록 당나라 사람 두보(杜甫)의 시를 번역한 것이기는 하지만 그것은 창작품 이상의 감흥을 우리말로 드러내고 있기 때문이다. 그토록 아름다운 말로 다듬은 깊은 정서를 팽개치고 음운 변화나 암기해야 했던 것은 어찌 불행이 아니랴.

〈관동별곡(關東別曲)〉을 읽으면서 정철(鄭澈)이 몇 살 적에 강원도 관찰사를 지냈던가나 헤아려야 했던 것은 암울한 노릇이 아닐 수 없다. 산을 바라보면서는 군자의 기상을 생각하고 바다에 이르러서는 경치와 술에 취한 한 사람의 흥겨운 나그네일 따름인 그 모습에서 인간의 두 얼굴을 헤아리고 그것이 인간의 영원한 갈등이요 본질이라는 것을 헤아리지 못하는 문학 작품 읽기가 무슨 소용이란 말인가. 그것이 중국 고사의 암기 자료나 되었다는 것은 문학을 사랑해야 할 모든 사람의 길을 그르쳐 놓았다는 암울함에 젖게 한다.

〈춘향전〉의 무엇을 읽었으며 〈흥보가〉의 무엇을 헤아렸던가. 〈의유당 관북유람일기〉에서 터득한 것은 무엇이며 〈한중록(閑中錄)〉에서 깨달은 것은 무엇인가. 그것이 지금은 사라진 옛말의 뜻을 암기하는 자료나 되거나 그 판본의 출처라든가 주제 파악이며 문단 나누기의 대상 정도나 되고 말았던 것은 비극이라고 할 수밖에는 없다.

고전문학이 어찌 그렇게나 하고 말 그런 대상이랴. 문학은 인간의 저 깊은 곳에 있는 표현의 본능이 그토록 다양한 모습으로 형상화된 보고(寶庫)이며 시대라는 강물의 흐름 속에서 살아간 인간들이 그들의 우주를 체험하여 형상화한 결정체들이다. 거기서 그들의 내밀한 숨소리를 듣지 못하고 그들의 삶을 드러냄에서 우리의 미래를 읽어내지 못한다면 그런 문학이란 도대체 무슨 소용이란 말인가?

　고전문학이 우리 민족의 것이니까 민족적 애정으로 무조건 사랑해야 한다는 것은 맹목의 주장이다. 우리가 역사를 알아야 하는 까닭은 무엇인가? 그것은 역사가 보여주는 삶의 모습을 통해서 우리의 삶을 바로 갖기 위함일 것이다. 그렇다면 고전문학은 무엇인가? 그것이 언어요 체험의 기록이고 주관적 인식의 표현이면서 형상화된 세계며 그 자체로 완결성을 지녀 풍성한 의미와 보편성에 기대어 우리를 감동하게 하는 것이라면 그것을 통해서 우리가 할 일은 무엇인가.

　그것은 읽고 느끼는 것이다. 슬프면 슬프다고 느끼고, 격동의 세계라면 격동에 젖고, 흥겨우면 흥겨워하는 것 ― 그것이 고전문학을 제대로 누리는 처음이자 마지막에 이르는 비결이다. 그렇게 함으로써 우리는 그 무한한 역사와 체험의 세계를 우리 각자의 것으로 할 수가 있으며, 그렇게 함으로써 우리의 삶을 풍요롭고 가치 있는 것으로 이끌어 갈 수 있을 것이다.

　인간이란 무엇인가. 보다 나은 내일의 나를 위하여 한 발짝씩 나아가는 존재다. 고전문학이란 무엇인가. 우리의 옛사람들이 그러한 인간의 길을 걸어온 자취다. 그런 인간이 고전문학의 세계에서 인간다움의 길을 풍요롭게 하고 보람있게 하는 길을 찾는 일 말고 달리 더 무엇이 중요한가. 고전문학의 탐구가 그 길을 가지 않고 무슨 딴 길이 달리 있으랴.

고전시가 탐구의 시각

— 고려 시가와 공감의 문제

고려 시가를 생각하는 전제

왜 하필 고려 시가인가? 이 점을 먼저 분명히 해 두어야 하겠다. 수백 년 전의 노래를 우리가 오늘 다시 이야기하는 까닭을 명확히 하지 않으면 이야기가 잘못될 수도 있을 것이다.

지은이를 알 수 없는 작품이 대부분이고, 여러 면으로 보아 대중가요적 성격이 분명하고, 그것이 또 궁중에까지 들어가서 중요한 레파토리가 되었으며, 그 중 일부는 정확한 말뜻조차 아직 제대로 모르는 데다가, 어떤 때 어떻게 지었으며 어떻게 노래했는지도 잘 모르는 채인 것이 고려 시가다.

또 그 무엇보다도 그것이 수백 년 전 고려시대의 노래라는 점은 의미심장하다. 문학이 삶과 무관한 것이 아니라는 말은 그 말을 입에 올리는 것조차가 이상할 정도로 당연시되는 명제인데 이제 와서 고려 시대의 그 삶과 비슷한 모습으로 살아가기라도 하겠다는 뜻에서 현대적 수용을 말하자는 것인지 의심을 받을 만도 하다. 이런 뜻에서 보면 고시가의 현대시 수용 운운은 참 가당찮은 이야기가 되어 버릴 수도 있다.

그러기에 전제를 분명히 해 둘 필요가 있다. 고려 시가를 그답게 하는 자질은 많지만 그것을 다 말하자는 것이 아니라 변하지 않는 인간의 심성에 관련해서만 살피자는 것이다. 동굴에 암각화(岩刻畵)를 그리던 아득한 시대의 사람이나 오늘 컴퓨터로 글을 쓰는 현대인이나 그가 인간이기에 지닐 수밖에 없는 불변(不變)의 심성에다 초점을 맞추자는 뜻이다.

이렇게 전제를 달고 보면 고려 시가야말로 우리 역사 속에 있었던 그 어느 장르보다도 논의에 가장 적절한 고전이라 할 수 있다. 이 말을 뒤집으면 이렇게도 될 것이다. 고려 시가가 보여 주는 심성의 세계는 수용이니 본받기니 하는 말을 하지 않더라도 이미 우리 안에 풍성하게 자리잡고 있는 것이어서 일관성과 전통성을 확연하게 보여 주고 있는 것이라고.

고려 시가를 일러 속요(俗謠)와 경기체가(景幾體歌), 별곡(別曲)과 별곡체가(別曲體歌) 등등 여러 이름으로 부르기도 하고 이런 이름들이 그 나름의 타당한 구석이 있기도 하지만 여기서는 그것도 문제 삼지 않기로 한다. 그냥 고려 시대의 노래라는 뜻으로 고려 시가라 해 두자. 그래야 명목에 억매이지 않고 이것 저것 자유로이 논의를 할 수 있어 편하기 때문이다.

청산의 꿈이 지닌 보편성

〈청산별곡(靑山別曲)〉은 오늘의 관점에서 보아도 흥미롭다. 그 첫연은 이렇게 시작된다.

> 살어리 살어리랏다 청산에 살어리랏다.
> 머루랑 다래랑 먹고 청산에 살어리랏다.
> 얄리얄리얄랑셩 얄라리얄라

청산에서 살고 싶다는 이 첫 연 때문에 노래 전체의 제목도 〈청산별곡)으로 굳어진 것으로 보이는데 작품 속의 화자가 그리는 것은 청산만이 아니라 바다이기도 해서 제6연은 '해초며 굴조개랑 먹고 바다에 살어리랏다'로 이어진다.

가서 살고픈 곳은 청산과 바다라는 것이 이 노래의 핵심인데 산과 바다를 상징으로 이해하면 곧 온 세상이라는 말이 된다. 우리는 항용 '하늘과 땅'으로 온 우주를 그리고 '육지와 바다'로 온 지구를 뜻하는 것이 이를 뒷받침한다.

결국 이 노래는 온 세상 어디든 가서 살고 싶다는 말이겠는데 다만 거기 함축된 하나의 조건은 '지금 자신이 발을 디디고 있는 곳만 빼고'라는 뜻이다. 그러니 내 지금 사는 곳을 떠나 이 세상 그 어디엔가 저 먼 딴 곳에 가서 살고 싶다는 뜻이 된다.

이것이 뜻하는 바를 두고 매우 꼼꼼한 해석이 이루어져 있다. 어떤 이는 여기서 삶의 근거를 잃은 유랑민의 고달픈 삶을 읽어 내기도 했으며, 또 어떤 이는 고려 시대에 변방의 국방을 위하여 강제 이주를 단행했던 역사 기록에서 근거를 찾아 그런 실향의 결과라고 점치기도 했으며, 무인 정권 시대에 소외된 선비들의 한탄 섞인 푸념 소리를 엿듣기도 하였다.

이 모두는 그럴 듯한 개연성을 갖는 해석이다. 그러나 여기서 한 걸음을 더 옮겨 볼 필요가 있다. 모두가 그럴 듯하다면 그것은 어느 한 가지로 규정되기보다 그 모두를 포함하는 해석이 더 마땅함을 말해 주는 것으로 볼 수 있을 것이다.

사실 그러하다. 지금 자신이 몸담아 있는 곳이 아닌 그 어딘가에 늘 그려 오던 그런 세상이 있으리라고 그리며 사는 것은 인간이면 그 누구나 가지고 있는 아련한 꿈이 아니겠는가. 하루의 삶이 고단할 때, 직장의 이런 저런 일로 마음이 어지러울 때, 혼탁한 도회지에서 우리의 마음이 황폐한 것을 느낄 때, 우리 육신과 마음을 아늑하게 해 줄 저 먼 곳 어딘가를 꿈꾸며 우리는 살아 왔고, 앞으로도 또 그렇게 살아갈 것이다.

이를 일러 필자는 '피안 지향성'으로 명명한 바가 있는데 〈청산별곡〉이 얼른 마음에 드는 이유는 우리 마음 속에 잠자고 있는 그 원형질과도 같은 꿈을 건드려 주기 때문이라고 생각하기 때문에 그런 용어를 사용해 본 것이다.

그 증거도 충분하다. 김소월(金素月)의 시가 사람들의 사랑을 받는 이유 가운데 하나는 바로 이런 피안 지향성에 뿌리를 내리고 있어서라고 할 수 있다. 그의 〈엄마야 누나야〉는 곧 〈청산별곡〉의 현대판이라 할 만한데, 그와 꼭 같은 심성이 예이츠(W. B. Yeats)의 〈이니스프리 호도(湖島)〉에 그대로 드러나 있어서 전세계적 보편성에 맥이 닿아 있음을 보기도 한다.

이쯤 되면 〈청산별곡〉의 피안 지향은 고려 시가의 수용 운운을 떠나 이 시대를 살아 가는 우리 모두가 유전자처럼 지니고 있는 심성적 특성이 아닌가 싶다. 고려 시가의 가치를 말하란다면, 그 꼭꼭 감추어져 있는 우리 심성의 한 모서리를 스스럼 없이 아주 자연스러운 언어로 드러내고 있는 점이라고 해야 할 것이다. 거기에 비하면 오늘 우리의 말은 말을 너무 어렵게 빙빙 돌리고 있는 것은 아닐까.

삶을 달래는 거짓말의 세계

시 — 혹은 노래라고 해도 좋겠는데 — 그것은 본디가 거짓말의 세계라는 생각을 나는 갖고 있다. 이것은 뭐 의사진술(擬似陳述) 운운하는 리챠즈(I. A. Richards) 식의 설명을 추종해서가 아니라 시는 사실의 세계가 아니라 말로 그러하다고 외쳐서 가라앉히고, 잠들게 하고, 편안하게 하며, 즐겁게 하려는 것이라는 생각을 하기 때문이다.

시가 과학에 못지 않은 진실의 추구라는 사실을 몰라서 그러는 것도 아니다. 시가 철학에 못지 않은 인식론의 결과물이라는 사실에 등한해서 그러는 것도 아니다. 진실이며 인식이며 그 모든 시의 자질과 요소들은 그 자체가 언어 구조물로서의 자격이라는 점을 비켜 갈 수는 없기 때문이다.

생각하면 자명한 부분이기도 하다. 시가 텅 빈 찻잔에 커피를 남실거리게 하지는 못하는 법이고, 아무리 간절한 초혼(招魂)의 노래를 불러도 죽은 사람이 다시 살아 오게 만든 시는 있은 적이 없다. 그것은 다만 언어로 대신하게 하였거나 아니면 언어로 그렇게 있게 하였을 따름이다.

노래는 다만 흔들리는 마음을 고요하게 해 주기도 하고 방황하는 넋을 길 찾아 잠들게 하는 힘을 가질 따름이다. 그것은 사실적 실재(實在)가 아니라 언어적 실재다. 우리는 또 언어적 실재로 그렇게 있음을 찻잔에 현실로 남실거리는 커피 못지 않게 사랑하는 사람들이다.

시에 대하여 이런 생각의 축을 따라 가노라면 〈청산별곡〉과 다시 만나게 된다. 지금 여기가 아닌 피안을 그토록 갈망하던 그 작품 속의 화자는 거기도 영원한 안식처는 아님을 이내 알아차린다. '올 이도 갈 이도 없는 밤은 또 어찌할' 것이며 '너처럼 시름 많은 나도 자고 일어 우니는' 그곳, 그래서 자신의 위안은 '사슴이 장대끝에 올라 해금을 켜는 것을 들으며' 또 '살진 강술을 빚어 소매를 잡는' 술과 놀이의 세계에서 위안을 구하고 만다. '노세 노세 젊어서 놀아'의 고려판이라 할 만하다.

〈청산별곡〉만 그런 것이 아니다. 절절이 간장이 타는 노래라고 극찬해 마지 않았던 〈가시리〉의 세계는 무엇인가? 그것이 이별의 안타까움에만 머물지 아니하고 '설운 님 보내옵나니 가시는듯 다시 오소서'라는 기원과 다짐을 둠으로써 잡은 소매를 놓을 수 있었던 것은 말을 통해 심리적 실재가 구축된 결과라 할 수 있다.

〈서경별곡(西京別曲)〉에서도 같은 모습이 확인된다. '구슬이 바위에 떨어진들 끈이야 끊어지리까'라고 다짐을 하고서야 이별로 흔들리는 마음을 가다듬을 수 있었음은 노래가 하는 구실을 극명하게 보여 주는 것이고, 시란 우리에게 과연 무엇인가를 거듭 확인케 한다.

다시 김소월을 이야기하고자 한다. 김소월을 가리켜 민요적 정서를 지니고 있다고 하는 말은 흔히 오해 속에서 오락가락한 말이다. 그가 일부 시에 7·5조의 글자수를 보인다고 해서 이를 민요조라고 하는데 이는 아주 길을 잘못 들어선 오해라 할 수 있다. 우리 민요에는 자고이래로 7·5로 글자수가 맞추어진 것이 없다.

김소월의 민요적 정서는 그런 형식의 문제가 아니라 시적 거짓말을 심리적 실재로 설정하는 태도에 있다. 그의 〈먼 후일(後日)〉이 그 대표적인 예가 된다. '먼 후일 당신이 찾으시면'을 앞에 내세울 때 이 작품 속 화자는 벌써 알고 있다. 돌아선 이 사람이 나를 찾을 리는 없다는 것을. 그러나 그 격랑이자 소용돌이인 이별의 아픔은 달래어져야 하는 것이고, 그래서 '잊었노라'고 차갑게 말해버리리라는 다짐을 심리적 실재로 설정하면서야 평정을 회복할 수 있게 되는것이다.

시를 이렇게 이해하는 태도를 두고 소박하다고 할는지도 모르겠다. 그럴 수도 있겠다. 그러나 본디 노래가 무엇이었던가를 놓쳐 버리고 고답(高踏)의 구름 속만을 헤매는 시가 우리에게 울려 줄 수 있는 화음은 무엇일까? 시가 노래의 심리적 기반을 멀리 벗어나 버리면 그 존재의 의의조차 소멸됨을 나는 말하고자 하기에 고전시가의 탐구는 현대적 수용이 문제되는 차원의 것이 아니라 시의 근원에 이어지는 문제에 초점을 맞추어야 한다고 감히 단언하고자 한다.

자연과 인간의 거리

우리의 전통적인 글쓰기에는 묘한 구조가 있다. 서론 - 본론 - 결론으로 이어지는 논리적 연쇄가 아니라 먼저 대상을 제시하고, 그것이 다른 것들과 어떤 관계를 지니고 있는지를 보인 다음, 그것들이 나에게 혹은 우리에게 주는 의미를 제시하면서 끝을 맺는 글쓰기다. 나는 이것을 대상(Object) - 관계(Relation) - 의미(Meaning)의 구조라고 명명한 바가 있는데 이를 줄여 ORM구조라고 부르기로 하였다.

이런 글쓰기는 옛날의 한문으로 된 설(說) 양식에서 주로 나타나는데 그런 것만이 아니라 기(記), 론(論), 문(文), 서(書) 등 산문 양식에서도 흔히 발견된다. 서양에는 이런 짜임으로 글을 쓰는 일이 별로 없어서, 미국의 학자들은 이를 가리켜 동양의 특성적인 구성법으로 보기도 한다.

요즘 우리 주변에서 이런 짜임으로 글을 쓰는 경우는, 제한적이기는 하지만 매우 독특한 양식으로 활용되고 있음을 본다. 「중앙일보」의 '분수대'나 「조선일보」의 '이규태 칼럼'이 그 대표적인 예다. 글의 앞 부분에서는 제목과 상관 없이 외국의 사례나 옛날의 일들이 길게 설명되고는 정작 그 제목과 관련하여 하고자 하는 말은 끝에 몇 줄로 요약된다. 앞 부분에 나오는 사례는 대상〔O〕이고, 그에 설명을 붙인 부분은 관계〔R〕이며, 마지막은 그것이 내게 주는 의미〔M〕의 구조가 된다.

이것은 글의 형식을 두고 한 말이지만 그 형식이 그리 된 것은 동양의 전통적인 자연관에 근원이 있다는 생각이다.

서양 사람들은 모든 것을 이원론적으로 양분하여 보는 특징이 있어서 인간과 자연은 서로 양분된 세계로 쳐 왔다. 그러기에 거기서는 자연이 인간에 의해 극복되거나 거꾸로 인간이 제압되거나 둘 중에 하나였다. 그러나 동양에서는 자연이 대상으로 인식되기보다는 인간과 하나가 되어 조화를 이루어야 할 질서로 인식되었다고 할 수 있다. 자연의 순리에 따르고, 자연에서 배우고, 자연과 더불어 벗한다는 생각은 그래서 뿌리가 깊은 동양 사상이라 할 수 있다.

ORM구조는 그 사상의 표현이다. 대상을 먼저 제시하는 것은 자연이 교과서임을 보여 주는 것이고, 삼라만상은 내게 어떤 의미를 주는가에 의해 비로소 그 존재의 의의가 드러난다는 생각의 표백으로서 관계와 의미가 제시되는 구조라 할 수 있다.

고려 시가 〈동동(動動)〉은 이런 생각의 전형적인 예로 볼 수 있다. 일년의 열두 달을 다달이 노래한 이 노래는 '정월 냇물은 얼면서 녹으면서 하는데 누리 가운데 나고는 이 몸이여, 홀로 지내누나'라고 함으로써 자연과 하나 되지 못함을 탄식하고 있다. 나머지도 모두가 이러하다. '높이 켠 등불'에서 님의 얼굴을, 봄을 찾아 오는 '꾀꼬리새'에서 님의 모습을 보는 이 모두는 자연에서 사랑과 고독을 함께 배우는 심성이 그대로 묻어 나는 노래들이다.

이런 심성을 오늘날의 자연 파괴와 결부시켜 이야기한다면 너무 거창할는지 모른다. 또 이런 얘기가 잘못 전해지면 노자(老子)나 장자(莊子)처럼 문명의 외면(外面)으로 나아가자고 하는 시대 착오적인 망발로 오인될 수도 있다. 오늘날의 우리가 문명을 버리고 살아간다는 것은 도무지 가당치 않은 일이므로 문명을 떠나 자연에 친화 운운하는 그런 식의 얘기는 말 그 자체만으로도 우스꽝스럽기까지 할 것이다.

그러나 자연에서 배우자는 말이 문명 파괴나 회피와 곧바로 동의어가 되는 것은 아니다. 다만 자연을 파괴하지 않는 문명의 발전을 추구하는 일이 생태계의 파괴로 치닫는 문명의 진보와 반(反)의 관계에 놓일 수 있음은 분명하다. 자연에서 배운다는 말을 무위도식(無爲徒食)하자는 말로 치환해버리지는 말면서 자연과 인간이 조화를 이룰 수 있는 문명을 건설해야 한다는 것은 이 시대 우리의 무거운 책무이다. 우리는 그 점을 외면할 수 없다.

고려 시가를 말하면서 이 점을 이야기하는 것은 도대체 시를 쓰는 일이 무엇인가를 다시 한 번 재음미해 보자는 뜻이다. 그것을 문학의 사명이라고 말해도 좋고, 시인의 책무라고 표현해도 좋을 것이며, 문학교육의 지표라고 바꾸어 놓아도 괜찮다.

문학이 거기 있으므로 다른 아무런 목적이나 의도 없이 순수하게 그 자체만으로 향유되어야 한다고 주장하는 것은 순수해 보여서 멋이 있어 보일는지도 모른다. 그러나 문학이, 특히 시가 우리의 흔들리는 심성을 붙잡아 평정하게 하고 인간이 무엇이며 어떻게 살아야 하는가 하는 고뇌를 멀리해 버린다면 그 때에 시란 과연 우리에게 무엇일 수 있을 것인가?

비록 소박한 형식의 노래이지만 〈동동(動動)〉은 시가 할 일이 무엇인가를 일러 주는 것이기에 오늘에도 소중하다. 빨리 가려고 만든 자동차가 오히려 시간을 허비하게 하고, 편하자고 만든 모든 이기(利器)가 흉기(凶器)로 변해 가는 이 시대 문명의 질곡(桎梏)과 모순(矛盾) 앞에서 이제 시는 무엇이냐고 묻게 될 때 우리는 우리가 함께 살아가야 할 자연의 의미를 다시 되새겨야 할 것이고, 그 때 고려 시가는 의미 심장한 미소를 우리에게 던져 줄 것이다.

고려 시가의 다양성이 지닌 뜻

고려 시가는 참으로 다채롭다. 지금까지 살핀 것 이외에도 〈만전춘(滿殿春)〉에서는 고독의 그림자를, 〈이상곡(履霜曲)〉에서는 간절한 애정의 표백을, 〈쌍화점(雙花店)〉에서는 심리적 반전이 주는 갈등을, 〈정석가(鄭石歌)〉에서는 간절한 기도의 목소리를, 〈처용가(處容歌)〉에서는 신명(神明)이 어우러진 벽사(辟邪)와 진경(進慶)의 한바탕 춤을, 〈사모곡(思母曲)〉에서는 어머니의 사랑을, 〈상저가(相杵歌)〉에서는 노동과 윤리의 합창을 들을 수가 있다. 참으로 다양한 노래의 세계다.

여기에 경기체가(景幾體歌)라고 일컬어지는 것까지 합하면 더욱 화려해진다. 〈한림별곡(翰林別曲)〉에서는 글하는 선비들의 경건성에서 점차 도도한 취흥으로 변모되는 시상의 전개를 볼 수 있는가 하면 〈관동별곡(關東別曲)〉과 〈죽계별곡(竹溪別曲)〉에서는 산수(山水) 승경(勝景)의 찬양과 흠모를 엿볼 수 있다.

이별의 서러움을 노래로 삭이는가 하면, 신념의 경지로까지 승화된 사랑의 모습을 내보이기도 하고, 고독에 못지 않게 성취를 소망하는 모습도 고려 시가에는 담겨 있다. 우리 삶에서 심성의 일렁임을 자아내는 모든 일을 그 많지 않은 작품들이 골고루 보여 주고 있음을 본다. 한마디로 다양한 심성의 표출이다.

이런 다양성이 지닌 뜻을 한 가지로 규정해 말하는 것은 어려운 노릇이다. 나는 이를 그 향유층의 문제과 관련하여 생각해 보고자 한다.

잘 알려진 바와 같이 고려 시가는 민요적인 색채가 강하다. 그런 특징은 말을 엮어 내는 데서 아주 강하게 나타난다. 오늘날 전국적인 분포를 보이는 '형님/ 형님/ 사촌/ 형님'형의 조사법(措辭法)을 가진 민요를 나는 *aaba*형이라고 명명한 바가 있는데 이 *aaba*형이 조금 확대되면 '형님 오네/ 형님 오네/ 분고개로/ 형님 오네'가 된다. 이것이 그대로 나타나는 모습이 '살어리/ 살어리랏다/ 청산에/ 살어리랏다'이고, '울어라/ 울어라 새여/ 자고 일어/ 울어라 새여'가 된다. 이런 형식이 놀랍게도 홍사용(洪思容)의 〈나는 왕(王)이로소이다〉에도 그대로 나타나는데 '나는 왕(王)이로소이다/ 나는 왕이로소이다/ 십왕전(十王殿)에서도 쫓겨난/ 나는 왕이로소이다'가 그 예다.

그런데 한 가지 주목해야 할 사실은 이 고려 시가들이 대부분 궁중에서 공연되던 레파토리에 속했다는 점이다. 이 노래들이 『악학궤범(樂學

軌範)』에 실려 있는 사실 자체가 궁중 음악으로서의 모습을 보여주는 것이다. 그리고 이것이 실려 있는 또 다른 문헌인 『악장가사(樂章歌詞)』나 『시용향악보(時用鄕樂譜)』는 궁중 음악을 정리한 발간이었으리라는 것이 마땅한 추정이다.

이런 생각에 제동을 거는 기록도 있다. 조선 초기의 실록에는 고려 시가 가운데 어떤 것들의 이름을 구체적으로 거론하면서 '남녀상열지사(男女相悅之詞)' 운운하면서 그것을 노래하는 일이 마땅찮음을 역설한 것이 보인다. 이래서 고려 시가에 그런 꼬리표가 붙기도 하였다. 그러나 고려 시가를 둘러싼 이런 논란은 그 음악 자체의 폐기를 주장한 것이 아니라 궁중의 의례(儀禮) 때 그런 음악을 연주함은 적절하지 않다는 지적으로 보는 것이 순리적이다. 그래야만 고려 시가를 두고 논란을 벌이면서도 『악학궤범』, 『악장가사』, 『시용향악보』 등의 책을 발간한 궁중의 이중적 처사가 비로소 이해될 수 있다.

고려 시가는 민요이면서 동시에 궁중 음악이기도 했다는 점이 중요하다. 말하자면 계층의 차별 없이 이 노래를 공유했다는 뜻이다. 문학이나 예술을 이야기할 때 흔히 언급되는 계층성의 문제가 고려 시가에서는 예외가 된다는 것이 무엇을 뜻하는가 하는 것은 생각해 볼 만한 가치가 있다.

이 점을 굳이 화제로 삼는 까닭은 요즘의 시를 누가 읽는가 하는 문제를 생각하기 위함이다.

노래와 시의 거리

사태가 아무리 악화된다고 하더라도 시의 독자가 완전히 사라지는 일은 결코 없을 것이다. 시를 사랑하는 사람은 어느 세상에고 필요한 만큼은 늘 있을 것이라고 낙관적으로 전망할 수 있음을 그 동안의 역사는 입증해 준다.

그래도 문제는 있다. 오늘날 시의 독자는 얼마큼일까? 고려 시가가 지녔던 만큼의 향유층을 과연 지니고 있다고 말할 수 있겠는지는 의문이다. 이것이 속단이 아니기를 바라지만 이 판단이 잘못되었다면 이제부터의 내 생각은 더 이상 읽어 줄 가치가 없을 것이다.

고려 시가가 계층의 차이 없이 두루 향유할 수 있었던 자질 가운데 중요한 것으로 '노래'로서의 성격을 들어야 한다는 것이 나의 판단이다.

노래는 음성 언어를 전제로 한다. 소리로 구체화되는 노래는 현장성과 공감성이 중요한 밑천이 된다. 공감되지 않는 노래는 더 이상 존재할 수 없게 되므로 그 생명의 공증재원(公證財源)은 모든 사람을 감동시키는 공감성이다. 대부분의 고전시가가, 향가에서부터 시조는 물론이고 심지어 가사에 이르기까지가 음성 언어로 향유되는 노래로서의 자질을 지녔다는 사실은 오늘의 시에 중요한 시사를 준다고 할 수 있다.

그 공감성을 도외시하게 된 데는 소리가 아니라 문자로 시를 쓰게 된 언어 환경의 역사적 변화가 크게 작용했을 것으로 짐작된다. 소리로서의 노래가 지닌 개방성에 비하면 문자로서의 시는 폐쇄적이며, 전자의 공동성에 비추어 보건대 후자는 개인성이 강하게 드러난다. 이것이 시로 하여금 홀로만의 길을 찾게 만든 것은 아닌가 싶다. 이 점이 미심쩍게 생각된다면 김소월(金素月)이나 서정주(徐廷柱)의 시를 외는 사람은 상당한데도 한용운(韓龍雲)의 시를 외는 사람이 왜 드문지를 헤아려 볼 일이다.

공자(孔子)의 『시경(詩經)』이 민요를 정리한 것이듯이 본디 시는 노래를 이상형으로 삼았음이 동서양을 불문하고 확연하다. 그러던 것이 문자를 상층인들이 전유하면서 시와 노래의 경계가 생겨나기 시작했고, 그것은 문학의 역할을 반쪽 내는 대신 가진 자의 자랑거리만 늘여 놓았던 것이다. 문자문화(文字文化) 우월론자에게는 본인도 모르게 이런 계층적 우월 의식이 깃을 들이고 있다. 시가 사람들 곁을 떠나게 된 데는 이런 이유도 크게 작용했을 것임을 깨달을 필요가 있다.

물론 책임이 그런 데만 있는 것은 아닐 것이다. 오늘날의 우리 삶이 빚어낸 문화의 양태가 '그것이 내게 무슨 소용이 있는가'로 귀착되는 기능적 사고로 치닫고 있다든가, 전파 매체가 활자 매체를 압도하는 생활 구조 등등, 더 많은 이유를 우리가 지적할 수는 있을 것이다.

그렇다 하더라도 시가 공감의 토대 위에 서지 않는다면, 그래서 우리의 삶을 인간다이 아름답게 하고 향기롭게 하는 데 기여할 수 없는 것이라면, 그 때에 시는 무엇이겠는가 ― 고려 시가를 오늘의 시점에서 되돌아 보는 최종적인 결론은 이런 본질적인 의문이다.

이런 판단은 고려 시가의 현대적 수용이 소재 차원으로 이해되는 것을 넘어서서 시의 본질에 대한 질문과 성찰로 나아가야만 할 것임을 시사한다. 고려 시가를 거론하여 생각해 본 고전시가 탐구의 길도 여기서 찾아야 할 것이다.

그러한 길 찾기는 마땅히 인간의 탐구로 이어질 것이다. 문학은 본디 인간에 관한 이야기이며 또 탐구였기에 그 길을 추구하는 일은 결국 인간론이 된다. 고려 시가가 우리에게 던져 주는 또 하나의 의미가 바로 이것이다.

물론 인간 탐구의 길이 하나뿐일 수도 없고 그렇게 탐구하여 드러낸 모습이 한결같을 수도 없다. 그러기에 고려 시가는 고려때의 노래이고 말 수도 있다. 그러나 고려 시가는 고려라는 시간 속에 폐칩되어 머물지 않고 오늘의 우리에게로 다가섬을 확인하였다.

그것은 진정한 문학 또는 참된 문학의 길이 영원성에 깃을 들이고 있음을 말해 준다. 시대를 뛰어 넘어서 영원한 생명력을 갖는 문학―그것은 공교롭게 꾸며 내는 말의 기술이 아니라 인간 본연에 대한 통찰과 그 드러내기라는 사실을 거듭 확인시켜 준다.

불완전하고 모순으로 뒤엉킨 고려 시가의 인간상이 따뜻하고 포근하게 느껴지는 까닭이 거기에 있고, 그러기에 옛날의 문학을 탐구하는 시각이 결국은 인간론에 서야 할 것을 우리는 거듭 확인하게 된다.

시문학의 변모와 그 의미
— 한국시의 맥락을 보는 눈

시의 개념과 시의 역사

'시'라고 할 때 그 개념은 다양하다. 그 까닭은 시가 거쳐 온 역사적 모습의 다양성, 역할의 다양성, 향유방식의 다양성, 용어의 다양성 등에 기인한다. 이러한 다양성은 필연적으로 성격이나 형식의 다양성을 낳게 되었다. '시'라는 용어 대신 향가(鄕歌), 가사(歌辭), 시조(時調), 창가(唱歌) 등 다양한 명칭이 있는 것은 그 역사적 모습의 다양성과 성격의 다양성에 기인하며, 또 이들을 가리켜 시가(詩歌)라고도 하고 시(詩)라고도 하는 것은 입으로 짓고 노래했는가 아니면 글로 써서 읽었는가 하는 향유 방식의 차이에 기인한다. 그런가 하면 시를 가리켜 순수한 정서의 표출이라고도 하는가 하면 이와 달리 사람을 흥분·고양시키는 문학 양식이라고도 하는 것은 시를 통해 이루고자 하는 바가 무엇인가 하는 데 따른 관점의 차이를 반영한다.

이래서 시의 개념은 다양할 수밖에 없지만 이런 차이에도 불구하고 시의 공통된 특성으로 간주되는 것으로 우선 노래로서의 성격을 들 수 있다. 예전에는 시가 음성 언어로 노래되는 것을 전제로 했는데 그 구체적 사례가 상대의 시가, 향가, 고려가요, 시조, 악장, 가사, 창가 등이며 이 장르에 속하는 작품들은 노래되었던 자취를 작품 자체에 지니고 있다. 그런가 하면 음악으로서의 노래라는 성격을 떠나 글로 쓰고 글로 읽는 시의 모습으로 바뀐 것이 근대시와 현대시이며 이들은 노래로서의 자취를 그 율격을 통해 보여주고자 한다. 이래서 고전시대의 시를 '시가'라고 하여 현대의 '시'와 구분하기도 한다.

고전과 현대를 이어서 생각하려 할 때 이러한 성격의 차이가 국문학 연구자의 무거운 짐으로 느껴지기도 한다. 문학 가운데서도 특히 시문학은 고전과 현대의 그것이 양식상으로 현저하게 차이가 있기도 하고, 더구나 고전시가는 왕조의 변화와 거의 같은 궤도로 변모를 거듭한다는 점에서 그 연속성을 말하기가 힘들어지기도 한다.

그러나 바로 이 점이 국문학의 연속성을 탐구하는 데 실마리가 되기도 함은 역설적이다. 그것은 문학의 연속성을 형식이 아니라 본질에서 구해야 할 것이라는 암시를 담고 있기 때문이다. 옛날의 시가는 구어(口語) 행위였던 것임에 반해 오늘날의 시는 문어(文語) 행위라는 근본적 차이 때문에도 시는 어째서 시인가를 묻지 않을 수 없게 된다.

이 때 우리가 발견할 수 있는 것이 구어 시대의 시가 지닌 가락과 박자를 오늘날에는 운율로 바꾸어 지니게 되었다는 사실이다. 이것은 시의 중핵적 요소가 음악임을 말해 준다. 운율은 소리의 현상이라는 점이 그 근거가 된다.

그렇다면 문학의 변화는 그 문학의 존재 방식에 따라 결정된다는 사실을 확인할 수 있게 된다. 음악으로 시가를 향유하던 시대에는 시의 요소가 곧 음악이었고, 음독 또는 묵독되는 시대에는 운율로 대치된다. 앞으로 사이버(cyber)의 세계에서 시를 향유하게 된다면 그 때는 노래의 요소가 어떤 모습으로 바뀔는지 예언하기 어렵지만 역사적으로 그러했듯이 향유 방식의 변화가 시의 모습을 변모시키리라는 예측은 충분히 할 수 있게 된다.

우리의 관심은 앞으로의 시대를 예언하는 데 있지 않다. 오히려 문학의 연속성이라는 맥락은 그 변모 양상과 차이를 드러내는 데 앞서서 근원적 동질성의 차원에서 추구되어야 한다는 명제의 확인이 중요하다. 시의 맥락에서 얻을 수 있는 이런 깨달음은 소설의 맥락을 이야기에서 구해야 한다는 암시로 발전할 수도 있다고 본다.

상고시가: 문학의 다의성

아득한 시대에 우리 민족의 시가 어떠했던가를 알려주는 기록은 많지 않다. 우리 민족이 이 땅에 살기 시작한 것과 동시에 시가 있었으리라는 짐작은 당연하지만 몇 가지 단편적인 기록을 통해서 그 편린을 엿볼 수 있을 따름이다. 실제로 기원전 2세기경의 것으로 기록되어 전하는 〈공무도하가(公無渡河歌)〉, 고구려 2대 유리왕이 지었다는 〈황조가(黃鳥歌)〉, 가락국(駕洛國)의 시조를 맞이하면서 노래했다는 〈구지가(龜旨歌)〉 등이 있다.

이 노래들은 본디 우리말로 노래되었겠지만 한자로 기록되어 전하므로 노래말의 원모습은 확실히 알기 어려우며 노래가 지녔던 성격에 대해서도 해석이 구구하다. 다만 〈공무도하가〉는 흰머리를 풀어헤치고 강물에 빠져 죽은 남자를 뒤따르던 여인의 정서적 사연이고, 〈황조가〉는 두 아내 중 달아난 한 사람을 뒤쫓다가 자신의 신세를 한탄하며 부른 노래여서 개인적인 정서를 드러낸 것으로 이해되며, 반면에 〈구지가〉는 개인적인 정서보다는 임금을 맞이하기 위한 집단의 노래로 의식(儀式)이나 노동에 관계된 것이었음은 분명하다.

남아 전하는 작품이 세 편밖에 되지 않으면서도 개인적 서정가요가 있는가 하면 노동요적 성격을 지닌 것도 있다는 점은 그 나름으로 문학의 다양성을 생각할 수 있게 해 준다. 그런가 하면 이 노래들이 부대설화와 한 문맥을 이룸으로써 〈황조가〉처럼 정치적 담론으로 해석할 수 있는 가능성을 던져 주기도 하고, 〈구지가〉처럼 신가(神歌)로 해석할 여지를 보이기도 한다. 또 〈공무도하가〉처럼 서정이면서 동시에 기이한 이야기로 생각할 빌미를 주는 것도 있다.

상고 시대의 가요 세 편을 문학으로 놓고 탐구하는 길은 그 해석의 가능성을 다양하게 추구하는 데 있을 것이다. 따라서 이 방면의 논의는 새로운 해석이 추가되면 될수록 풍요로운 문학 논의로 발전할 것이다. 이미 그러해 왔듯이 다양한 시각의 해석이 이 세 편의 노래에 주어졌고 그 각각의 해석은 각기 독자적인 의의를 지닌다. 따라서 상고 시가 세 편의 문학 탐구적 의의는 그 해석들의 총화(總和)에 있을 것이다.

상고 시가에 대한 해석을 일의적(一義的)이거나 정답주의적인 방식으로 생각하지 않아야 하는 것은 문학 탐구자의 태도를 일찌감치 결정해 주는 데 일조를 한다고도 할 수 있다. 언제나 그러하였듯이 문학 탐구의 생명과 가치는 다양성에 있기 때문이다. 그러기에 상고 시가 세 편은 더 많은 새 해석을 기다리고 있다고도 할 수 있다.

향가: 시가 기능론의 단서

향가(鄕歌)는 신라 때를 중심으로 창작되었으나 그 후 고려 때까지도 존속했던 장르인데 혹 '사뇌가(詞腦歌)'라 부르기도 한다. 향가는 『삼국유사(三國遺事)』에 14 수 『균여전(均如傳)』에 11 수가 전하는데 그 기록된 내용으로 보아 전자는 신라 때 후자는 고려 때의 것임을 짐작할 수 있다.

우리 문자가 없던 시대이기 때문에 한자의 음과 훈을 빌어 사용한 향찰(鄕札)로 표기되었다. 노래말의 기록이 띄어쓰기를 한 것을 근거로 삼고 이를 바탕으로 형식을 추정하여 4구체, 8구체, 10구체로 나누는 데 실제의 기록이 그처럼 정확하게 형식을 나누고 있는 것은 아니다.

예컨대 4구체로 분류된 것들 가운데는 3구로 나누어 표기된 것이 3 수나 되고, 어떤 것은 띄어는 썼지만 앞뒤의 노래말과 이어서 생각하지 않으면 말이 통하지 않는 것도 있다. 그러니까 구의 형식으로 나누어 보는 것은 하나의 가정일 따름인데, 그래도 10구체 향가의 아홉째 구 첫머리에는 '아으' 등의 감탄사가 있는 등 상당한 형식적 정제성을 발견할 수 있다.

향가의 내용은 매우 다양하다. 노동요로 짐작되는 〈풍요(風謠)〉가 있는가 하면, 서정적 성격이 강한 〈원왕생가(願往生歌)〉, 〈제망매가(祭亡妹歌)〉, 〈헌화가(獻花歌)〉, 〈처용가(處容歌)〉, 〈모죽지랑가(慕竹旨郎歌)〉, 〈찬기파랑가(讚耆婆郎歌)〉 등이 있고, 교훈적 성격이 강한 〈안민가(安民歌)〉, 〈우적가(遇賊歌)〉 등이 있는가 하면, 주술적 성격이 드러나는 〈도천수관음가(禱千手觀音歌)〉, 〈도솔가(兜率歌)〉, 〈혜성가(彗星歌)〉, 〈원가(怨歌)〉 등이 있고, 또 〈서동요(薯童謠)〉처럼 놀이적 성격이 강한 것도 있다. 반면에 『균여전(均如傳)』에 전하는 11 수는 〈보현십원가(普賢十願歌)〉라는 제목 아래 부처님께 열 가지의 기원을 하고 거기에 서시를 붙인 연작시로서 종교 가요의 성격이 강하다.

향가의 작자는 〈서동요〉를 지은 어린아이에서부터 〈풍요〉를 지어 부른 다수의 신도(信徒)도 있는 등 매우 다양하지만 월명사(月明師), 충담사(忠談師) 또는 신충(信忠)이나 영재(英才)처럼 승려나 벼슬아치들이 상당수 있는데, 특히 이들의 이름이 기록된 것은 그 당시 사회의 상층인이라서 두드러질 수 있었기에 기록으로 남게 되었던 것으로 추정된다. 혹 이 이름들이 고유명사가 아니고 '월명(月明)'은 달이 밝았다는 기록과 관계되며 '충담(忠談)'은 충성스러운 말이라는 뜻으로서 보통명사라고 해석하기도 한다. 그런가 하면 〈헌화가(獻花歌)〉의 경우처럼 '소 끌고 가던 노인' 정도로만 알려진 것도 있고, '동해 용왕의 아들'로 지칭된 '처용(處容)'처럼 그 정체를 확실히 알기 어려운 경우도 있다.

향가도 오래 전의 노래라서 내용에 미심쩍은 부분이 많고, 어떤 것은 그 노래말조차 완전한 해독에 이르렀다고 하기 어려워서 아직도 많은 노력이 더 바쳐져야 그 비밀이 드러날 것이다. 그러면서도 민속학적 방법, 혹은 신화비평적 방법, 신비평적 방법, 실증주의적 방법 등 매우 다양한 측면에서 연구되어 왔다. 그런 점에서 본다면 향가에 대해서는 더 이상 탐구할 일이 없는 것처럼 보일 수도 있다.

그러나 향가의 중요한 비밀은 이것이 이야기 속에 묻혀 있다는 점이다. 일본의 『만엽집(萬葉集)』은 그 작품의 수효가 향가와 비교가 되지 않을 정도로 많지만 그것들은 그저 노래말만 적은 것이어서 해석이 중구난방(衆口難防)이다. 그러나 향가는 수효가 적지만 그것과 관련된 이야기가 있어서 해석의 방향을 대강 지시해 주고 있다는 점이 특색이다. 이 점이 상고 시대의 시가와 같은 점이며 그 다음에 이어지는 고려 시가와 상이한 점이다.

따라서 향가는 이야기로 볼 필요가 있다. 도적들의 출현과 뒤따름을 관련짓지 않는다면 〈우적가(遇賊歌)〉의 의미 파악은 결코 쉽지 않으며, 광덕(廣德)과 엄장(嚴莊)의 불도(佛道) 수행에 관한 전후 사정을 이해함이 없이 〈원왕생가(願往生歌)〉의 문맥을 따라 잡기가 어렵다. 월명사(月明師)의 〈제망매가(祭亡妹歌)〉는 그 이야기를 따라 작품을 해석할 수 있으나 충담사(忠談師)의 〈찬기파랑가(讚耆婆郎歌)〉를 이해하는 수준이 〈모죽지랑가(慕竹旨郎歌)〉의 이해 수준에 머물 수밖에 없음은 이 노래에 관련된 이야기가 없기 때문이다.

이처럼 향가를 설명하는 이야기에서 우리는 '왜 노래하는가', 즉 시가의 기능에 관한 논의의 단서를 얻을 수가 있게 된다. 『균여전』 같은 데서는 '사뇌가가 세상 사람들의 놀고 즐기는 도구[夫詞腦者世人戲樂之具]'라고 했고, 『삼국유사』의 월명사 향가를 설명하는 대목에서는 노래가 '능히 천지와 귀신을 감동시킨다[能感動天地鬼神]'고도 했다. 그 수

효는 비록 얼마 되지 않지만 향가로부터 우리는 창작 및 효용에 관련한
풍부한 논의를 이끌어 낼 수가 있다.

고려시가 : 정서의 모습

고려 때에 지어지고 불리었던 노래를 통틀어서 고려가요라고 한다.
고려가요의 노래말은 서너 줄 정도로 짧은 길이를 가진 〈유구곡(維鳩
曲)〉, 〈상저가(相杵歌)〉, 〈가시리〉, 〈사모곡(思母曲)〉 등이 있는가 하면
〈처용가(處容歌)〉나 〈이상곡(履霜曲)〉처럼 긴 길이를 가진 것도 있고
〈서경별곡(西京別曲)〉, 〈청산별곡(青山別曲)〉, 〈만전춘(滿殿春)〉, 〈쌍화
점(雙花店)〉, 〈동동(動動)〉, 〈정석가(鄭石歌)〉와 같이 4~5연에서 8연
혹은 심지어 13연에 이르는 길이를 가진 것도 있다. 이렇듯이 여러 연
을 가진 특성을 가리켜 연장체(聯章體)라고도 하고 특히 장형의 것을
지칭해서 이를 '장가(長歌)'로 명명한 경우도 있다.

그런가 하면 〈별곡(別曲)〉이라는 노래 이름이 붙은 것에 주목해서 고
려가요라는 명칭 대신에 '별곡'이라고 장르명을 규정하기도 하고 이 중
에서도 〈한림별곡(翰林別曲)〉처럼 '위 경(景)ㅅ긔 엇더ᄒ니잇고'라는 표
현이 들어 있는 작품들을 따로 나누어 '경기하여체가(景幾何如體歌)' 또
는 줄여서 '경기체가(景幾體歌)'라고도 하는데 이런 유형의 작품으로 안
축(安軸)의 〈죽계별곡(竹溪別曲)〉과 〈관동별곡(關東別曲)〉이 있고 조선
시대에 들어와 지어진 권근(權近)의 〈상대별곡(霜臺別曲)〉 정극인(丁克
仁)의 〈불우헌곡(不憂軒曲)〉 등이 있어 경기체가의 향유가 고려시대만
의 것이 아님을 알게 해 주는데 특히 〈한림별곡〉은 조선 후기까지도 문
인들의 향유 대상이 되었음을 기록에서 확인할 수 있다.

고려가요의 주된 특징은 대체로 지은이를 알 수 없으며, 남녀 간의
애정과 같은 욕망의 감정을 거리낌이 없이 표현했다는 점, 그리고 민요

에서 흔히 보는 표현법이 많이 보인다는 점이다. 그런데 고려가요 작품
들은 『악장가사(樂章歌詞)』, 『악학궤범(樂學軌範)』, 『시용향악보(時用
鄕樂譜)』 등의 문헌에 주로 기록되어 전하는데 이 문헌들은 모두 음악
책이므로 이로 미루어 고려가요는 모두 가창되었음이 분명하다. 또 문
헌의 성격이나 음악의 특성으로 미루어 보아 이들이 궁중의 음악 또는
적어도 상층인이 즐기던 음악이었음은 확실하다.

따라서 노래말의 적나라함이나 민요에 가까운 형식상의 특성으로 보
아 원래 하층민의 민요였던 것이 어떤 계기로 궁중 또는 상층민의 음악
으로 채용되었던 것이 아닌가 짐작된다. 이러한 경위와 그에 따른 노래
의 특성이 나중 조선조에 들어와 '남녀상열지사(男女相悅之詞)'로 지탄
을 받으면서 노래말을 바꾸거나 아예 더이상 향유하지 않게 된 원인이
되었던 것으로 짐작된다.

고려 시가는 그 정서적 모습이 일찍부터 주목받아 왔다. 누구나 직감
적으로 느낄 수 있는 것이지만 고려 시가의 많은 작품은 친근한 느낌을
준다. 이러한 인상적 판단에서 출발하여 〈가시리〉나 〈서경별곡〉을 김소
월(金素月)의 〈진달래꽃〉과 연결시키기도 하고 〈정석가(鄭石歌)〉를 민
요의 어법으로 풀어 보기도 하였다. 또 〈정과정(鄭瓜亭)〉에 충신연주
(忠臣戀主)의 원형적 의의를 부여하기도 하고 신라의 〈처용가(處容歌)〉
에서 이어지는 태도의 미학을 추구하기도 하였다.

그 길은 정당하며 가치 있는 것으로 생각된다. 민족 정서의 모습을
구체적으로 이해하려면 고전에서 그 연원이나 흔적을 찾지 않을 수 없
는 것이고 그것을 가장 잘 드러내고 있는 것이 고려때의 시가이기 때문
이다. 향가에서도 이런 정서론이 가능하겠으나 고려 시가의 미덕은 그
노래말이 한글로 적혀 전한다는 이점에 있다.

고려 시가를 중심으로 민족적 정서를 살피기 위해서는 고려 시가에
대종을 이루고 있는 것이 이별의 상황과 관련된 정서라는 점에 주목할

수도 있을 것이다. 그것이 오늘날에 새로 지어지고 노래되는 대중가요의 그것과 어떤 상관성을 갖는지를 해명해 보는 것도 의의가 있을 것이다. 그 일은 정서의 형식 또는 삶의 방식으로서의 우리 문화가 지닌 정체를 드러내는 일도 되리라고 본다.

악장 : 목적문학의 의미

악장(樂章)이란 조선조 초기에 나라의 공식행사인 제례(祭禮)나 의식(儀式)에서 악곡에 맞추어 부를 목적으로 지어진 노래를 말한다.

작품으로는 조선 건국의 필연성과 신성성을 정당화하고 강조한 〈용비어천가(龍飛御天歌)〉와 불교 찬가라 할 수 있는 〈월인천강지곡(月印千江之曲)〉이 두드러지며 그 밖에 조선조 왕업을 송축한 정도전(鄭道傳)의 〈신도가(新都歌)〉, 작자 미상의 〈감군은(感君恩)〉, 〈유림가(儒林歌)〉 등이 있다.

이런 목적에서 창작된 악장이므로 그 작자는 정도전(鄭道傳), 정인지(鄭麟趾)를 비롯하여 수양대군(首陽大君)에 이르기까지 새로운 왕조의 주인의식을 가진 사대부와 왕족이었다. 형식으로 보면 〈용비어천가〉는 125장, 〈월인천강지곡〉은 580여장의 길이를 가진 데 비해 다른 작품들은 4장-8장에 불과하여 길이에 차이가 크다.

이러한 다양성에도 불구하고 악장이라는 묶음으로 이 작품들을 탐구하는 일은 그 목적성에 초점을 맞출 수 있을 것이다. 애당초 정치적이거나 종교적인 목적을 가진 작품은 말할 것도 없거니와 주로 상층인의 참여로 이루어진 상당수의 작품은 노래의 동기와 기능적 효용성에 대한 성찰에 이르게 한다. 새 왕조의 수립이라는 사회적 상황에 발맞추어 이루어진 이들 노래의 창작과 향유가 사회적으로 어떤 의미를 지녔을 것인지는 음미할 가치가 있다.

사회적 상황이 문학의 동향에 상당한 영향을 준다는 점은 충분히 이해할 수 있다고 하더라도 이들 노래가 어떤 자리에서 어떤 형태로 향유되었을까를 아울러 생각함으로써 문학의 창작 동기에 대한 이해의 폭을 넓힐 수도 있을 것이다. 조선조 초기에 창작된 악장은 〈상대별곡(霜臺別曲)〉 등 경기체가와 함께 상층인의 음악이었다는 점을 고려하면 비록 드물기는 하지만 우리에게 잠재되어 있는 긍정적 정서를 확인할 수도 있다. 그 전대의 상층 음악인 고려 시가가 애상(哀傷)을 주조로 하는 부정적 정서에 몰입하고 있음과 상치된다는 점에서도 이러한 정서의 소종래를 탐구해 볼 만하다.

시조: 상층인 의식의 표상

시조(時調)는 고려 말엽에 작품이 창작되기 시작하였으나 그 주된 향유의 시기는 조선조였다. 따라서 시조는 조선조의 시대 정신을 반영하는 시가라 할 수 있는데 그 명칭인 시조라는 말은 '시절가조(時節歌調)'의 준말로 '고조(古調)'에 상대되는 뜻을 가진 음악의 명칭이었다. 이러한 용어가 암시하는 바와 같이 시조는 음악에 맞추어 부르던 노래로 향유되었는데 그 음악으로 가곡창과 시조창의 두 종류가 있었다.

시조는 초·중·종의 세 장(章)으로 되어 있고 각 장은 네 개의 말마디로 되어 있어서 전체가 대체로 45자 안팎이다. 그 각각의 말마디는 대체로 3~4 음절로 되어 있는데 다만 종장의 첫 마디는 3음절을 꼭 지켰으며 둘째 마디는 5음절 이상으로 되어 있음이 특이하다. 그 밖의 각 마디는 음절의 수효에 엄격한 제한을 두지 않으면서도 전체적으로는 잘 정돈된 균형미를 지니는데 이러한 정형을 지닌 것을 가리켜 평시조라 하고 그런 정형성을 갖추면서 하나의 제목 아래 여러 수의 시조가 모인 것을 연시조라고 한다. 연시조의 대표적인 작품으로 주세붕(周世鵬)의

〈오륜가(五倫歌)〉, 이황(李滉)의 〈도산십이곡(陶山十二曲)〉, 이이(李珥)의 〈고산구곡가(高山九曲歌)〉, 정철(鄭澈)의 〈훈민가(訓民歌)〉, 윤선도(尹善道)의 〈오우가(五友歌)〉 등이 있다.

이러한 기본형을 깨뜨린 변형을 사설시조라 하는데 초·중·종의 어느 한 장 이상이 제한 없이 자유롭게 길어지는 것을 특징으로 한다. 사설시조는 잘 째인 형식이 갖는 전형성으로부터 자유로와지고자 하는 욕구에서 나온 파형으로 볼 수 있다. 본디 시조는 자신의 말을 자신의 목소리로 하는 형식이지만 사설시조는 남의 목소리를 빌어 오기도 하고 극적으로 엮기도 했다. 따라서 그 주제는 평시조가 담기 어려웠던 파격적인 것, 즉 좀스러운 것이나 해학적인 것 혹은 성적인 것들이 주로 다루어졌는가 하면 압축된 감정이나 생각이 아니라 무엇인가를 길게 이야기하고자 하는 내용이 많다. 그런 탓인지 사설시조에는 작자를 밝히지 않은 작품이 많다.

평시조의 내용은 멸망한 고려 왕조에 대한 회고(이색(李穡), 원천석(元天錫), 길재(吉再) 등), 새로운 왕조에 대한 찬양과 포부(맹사성(孟思誠), 김종서(金宗瑞) 등), 새로운 조선조 사회가 내걸었던 경건주의적인 삶의 고무(이현보(李賢輔), 이황(李滉), 정철(鄭澈) 등), 그러한 삶의 모습인 강호에서의 안빈낙도(安貧樂道)(이이(李珥), 윤선도(尹善道), 박인로(朴仁老) 등) 등이 주류를 이루었으며 이와는 달리 압축된 형식이 갖는 장점에 근거하여 정서적 표백(황진이(黃眞伊), 임제(林悌) 등)도 다른 한 주류를 이루었다.

내용이 이러한 경향을 보인 것은 시조가 주로 상층인인 사대부에 의해 향유되었던 데 기인하며, 그 계층과 긴밀했던 기녀나 가객들에 의해서 창작되고 불려졌던 전통과 관계가 깊다. 실제로 시조는 문자보다는 노래로 지어지고 전해졌으며, 이것이 본격적으로 기록되기 시작한 것은 18세기 이후 『청구영언(靑丘永言)』, 『해동가요(海東歌謠)』, 『가곡원류

(歌曲原流)』 등의 가집(歌集)이 만들어지면서였는데 오늘날 남아 전하는 작품의 수효가 3,500여 수에 이른다.

시조 노래말을 전하는 기록마다 조금씩 노래말이 다르게 되어 있음은 시조의 구전문학적 성격을 말해 준다. 그러나 근대 이후로 오면서 시조는 노래하는 시가 아니라 쓰고 읽는 시로 변모하게 된다는 점에서 커다란 변화를 보이게 된다.

지어지고 노래된 역사가 장구하므로 내면을 살피면 그 안에 상당한 변화가 있는 것도 사실이지만 시조는 상층인의 문화 표상이었다는 시각에서 접근하는 것이 정도라 할 수 있다. 그렇게 함으로써만이 시조의 내용이 명분론적 삶을 표방하고 강조하는 것을 이해할 수 있다. 혹 후대에 와서 시조의 향유에 하층의 인사들이 참여했다고 하더라도 그것은 상층인의 신분 표상에 동참하기 위한 의도적 문화 모방으로 보아야 실상에 근접하는 길이 될 것이다.

시조를 이렇게 보고 탐구할 때 시조의 주제며 형식 그리고 말하기의 방식 등이 선명하게 이해될 수 있을 것이다. 또 오랜 세월을 두고 전해지면서도 지은이를 명시하고 있는 평시조에 비해서 지은이를 굳이 밝히지 않은 채로 전해지는 많은 사설시조가 지향하는 바가 무엇이었던가를 이해할 수도 있게 된다. 말하자면 시조에 나타난 많은 현상들을 상층인의 문화적 표상으로 이해하는 것이 시조 탐구의 바른 길일 것이다.

가사 : 긴 노래의 유형성

가사(歌辭)는 3~4 자로 된 말마디가 둘씩 짝을 이루는 것을 율격적 장치로 하여 그 내용에 따라 제한 없이 길어질 수 있는 형식을 가진 시가 장르로서 그 길이가 길다는 특성과 관련하여 시조를 '단가(短歌)'라 하고 가사를 '장가(長歌)'라 부르기도 한다.

가사는 고려 때 나옹화상(懶翁和尙)의 〈서왕가(西往歌)〉 혹은 성종 때 정극인(丁克仁)의 〈상춘곡(賞春曲)〉을 효시로 삼는데 조선조에 등장하여 활발하게 창작되고 향유되었다는 점에서 조선조를 대표하는 시가의 양대 장르 가운데 하나다.

가사의 내용은 경건한 삶을 추구하는 태도의 표백인 정극인의 〈상춘곡〉, 이황의 〈권의지로사(勸義指路辭)〉, 이이의 〈낙빈가(樂貧歌)〉, 허전(許㙉)의 〈고공가(雇工歌)〉, 이원익(李元翼)의 〈고공답주인가(雇工答主人歌)〉, 박인로(朴仁老)의 〈사제곡(莎堤曲)〉과 〈누항사(陋巷詞)〉, 남도진(南道振)의 〈낙은별곡(樂隱別曲)〉 등이 주류를 이루었으며, 그러한 삶의 배경으로서 형상화된 자연의 아름다움을 그린 송순(宋純)의 〈면앙정가(俛仰亭歌)〉, 정철의 〈성산별곡(星山別曲)〉 등이 또다른 주류를 이루었다.

그런가 하면 비교적 긴 체험이나 깨달음을 알리기 위한 기행가사나 종교가사가 상당수에 달했는데 김인겸(金仁謙)의 〈일동장유가(日東壯遊歌)〉와 홍순학(洪淳學)의 〈연행가(燕行歌)〉 등은 일본과 중국 체험을 노래한 것이고 종교가사로는 사명대사의 〈회심곡(回心曲)〉을 비롯하여 많은 불교가사가 전하며 천주교에 관련된 이벽(李檗)의 〈천주공경가(天主恭敬歌)〉 등 상당수의 작품이 있으며 최제우(崔濟愚)의 〈용담유사(龍潭遺事)〉로 대표되는 동학가사가 있다.

이 밖에도 실용의 관점에서 농가의 할 일을 노래한 정학유(丁學游)의 〈농가월령가(農家月令歌)〉가 있는가 하면 여성들의 놀이를 묘사한 〈화전가(花煎歌)〉류와 시집가는 딸에게 주는 교훈을 적은 〈계녀가(戒女歌)〉류의 가사도 상당수에 달한다.

그런가 하면 조선조의 역사를 길게 노래한 사공수(司空檖)의 〈한양가(漢陽歌)〉가 있는 반면에 이와는 달리 정서적인 감회를 노래한 정철의 〈사미인곡(思美人曲)〉 혹은 〈속미인곡(續美人曲)〉을 비롯하여 허란설헌

(許蘭雪軒)의 〈규원가(閨怨歌)〉 등도 있어 가사야말로 무슨 내용이든 노래할 수 있는 장르로서의 특성을 보인다.

시대적으로 볼 때 임진왜란 이전의 가사가 비교적 짧은 형식으로서 두 마디로 된 구가 200구 안팎임에 반해서 임란 후에는 그 길이가 제한 없이 길어지는 변화를 보였다. 대체로 사대부들이 작자로 밝혀진 경건한 내용으로부터 점차 해학적으로 대상을 묘사하면서 좀스러운 것들을 소재나 주제로 삼는 경향으로 바뀌어 간 점은 그 작자를 밝혀 적지 않는 경향과 더불어 새로운 변화였다.

이러한 후기적 경향을 나타낸 작품으로는 〈우부가(愚夫歌)〉, 〈용부가(庸婦歌)〉를 비롯하여 〈노인가(老人歌)〉, 〈노처녀가(老處女歌)〉, 〈규수상사곡(閨秀想思曲)〉, 〈과부가(寡婦歌)〉 등이 있다. 이와 같은 장형화와 희화화는 가사가 상층인이 지녔던 삶의 태도 표명이라는 데서 점차 놀이 지향으로 변화하였음을 말해 준다.

가사문학의 탐구는 이처럼 다양한 양상 자체에서 그 시각과 방법을 찾아야 할 것이다. 가사의 가장 중요한 속성은 무엇인가를 길게 노래한다는 점에서 찾아야 할 것이며 노래할 것이 무엇인가에 따라 그 드러냄의 방식이 달라진다는 점에서 그 특성을 설명할 단서를 구할 수 있을 것이다. 이것은 가사에 대한 유형론적 시각의 필요성을 말해 준다.

현지 답사에서 가끔 볼 수 있는 것이지만 가사를 암송하는 사람이 발견되는 것을 통해서도 시가문학의 기능을 생각할 수 있을 것이다. 정철의 『송강가사』가 구전되는 것을 채록한 것임에도 이본 사이에 큰 차이가 발견되지 않는 점에서도 가사문학의 전승이 문화적 표상으로 이해되었던 흔적을 발견할 수 있다. 또 후기 가사 가운데도 상당수의 이본을 가진 작품이 있다는 점도 가사의 문화적 표상성을 확인하게 해 준다.

전환기의 보수적 면모

개화기(開化期)는 19세기 후반부터 20세기초까지를 말한다. 서양 문물의 전래와 국제 정치의 갈등 속에서 정치·사회·문화적으로 커다란 변화가 오자 시문학도 그에 따라 변하기 시작하는데, 우선 일본을 통해 들어온 새로운 양식의 실험으로 신체시와 창가가 등장했는가 하면, 인쇄 매체인 신문과 잡지의 발간으로 개화시며 개화가사가 지어지는 등 새로움을 추구하는 경향과 옛것에의 집착이 뒤섞여 나타나게 된다.

신체시는 주로 최남선(崔南善)에 의해 『소년(少年)』지를 중심으로 〈해(海)에게서 소년(少年)에게〉, 〈꽃두고〉 등의 작품이 실험되었는데 당대의 지상 목표로 설정된 이른바 '개화'라는 목적을 지향하되 형식은 자유로운 율격을 채용하려는 것이었으나 더이상 발전하지는 못하였으며, 그 대신 최남선은 일본의 음수율인 7·5조를 채용한 창가라는 형식을 도입하여 〈경부철도가(京釜鐵道歌)〉, 〈세계일주가(世界一周歌)〉 등을 지어 선각자로서의 교훈적 의도를 시화하고자 하였다.

반면 개화 사상의 강조와 민족 보존의 고취라는 이중적 목적을 담은 개화시조 또는 개화가사 및 개화창가가 「독립신문」과 「대한매일신보」를 중심으로 한 독자 투고란에 실리게 된다. 이런 점에서 개화기는 노래하는 시가에서 쓰고 읽는 시로 변화해 가는 과도기라 할 수 있다.

이 시기가 전환기로 지칭되는 것은 시가문학의 경향이 옛것과 새것이 뒤섞이고 있는 현상을 통해서도 정당화될 수 있다. 노래하는 시가로부터 읽는 시로 전환을 시도하였던 최남선이 다시 노래로 되돌아간 것도 흥미롭고, 활자 매체인 신문과 잡지에 노래하기 위한 노래말이 게재되는 현상도 의미가 있다. 또 「대한매일신보」의 '사회등'이라는 고정란에 논설의 취지로 쓰인 글이 민요, 가사 등 다양한 노래말의 형식을 취하고 있음도 음미할 만한 현상이다.

이처럼 노래로서의 시가라는 전통적 관념과 새로운 문화 매체의 등장이라는 사회 변화에 시가문학이 대응하는 방식은 대체로 옛것의 고수였다. 생활 방식과 환경의 변화에 문학이 어떻게 대응하는가를 논의할 수 있는 단서를 이러한 문화 현상에서 구할 수 있을 것이다. 다음 시기가 오기까지 시가는 여전히 '나'가 아니라 '우리' 지향이었으며 노래의 성격만 다른 '노래하는' 문학이었던 것이다. 이러한 사실은 문화의 변모를 실제로 가능하게 하는 힘이 내부의 자각인가 아니면 외적인 충격인가 하는 문제에 대한 답을 던져 줄 수도 있다고 본다.

읽는 시로 옮겨 가기

1918년 「태서문예신보」에서 김억(金億)이 상징주의를 소개하고 〈봄〉이라는 시를 발표하면서 시는 새로운 전환을 보인다. 그것은 서구의 근대시로부터 배워들인 '읽는 시' 그리고 '우리'가 아닌 '나'의 정서로서의 시라는 인식을 갖게 된 것이다. 그런 새 경향은 1919년에 나온 『창조(創造)』라는 동인지에 발표된 주요한(朱耀翰)의 〈불놀이〉에서 더욱 구체화된다. 이를 가리켜 '시가'에서 '시'로 전환을 보인 것이라 할 수 있다.

시에 대한 인식이 이처럼 변화한 것과 3·1운동의 실패로 더욱 암담해진 식민지 현실은 시를 폐칩되고 병적인 개인의 정서 표백으로 몰아가서 『백조(白潮)』, 『폐허(廢墟)』 등의 동인지를 중심으로 활동을 한 젊은 시인들은 황석우(黃錫禹)의 〈석양은 꺼지다〉, 오상순(吳相淳)의 〈방랑의 마음〉, 홍사용(洪思容)의 〈나는 왕이로소이다〉, 이상화(李相和)의 〈나의 침실로〉, 박종화(朴鍾和)의 〈오뇌의 청춘〉, 박영희(朴英熙)의 〈월광으로 짠 병실〉이 보여주는 바와 같은 병적인 어조의 슬픔을 표현하였다.

그러나 다른 한 편으로는 이상화의 〈빼앗긴 들에도 봄은 오는가〉, 김기진(金基鎭)의 〈백수의 탄식〉, 임화(林和)의 〈우리 오빠와 화로〉 등과 같이 식민지의 현실을 표현하는 경향이 있었는가 하면 이와는 달리 민족적인 것에 매달려서 식민지 현실을 뛰어넘으려는 김억의 〈신미도 삼각산〉으로 대표되는 민요적 정서를 담은 시편과 변영로(卞榮魯)의 〈논개(論介)〉 등과 주요한, 이광수 등이 중심이 된 민요시 운동도 있었으며 양주동, 이병기 등에 의해 민족 정서의 상징으로 시조부흥운동이 주창되기도 하였다.

이러한 경향과는 관계 없이 이 시기의 가장 훌륭한 시는 김소월(金素月)과 한용운(韓龍雲)에 의해서 이루어졌다. 김소월은 〈진달래꽃〉, 〈먼 후일〉, 〈접동새〉, 〈못잊어〉, 〈예전엔 미처 몰랐어요〉 등 한국적인 역설(逆說)의 정서를 적절한 율조에 담아낸 시편들을 내어 놓았고, 한용운은 〈님의 침묵〉, 〈알 수 없어요〉, 〈복종〉 등 불교적 발상법에 근거하여 삶의 본질을 꿰뚫는 시편들을 발표하여 우리 시의 새로운 모습을 보여 주었다.

1920년대의 시에 친숙감을 갖게 되는 요인은 그것이 오늘날 우리 시 문화라 할 수 있는 읽는 시로서의 출발이었기 때문인 것으로 추정된다. 따라서 이러한 근본적 변화가 던져 주는 문화론적 의의는 중요하다. 상식적인 이야기처럼 보이지만 문학이 삶의 형태에 따라 변화하고 결정된다는 사실을 확인할 수 있기 때문이다.

그리고 이미 활자 매체가 등장한 다음에도 최남선 등의 작시 지향이 여전히 창가라는 노래였던 점을 감안하면 생활 여건의 변화가 곧바로 문학의 변화로 이어진다고는 할 수 없음을 말해 준다. 활자 문화의 번성과 안정을 기다려서 1920년대의 읽는 시가 등장했다고도 할 수 있지만, 그에 못지 않게 일본을 통한 외래적 문화 환경이 이 시기에 도래하였다는 점에도 주목할 필요가 있다. 이 점에서 본다면 동인지 『창조』

창간호가 일본에서 발간되었던 점도 매우 상징적이다.

생각하는 시의 등장

1930년대는 정지용(鄭芝鎔), 김영랑(金永郎), 김광균(金光均), 이상(李箱), 김기림(金起林) 등 시의 새로운 방법을 시도하는 시인들이 등장함으로써 현대적인 시로 변모하는 모습을 보인다.

정지용은 〈해협(海峽)〉, 〈백록담(白鹿潭)〉으로 대표되는 시편들에서 절제된 언어와 그 형상성을 추구하였으며, 김영랑은 〈모란이 피기까지는〉, 〈끝없는 강물이 흐르네〉 등에서 개성적 정서의 절실한 표현을 추구하였고, 김광균은 도시의 풍경을 회화적으로 그려내는 〈와사등(瓦斯燈)〉, 〈외인촌(外人村)〉 등의 시편을 발표하였으며, 이상은 〈오감도(烏瞰圖)〉로 대표되는 다다(dada) 경향의 시를 발표하였는가 하면, 김기림은 〈바다와 나비〉 등을 통하여 신기한 이미지로 대표되는 참신성을 시에서 구현하고자 하였다. 이러한 경향은 시의 방법 혁신을 통하여 순수시의 예술성을 확보하고자 하는 노력의 결과라 할 수 있다.

이와는 반대로 식민지 현실의 참혹함에 대한 인식을 이야기적인 구조로 드러냄으로써 새로와진 경향의 시도 있었다. 임화(林和)의 〈제비〉라든가 이용악(李庸岳)의 〈낡은 집〉 등을 비롯하여 백석(白石), 오장환(吳章煥) 등의 시에서 일제의 탄압과 수탈이 강화될수록 민족과 민중의 열망이 강화됨을 노래했다. 그러나 이들 작품은 본인의 월북으로 냉전기의 오랜 세월 동안 문학사에서의 논의가 금기시되기도 했다.

1930년대는 이처럼 시문학의 다양화가 이루어졌지만 이 시대의 시를 겨냥하여 일괄적으로 말할 수 있는 경향은 생각하는 시로의 변모라 할 수 있다. 1920년대의 시가 아직껏 지니고 있던 읽는 시의 흔적은 무언가를 읊조리고 외치려 한 운율적 동태에서 확인된다. 그러나 1930년대 이후의 시는, 비록 모두 한결같은 것은 아니지만, 골똘하게 생각을 하게 한다는 점이 그 중요한 특색이라 할 수 있다.

시가 더 이상 노래이기를 멈추고 사유의 궤적이기를 추구한 이 시기의 변모를 통하여 현대적 생활 방식의 모습을 엿볼 수도 있다. 이 시기의 시부터를 현대시라고 명명하는 것도 이런 특성과 관계가 깊다. 오늘날까지 계속되고 있는 사유로서의 시라는 인식은 결과적으로 독자와 시인의 사이를 멀게 만든 요인이 되기도 하였다. 그것이 시문학의 새로운 경지를 연 것이라는 점은 인정한다 하더라도 시의 본성이 노래에 근거를 두고 있다는 점을 도외시하고 시는 무엇으로 그 정체성을 입증할 수 있겠는지가 탐구의 과제이고, 1930년대의 시문학은 이 점을 생각하는 중요 자료가 될 것이다.

훼절과 침묵 그리고 반동

1940년대는 해방을 중심으로 전기와 후기로 나눌 수 있다. 해방 이전의 시는 다음과 같은 네 가지 유형으로 나누어 전개되었다. 하나는, 1930년대 후반에 등장한 젊은 시인들에 의해 시도된 순수 서정시적 경향이다.

서정주(徐廷柱)의 〈화사(花蛇)〉와 〈자화상(自畵像)〉에 이은 〈귀촉도(歸蜀道)〉, 유치환(柳致環)의 〈깃발〉과 〈일월(日月)〉 등에 이은 〈광야(曠野)에 와서〉 등은 순수 서정을 추구하면서도 그 근원으로서의 생명에 대한 관심을 가졌다는 뜻에서 '생명파'로 불리기도 한다.

다른 한 경향은, 민족의 현실을 전환된 표현으로 형상화한 이육사(李陸史)의 〈청포도〉며 〈절정〉, 윤동주(尹東柱)의 〈자화상〉과 〈또 다른 고향〉 등이다. 식민지 상황이 절정에 이를 정도로 고착되고 미래에 대한 전망이 암울한 시대의 모습이 개인의 서정으로 어떻게 드러나는가를 보여준다.

이와는 다른 셋째 경향은 자연 속에서 아름다움을 추구한 박두진(朴斗鎭)의 〈향현(香峴)〉과 〈해〉, 조지훈(趙芝薰)의 〈고풍의상(古風衣裳)〉과 〈봉황수(鳳凰愁)〉, 박목월(朴木月)의 〈길처럼〉과 〈나그네〉로 대표되는 이른바 '청록파'다. 자연의 추구는 고전시가도 즐겨 택했던 시적 태도이지만 이 시기의 사회·정치적 상황과 관련됨으로써 자연은 또 다른 의미를 지니게 되기도 한다. 여기서 말하는 또다른 의미란 현실적 암울에 대한 반사 작용 또는 민족적 심성의 고향 추구에 해당할 것이다.

그리고 마지막 넷째 경향은 일본 식민지 정책에 굴복하여 친일을 강조한 김동환(金東煥)의 〈미영장송곡(美英葬送曲)〉, 이광수(李光洙)의 〈새해가 왔네〉, 김기진(金基鎭)의 〈가라, 군기(軍旗) 아래로, 어버이들을 대신해서〉, 노천명(盧天命)의 〈부인근로대(婦人勤勞隊)〉 등이다.

해방과 더불어 시집의 출간이 활발하게 이루어지는 것과 함께 새로이 전개된 시의 경향은 우선 해방의 기쁨을 노래하는 것으로 나타났다. 그러나 그 기쁨의 표출이 서정과 지성을 강조하는 쪽으로 나타난 것은 순수시를 지향하던 시인들의 작품에서였는데 반해, 이용악(李庸岳)의 〈오랑캐꽃〉, 박아지의 〈심화〉, 오장환(吳章煥)의 〈병든 서울〉과 〈나 사는 곳〉, 임화(林和)의 〈찬가〉 등의 시집에서는 전투성과 이념성을 강하게 부르짖었고, 이러한 경향은 차츰 굳어지는 남북 분단의 현실과 함께 시의 활동 무대까지를 달리하게 했다.

이 시기 이후 한국의 문학은 둘로 나뉘어 서로 다른 길을 가는데 이러한 사회·역사적 격동은 그 소용돌이의 거대함과 반향에 대한 놀라움 못지 않게 시인은 과연 누구인가 하는 질문을 우리에게 던져 준다. 그 질문은 시인이 꾀꼬리가 아님은 누구나 인정하지만 꾀꼬리의 노래는 저의 천성 때문이라 할 수 있으되 시인은 천성만이 아니라 삶의 태도로서 노래를 해야 하리라는 점과 관련된다. 시는 곧 삶의 표명이라는 명제가 여기서 성립된다. 식민지 말기 그리고 1940년대의 정치적 격랑과 그 이후 갈라진 두 개의 길은 궁극적으로 인간과 문학의 관계에 대한 물음을 우리에게 던진다.

한국시의 맥락 탐색

역사적 상황의 변화에 따라 시문학도 변해 왔음을 확인시켜 주는 우리 시문학사는 어떤 일관성 또는 맥락성에 관한 시각을 가능하게 하는가를 생각해 본다. 시문학의 모습은 매우 다양하고 그 경향도 다기하지만 그것을 관통하여 흐르고 있는 일관성의 맥락을 탐색하는 일은 민족 문화로서의 정체성 탐구라는 성격을 갖는다.

먼저 시문학의 작자가 대체로 상층인이었던 점이 두드러진 특징이다. 〈황조가〉의 작자가 군왕이었던 데서부터 시작하는 상층인의 작시 참여는 그 이후에도 꾸준히 지속되었다. 심지어 1920년대에 활발하게 활동한 시인들이 대체로 동경 유학생들이었던 것까지가 이러한 일관성의 모습을 보인다. 그러기에 우리는 시인들에게 사회적 책임을 강조하는 경향을 보이게 된다. 친일문학에 대해 엄격한 태도를 견지하는 것도 실은 이러한 전통과 관계가 있을 것이다.

시문학이 예나 지금이나 일종의 말하기이고 대체로 무엇을 이야기한다는 특성을 지니고 있음도 주목을 요한다. 시에서 심상이 강조되고 시적 감흥을 말하면서도 그 길이의 길고 짧음을 가리지 않고 시는 이야기를 담고 있음이 흥미롭다. 시가 순간적 정서의 표백이라는 대전제를 인정하더라도 시는 이야기였던 전통을 지니고 있다. 고전시가 시기의 시가가 이야기 문맥 속에 있었던 사실도 이 점과 관계가 깊을 것으로 보인다. 시문학의 맥락 탐구는 이러한 전통을 드러내는 일과 관계를 가지는 것이 바람직할 것이다.

시는 언제나 공유되는 것을 이상으로 한다는 점도 일관되게 견지되어 온 현상이다. 노래로 불리든 독자에 의해서 읽히든 시는 여러 사람에 의해 공유되어 온 것이 사실이다. 노래의 모습이었던 고전시가 시대는 물론이고 읽고 생각하는 시로 변모한 이 시기에도 사람들에 의한 공유가 없이는 시의 존재 의의가 성립하지 않는다. 이런 점을 감안한다면 시가 담고 있는 내용이 무엇이건 그것은 개인적 특수성보다 대중적 보편성을 겨냥해야 한다는 말도 가능해진다. 널리 읽히는 시의 공감 요인을 구명하는 일은 이런 점에서 의의를 가진다.

시의 정감적 요인을 역설적 상황 설정에서 구하는 점도 우리 시문학의 중요한 보편성으로 살필 만하다. 〈청산별곡〉을 이해할 때 그것을 청산에 들어가 있는 사람의 노래라고 하기보다는 청산을 그리워하는 사람으로 이해함으로써 시적 감흥이 강화됨은 그 때문이고, 김소월의 〈엄마야 누나야〉가 그러한 맥락에 놓이는 것을 알아차리게 된다. 한국적 정서의 모습을 말할 때 얼른 떠오르는 이러한 공감의 근원을 우리는 역설적 상황 설정에서 구할 수 있고 또 그렇게 함으로써 민족 문화의 공동성을 말할 수 있게 된다.

시문학의 맥락을 말하는 일이 공통성의 추출에만 머무를 수는 없을 것이다. 그리고 몇 천 년의 세월을 두고 변치 않고 그 모양 그대로 이어져 오는 공통성이 있기도 어려울 것이다. 그런 관점에서 본다면 변화의 과정에서 어떤 모습의 일반성을 발견하는 노력도 중요할 것이다. 이런 일들은 한국시의 맥락을 탐구하는 데 중요한 과제가 된다.

〔대담〕 **고전과 현대의 접목**

— 우리 시의 뿌리를 찾아서

우리 시의 뿌리를 찾는 까닭

〔물음〕 고전과 현대의 접목은 어찌 보면 당연한 것처럼 보입니다만 생각하기에 따라서는 그 반대일 수도 있을 듯합니다. 왜 오늘날 우리 시의 뿌리를 논의할 필요가 있는지, 그것을 어떻게 설명하십니까.

— 우리가 살아가고 있는 이 시대의 성격을 '다양화의 시대'라고도 규정할 수 있을 것입니다. 세상 돌아가는 모습을 봐도 그렇고, 우리의 관심사인 시만 해도 그렇습니다. 어찌 보면 현란하다고 할 수 있을 정도로 다양한 목소리의 시를 대하게 됩니다.

이런 때에 고전시가와 현대시의 접목을 논의하는 일은 어쩌면 오해를 불러일으킬 수도 있을 것 같습니다. "뭐가 어쩐다." 하면 "그거만 다냐." 하는 소리가 금방 튀어나오는 것이 풍습처럼 되어 있는 세상이라서 고시가와 현대시의 접목 운운하게 되면 그래야만 시가 된다는 말처럼 오해할까 걱정입니다. 이 논의 자체가 우리 시의 뿌리를 더듬어보고자 하는 노력의 일환이라고 접어서 받아들이는 것이 전제가 되어야 할 것 같습니다.

우리 시의 뿌리라고 말씀드렸습니다만, 다른 말로 하면 역사성을 찾는 노력이라고도 하겠는데 이런 흐름은 세계적인 경향이기도 한 것 같습니다. 20세기를 구조주의의 시대라고도 말하는데 구조주의가 구조물 그 자체의 해명에는 찬연한 빛을 던져주었지만 그 역사성의 뿌리를 놓침으로써 또 다른 한계를 노출했던 것도 사실입니다. 후기 구조주의라고 일컫는 일단의 움직임은 그 잃어버린 부분에 조명을 가한다는 것이 결과적으로 개인성, 부분성, 특수성을 강조하게 되었고 그러다 보니 그만 해체의 길로 나아가 버렸습니다.

이 세상에 그 무엇도 그것 자체만으로는 존재할 수 없고 돌연한 탄생이나 생성이 있을 수 없다는 점에서 본다면 역사성의 뿌리 찾기는 그 존재의 의미를 찾는 일과 맞먹기도 할 것입니다. 더구나 문화의 한 원리가 모방에서 비롯된다는 점을 생각하면 더더욱 그 의의가 클 것입니다.

〔물음〕 그 말씀은 우리가 우리 시의 뿌리를 등한히 했다는 말씀도 되겠습니다. 그런데 세상 일이 우연한 것은 별로 없다는 관점에서 본다면 그것이 그렇게 된 연유가 있을 것입니다. 그 점에 대해서 좀 설명해 주시죠.

— 우리 문학 특히 고전시가적인 뿌리를 등한시하게 된 데는 우리 국문학자들과 국어교육의 책임도 크다고 생각합니다. 국문학 연구가 문학 외적인 데에 치중되어 있었다든지 그나마의 연구 성과도 교실에서 반영되지 못한 채로 입시를 위한 단편적 지식의 전수에 머물렀다든지 하는 점은 우리 국민들로하여금 문학의 뿌리를 잃어버리거나 외면하거나 없는 것으로 간주하도록까지 만들지 않았나 생각합니다. 안타깝고 답답한 노릇입니다.

우리 시 리듬의 정체

〔물음〕 우리 시의 전통적인 율격이 현대시에 어떻게 지속되고 있는가 또 변화를 보이는가 하는 문제에 대해서 선생님께서는 그 동안 그 방면에 많은 연구 성과를 내신 것으로 압니다. 이 점에 대해 말씀해 주시지요.

— 세상에 가장 널리 퍼져 있는 오해 가운데 하나가 3·4조니 7·5조니 하는 율격 용업니다. 지금 시인들 가운데서 글자의 수효를 세어 가면서 시를 쓰는 분이 계시는지 궁금합니다. 잘은 모르지만 아마 없으리라고 생각합니다. 이 짐작이 맞는다면 바로 이 부분이 고전시가의 작시법과 현대시 작법이 이어져 있는 게 아닌가 합니다. 고전시가의 어느 작품도 글자 수를 고려한 흔적은 보이지 않거든요.

이렇게 말하면 억지 같아 보이기도 할 것이고, 또 당혹스럽기까지 할지 모르겠습니다만, 고전 시가는 가창(歌唱)되는 특징 때문에도 글자 수를 셀 겨를이 없었습니다. 다만 이것이 보통말이 아니고 노래다 — 이런 생각을 가지면서 고려했던 것은 '짝 맞추기'가 아니었나 합니다. 말하자면 소리의 현상이라기보다 작시의 원리로 생각했다는 겁니다.

글자수를 굳이 세지 않더라도 우리 말 자체가 3자 4자 정도로 되어 있어서 마디 마디들이 저절로 균형을 이룰 수 있기 때문에 그런 말마디들을 어떻게 짝짓느냐 하는 데 관심을 가졌고, 그렇게 하면 율동감이 있는 노래의 구조가 되었던 것으로 보아야 할 것입니다. 그 아주 좋은 예가 '태정태세/ 문단세-/' 하고 왕 이름을 외는 데서 나타납니다. 주욱 계속해서 외어 보면 더욱 분명해집니다만 '예성연중/ 인명선-// 광인효현/ 숙경영-// 정순헌철/ 고순(종)-//' — 이런 식으로, 특히 맨 마지막에 '종'을 특별히 첨가하기까지 하는 것은 두 마디씩 짝을 맞추어 대응시키겠다는 의식의 발로로 해석이 됩니다.

고전시가는 거의가 이런 짝맞추기 의식의 발로입니다. 그리고 그 짝이 되는 단위는 아주 작은 단위에서 큰 단위까지 다양합니다. 말마디 단위에서 그런 현상이 나타나는가 하면, '동창에 돋은 달이/ 서창에 되지도록/'처럼 구절 단위가 있기도 하고, '남의 집 서방님은 자전거를 타는데/우리 집 서방님은 논두렁만 타네/'와 같이 한 줄을 단위로 하는 것도 볼 수 있습니다.

이런 것을 의식해서 그런 건지 아니면 그 반대인지 단언할 수는 없습니다만 현대시에서도 짝 맞추기 현상은 흔하게 볼 수 있습니다. 그것이 어떤 의식에서 나오는 것인지를 제가 다 해석할 수는 없는 노릇이겠습니다만 조금만 율동적이고자 하든지 아니면 노래다와지고자 하면 무심결에 튀어 나오는 것이 바로 이 짝맞추기인 것으로 짐작합니다. 일일이 예를 들기조차 번거롭습니다만, 변영로(卞榮魯)의 〈논개(論介)〉에서 '거룩한 분노는 종교보다도 깊고/ 불붙는 정열은 사랑보다도 강하다/'고 한 것을 비롯해서 무수합니다.

그러나 이런 짝맞추기를 아주 높은 차원으로 승화시켜서 이루어낸 작품이 박목월(朴木月)의 〈불국사(佛國寺)〉라는 시가 아닌가 합니다. '흰 달빛 자하문/ 달안개 물소리/ 대웅전 큰 보살/ 바람소리 솔소리/'로 이어지는 이 시는 아시다시피 시각적 이미지와 청각적 이미지가 서로 짝맞추기를 하고 있거든요. 외형에서 녹아 들어가 육화(肉化)된 짝맞추기라고나 할는지요. 여기서 이미 탄탄한 접목을 발견합니다.

[물음] 고전시가의 전통을 이루는 형식적 요소가 율격 말고도 또 있을 것으로 생각합니다. 그 중 두드러진 것이 있다면 어떤 것인지 좀 말씀해 주시지요.

— 고전시가의 외형을 이루는 또 다른 특질은 이른바 *aaba*형의 말놓기라고 제가 명명한 것입니다만, 민요 같은 데서는 아주 흔히 보이는

'형님/ 형님/ 사촌/ 형님'같은 말놓깁니다. 네 개의 말 덩어리로 구성을 하되 첫째, 둘째, 넷째에서 같은 말을 되풀이하고 셋째 말 덩어리에는 그와 다른 말을 놓는 형탭니다. 이것이 얼마나 깊은 뿌리를 가지고 있는지, 말의 크기가 커지게 되더라도 '형님 오네/ 형님 오네/ 분고개로/ 형님 오네/'와 같은 모양이 되고 꼭 시가 아니라 그냥 흥얼거리는 데서도 '간다/ 간다/ 나는/ 간다'와 같이 말을 엮어 내는 것은 아주 빈번하게 목격이 됩니다.

고전시가에도 물론 흔하고 그 대표적인 것이 〈청산별곡(靑山別曲)〉의 '살어리 살어리랏다/ 청산에 살어리랏다/ 멀위랑 다래랑 먹고/ 청산에 살어리랏다/'가 되겠습니다만, 이것이 현대시에 들어와서 김억(金億) 등의 작품에 흔한 것은 두말할 나위도 없겠지만 놀라운 것은 홍사용(洪思容)의 〈나는 왕(王)이로소이다〉가 '나는 왕이로소이다/ 나는 왕이로소이다/ 어머님의 가장 어여쁜 아들/ 나는 왕이로소이다/'로 되어 있는 겁니다. 이걸 발견하고 저는 이 형식의 말 놓기가 이처럼 뿌리가 깊구나 하고 전율에 가까운 충격을 느꼈습니다. 박두진(朴斗鎭)의 〈해〉에서도 '해야 솟아라/ 해야 솟아라/ 말갛게 씻은 얼굴/ 고운 해야 솟아라/'가 바로 그런 예가 되지요.

그런데 서정주(徐廷柱)의 〈국화 옆에서〉가 이 $aaba$형을 속으로 녹여 내서 구조화한 것임을 알면 다소 놀랍기까지 할 것 같습니다. 그 시의 핵은 뭐니뭐니 해도 세번째 연인 '내 누님같이 생긴 꽃이여'가 되겠습니다만 그 셋째 연을 제외한 나머지 제 1, 2, 4 연은 봄, 여름, 가을, 그러니까 꽃이 피어나기 위한 시련이라는 점에서 계절만 다를 뿐 동류항입니다. 피어나는 시련이 a, 피어남이 b가 되어 구조화되어 있음을 보게됩니다.

김소월(金素月)의 〈접동새〉도 이런 구조로 되어 있음을 분석한 적도 있는데 이런 점을 생각하면 고전시가의 접목을 굳이 얘기하지 않더라도

음식맛처럼 그 전통이 이미 육화(肉化)되어 있어서 우리 시는 거기서
자유롭기 힘들겠다는 생각까지 듭니다.

서정의 뿌리 찾기

〔물음〕 이제 서정성의 문제를 좀 생각해 볼까 합니다. 우리 시의 특
징적인 정서, 말하자면 서정이라고 할 것의 특색에 대해서 평소 생각하
시는 것을 말씀해 주시지요.

—시를 심리적인 관점에서 설명한다면 갈등의 극복 과정이라고 할
수 있을 것입니다. 밖으로부터 모순되는 충동이 가해질 때 심리적으로
갈등을 느끼게 되고 인간은 본능적으로 평형을 유지하고자 하기 때문에
그것을 해소하기 위한 방어기제가 마련되는데 그 양상은 여러가집니다.
특히 어느 일방으로 이념화해서 그 갈등을 해소하는 양상은 종교적 행
태에서 흔히 보는 것이지요. 그런 점에서 이념화한 시는 종교와 흡사하
다고 볼 수 있을 것입니다.

하지만 갈등 그 자체를 정면에 놓고 그것을 언어로 해소해 가는 과정
에서 이른바 '한(恨)'의 문제가 생겨나는 것 같습니다. 사실 한의 개념
이며 구조가 무엇이냐 하는 것은 충분한 설명이 되었다고 보기 어렵긴
합니다만, 체념의 구조와 비슷한 언어적 해결이라는 점에서 갈등의 요
소나 현장성이 재현될 때마다 다시 재생되고 되풀이되는 정서이고 그러
기에 현실적인 해결은 아니라는 설명을 받아들인다면 고전시가의 경우
는 〈가시리〉가 그 대표적인 경우가 될 것입니다.

'한'의 구조를 이렇게 이해하고 보면 〈가시리〉의 정서를 김소월(金素
月)의 〈진달래꽃〉에 연결하는 해석은 다소 문제가 있다고 봅니다. 〈진
달래꽃〉은 이별의 노래가 아니라 상황적 역설의 구조라는 설명에 동의
하기 때문인데 실상은 한용운(韓龍雲)의 〈님의 침묵〉이 오히려 〈가시리〉

에 이어질 것입니다.

님과의 이별이라는 갈등 앞에서 '다시 오소서'라는 당부로 자기 위안을 삼거나 '다시 만날 것을 믿습니다'로 신념화하거나 하는 것은 현실적인 문제 해소라기보다 심리적이고 언어적인 해소라는 점에서 동일하거든요. 물론 '님의 침묵'은 그 밖에도 많은 시적 요소를 지니고 있음이 분명합니다만 메타퍼나 모순어법(矛盾語法)의 현란함에도 불구하고 그 감동의 일차적 요소는 이런 정서적 기미에 관계되지 않나 하는 생각입니다. 이런 해석이 맞는 것이라면 한의 정서가 현대시에 이미 접목되어 있고 또 얼마든지 접목될 수 있음을 보여주는 사례가 아닌가 합니다.

〔물음〕 한(恨)이라는 것이 소극적이고 또 내성적이면서 위축적이라는 성격 때문에 사람들이 이런 용어를 기피하는 것도 사실인 것으로 생각합니다. 그렇다면 우리는 늘 패배주의적인 서정을 지닌 것이냐 하는 반문도 생기구요. 이 점에 대해서 한 말씀 해 주시지요.

—'한'이 비애에 가까운 정서적 해결 방식이라고 한다면 그 정반대의 동향도 우리 고전 시가에는 있는 것 같습니다. 〈청산별곡〉이 그 한 예가 되겠는데 이 노래는 앞부분에서 삶의 어려움을 참으로 진지한 어조로 노래하고 있습니다만 마지막 7·8연은 놀이와 술에 의한 해소를 내비치고 있는 게 흥미롭습니다. '사슴이 해금을 켜는' 것이나 '설진 강술이 내 님을 잡사와니' 하는 것은 삶의 괴로움을 웃음과 놀이로 해소하는 과정을 보여줍니다.

이런 해소 방식은 참으로 중요하고 현명하기까지 하다는 것이 제 생각입니다. 언젠가 우리집 아이가 칼에다 손을 벤 적이 있는데 그걸 본 제 언니가 "너 담배 피워 봐라. 상처로 연기 새면 넌 죽는 거야." 하니까 손을 벤 아이가 울먹이던 얼굴에 어이없는 웃음을 띠는 것을 본 일이 있습니다.

이런 발상법이 웃음으로 비애를 극복하는 방식이라고 하겠는데, 우리 풍습에도 많이 남아 있습니다. 전라남도 진도(珍島)의 상가(喪家)에서 연출하는 〈다시래기〉에서는 상가의 분위기에 걸맞지 않게시리 아이 낳는 코미디를 연출하기도 하고, 전라도 해안 지방의 〈담달애〉놀이는 한밤중에 상주(喪主)를 불러서 노래까지 시키는 놀이판을 벌이기도 합니다. 지금 우리들의 장례 풍습에도 그런 것이 남아 있다고 할 수 있는 것이, 상가집에 가면 상주를 웃기는 것이 가장 잘한 문상이고 상가집은 떠들썩해야 한다고 해서 노름판이 벌어지는 것을 당연시하기까지 합니다. 이게 바로 한의 극복을 위한 풀이라고 할 수 있지 않은가 합니다.

결국 이 모든 것의 근본을 들여다보면 웃음에 의한 슬픔의 극복이라고 하겠습니다만 이런 관점에서 본다면 〈처용가(處容歌)〉의 그 난해한 처용(處容)의 행위가 이해되고 사설시조에 나타나는 해학도 이해가 되면서 판소리에서 보게 되는 웃음의 정체도 밝혀집니다. 특히 판소리는 한참 비장한 장면에서도 웃음거리를 만들어버리는 경향이 있다는 게 주목됩니다.

현대시 가운데서 이런 발상법을 이상(李箱)의 작품에서 찾는다면, 다소 의외라는 생각이 드실 것 같습니다만, 이상의 많은 작품 특히 〈오감도(烏瞰圖)〉 가운데 상당한 작품들에서 저는 그런 발상을 읽어낼 수 있다고 봅니다.

이상의 작품은 그것이 지니고 있는 돌연성만큼 많은 해석이 있을 수 있겠습니다만, 그런 해석들을 충분히 받아들인다하더라도 그 작품들이 지니고 있는 웃음기 또는 장난기를 도외시할 수 없다고 봅니다. 〈시(詩) 제 일 호(第一號)〉에서 13인의 아해를 늘어놓은 것도 그렇거니와 제 2 호, 제 3 호에서 '나의아버지의아버지의아버지노릇을한꺼번에하면서살아야하는것이냐' 또는 '싸움하지아니하는사람이싸움하지아니하는것을구경하든지하였으면그만이다' 하는 결구(結構) 방식에서 근원적이고 존재론적인 회의를 다분히 해학적인 방식으로 해소하는 태도를 읽게 됩니다.

그 시들이 문제를 해결하는 방식을 가리켜 비장한 태도라기는 어렵거든요. 이상의 시가 지닌 인식론적인 무게에도 불구하고 그것이 또 무겁기만 한 시로 느껴지지는 않는 비밀도 여기에 있지 않은가 합니다.

또 한 예로, 신경림(申庚林)의 〈농무(農舞)〉 같은 시도 이런 맥락에서 볼 수 있는 것이라고 느껴지는 것이 '사는 것이 원통'한 전제에서 '고갯짓을 하고 어깨춤을 출까나'로 귀결되는 것은 그 색채가 다소 다름에도 불구하고 근원적으로 같은 태도로 이해되고 이런 태도는 현대시에서 얼마든지 되살릴 수 있는 시각이 아닌가 합니다.

사실 우리 시는 슬프면 슬픔 일변도로 기쁘면 기쁨 일변도로 몰아 가는 경향이 없지 않고, 그렇게 되면 우리 삶 자체가 단순하고 획일적인 데 빠지지나 않을까 하는 염려를 개인적으로 합니다. 그런 점에서 웃음에 의한 슬픔의 극복이라는 태도는 우리 삶을 다변화할 수 있는 전략도 된다고 생각합니다.

시적 발상의 근본을 찾아서

〔물음〕 우리 시의 전통 속에는 우리 나름으로 인생을 생각하고 자연을 생각하는 데서 우러나온 어떤 특질도 있으리라고 생각합니다. 이 점에 대해서는 어떻게 생각하시는지요.

―앞에서도 잠깐 비쳤습니다만 저는 〈진달래꽃〉을 이별의 노래로 보는 것을 아주 못마땅하게 생각합니다. 이 시를 그렇게 보게 되면 그게 산문이지 어디 시가 되겠습니까? 이별의 자리에서 '영변의 약산 진달래 운운' 하는 것이 뭐 그리 대단합니까?

그래서 이 시의 작품 속 화자가 〈처용가(處容歌)〉에 나오는 처용과 닮아 있고 〈가시리〉와 같은 맥락이라고 하는 것도 대단히 불만스럽게 생각합니다. 어떤 사태에 직면해서 그런 나약하고 터무니없는 태도를 취한다는 게 뭐 그리 자랑이 될 것인가 하는 겁니다. 그렇게 해석하면 이 시가 죽어버리죠.

그럼 이별의 정한을 노래한 것이 아니고 뭐냐 하는 게 문제인데 저는 이것을 가리켜서 '건너편 바라보기'라고 명명하고자 합니다. 사람에게는 건너편을 바라보는 본능적인 태도 같은 것이 있다고 이해되거든요. 가장 비참한 삶을 살아가는 사람이 생에 대한 의지를 더 강하게 가진다든가 행복해 보이는 사람이 오히려 자신의 빈 구석을 들여다보면서 비애에 젖는 것은 바로 이런 본능과 관계될 것입니다.

〈진달래꽃〉이 이별의 노래가 아니고 건너편 바라보기의 노래라는 것은 그 첫구절을 영어로 바꿔 놓아 보면 금방 이해가 되거든요. 그 구절을 어떻게 번역하든지 시작은 'if'나 'when'으로 될 겁니다. 이건 그 진술이 가정법이라는 뜻이지요. 이별의 현장이 아니라 '만약에 이별한다면'이라는 뜻이고, 그러니까 이 시적 화자는 사랑의 한복판에서 혹 있을지도 모르는 이별의 두려움에 대한 마음의 예비를 하고 있다는 해석이 가능해집니다. 〈먼 후일(後日)〉에서 '먼 훗날 당신이 찾으시면'도 그런 관점에서 이해해야 시의 뜻이 살아나는 점은 같습니다.

이런 측면에서 보면 〈청산별곡(靑山別曲)〉에서 '청산에 살고 싶다'고 노래한 화자가 무신에게 핍박받는 문인들이냐 아니면 집을 잃고 유랑하면서 산에 들어가 사는 민중들이냐 하고 눈을 부릅떠 근거를 찾으려고 애쓰는 것은 부질없다고 생각합니다.

아까도 말씀드렸습니다만 산에 들어가 사는 사람은 더 이상 산의 노래를 부르지 않습니다. 휴가 때가 되면 서울 사람은 시골로 가고 시골 사람은 서울로 오는 것과 같은 이치입니다. 김소월의 〈엄마야 누나야〉도 도시에 있는 사람의 외침이라고 봐야 이해가 되지 정말 강변에 살고 있는 사람이 그런 노래를 한다면 그건 한낱 목적론적 구호밖에는 아닐 것입니다.

이런 점에서 '건너편 바라보기'는 시대의 고금에 차이가 있을 수 없으며 앞으로 몇 세기가 더 지난다 해도 인간이 인간인 한은 근본적으로 지니게 될 본성에 뿌리박은 것이라는 점에서 항구적이리라고 생각합니다. 바로 그 힘에 기대어 인간은 절망을 극복할 수 있는 것이고, 나태와 만족 그리고 안일을 몰아내면서 저 높은 곳을 향해서 치달을 수가 있기 때문입니다. 시가 진실에 이르는 길이라는 사실에 주목하는 시인일수록 이런 데 눈을 더 주리라고 생각합니다.

시정신의 뿌리가 있는 곳

〔물음〕 그렇다면 그러한 시적 발상, 말하자면 시정신의 뿌리는 어디에 있다고 할 수 있겠습니까? 고전시가가 그 뿌리임을 입증할 수 있다고 보시는지요?

―아까 웃음에 의한 슬픔의 극복 문제를 말씀드렸습니다만 이런 발상법 자체가 인간의 한계를 한계로 받아들이는 태도의 발로가 아닌가 합니다. 이 점은 극복과 개척이라는 서구적인 세계관과는 다른 측면입니다.

그런데 그런 한계를 알 때 그것을 어떻게 용해시키고 해소할 것인가를 생각하게 되는 것은 당연하겠지요. 한이니 웃음에 의한 비애의 극복이니 하는 것이 다 그런 수용의 한 방식이라는 이해가 가능할 것입니다. 그러니까 인간의 한계를 한계로 받아들일 때 그 눈은 자연의 질서 가운데서도 가을이 오면 지는 나뭇잎을 주목하게 되고 봄이 되어 새로 돋아나는 잎을 기대하게 되는 것입니다. 이것이 자연스럽다고 할 수 있지요. 우리 고전 작품들은 그런 점이 좀 지나칠 정도로까지 강조되어 있다고 하겠습니다.

그러나 〈찬기파랑가(讚耆婆郞歌)〉나 〈모죽지랑가(慕竹旨郞歌)〉 같은 향가 작품에서 우리는 영원성에 대한 추구를 읽게 됩니다. 그런데 주목할 것은 기파랑이나 죽지랑의 영생(永生)을 말하는 게 아니라 그 정신적 풍모에 대한 추구와 계승이 영원할 것을 기리고 있다는 점입니다. 이 점에서 역사적 영원성이라고 이름 붙일 수가 있을 것입니다. 이런 태도는 '죽어도 죽지 않는 논개여'하고 노래한 한용운의 시 같은 데서 쉽게 읽을 수가 있겠지요.

그런 발상법을 생각할 때 서정주가 침향(沈香)을 만드는 의식 세계를 시화한 것은 그 영원성에 가까운 역사성을 해석한 것으로 이해되고, 이것을 다른 각도에서 접근한 것이 이육사(李陸史)의 〈광야(曠野)〉 같은 시가 아닌가 생각합니다. 한 개인의 삶은 그 자체로서는 일회적이지만 역사적 영원성과 그 계승에 의해서 이어져 가는 도도한 삶의 유구함을 믿는 태도를 볼 수가 있거든요.

이런 역사적 영원성의 문제는 인간이 인간다워지는 길을 추구할 때 당연히 전면에 등장하는 인식론의 과제가 될 것이기에 고전의 시대와 현대 사이에 차이가 있을 까닭은 없다고 봅니다. 전봉건(全鳳健)의 〈돌·3〉이라는 시가 보여주듯이 '검은 먹돌 땅속에 묻히었던 면에는 목탁 든 검정 장삼한 스님이 오래 삭은 양각으로 떠올랐다'는 인식이 아주 자연스럽게 이해되는 것도 그 때문일 것이고, 요즘처럼 과거도 내세도 없고 오로지 오늘만 있다는 풍조를 향하여 시인이 할 수 있는 말은 이런 측면이 아닐까 합니다.

〔물음〕 그러한 발상이 특징으로 부각되기까지에는 그걸 뒷받침하는 어떤 정신적 경향이라고 할까, 뭐 그런 것이 있을 것으로 생각됩니다. 이 점에 대해서는 어떻게 생각하시는지요?

― 오래 전의 논쟁이기는 합니다만 〈산유화(山有花)〉에 나오는 '저만치'가 무슨 저만치냐 하는 것을 두고 여러 견해가 제시된 것을 알고 있습니다. 물론 그 해석들은 다 타당성을 나름대로 지니겠지만 우리 고전 시가를 보게 되면 뭐 그런 인식은 흔히 발견됩니다. 윤선도(尹善道)의 〈어부사시사(漁父四時詞)〉에서 '먼 빛이 더욱 좋다'고 한 시구 같은 것이 그 단적인 예가 되겠지요. 이것은 그 해석이 어떠하든지 간에 바라보는 거리의 문제일 것이라고 생각합니다.

사실 우리의 삶은 삶이 계속되는 한 부둥켜안고 뒹굴어야 할 실체라는 점에는 이론의 여지가 없습니다만 그 속에 몰입하는 것만으로 참다운 삶이 확보되는 것은 아니라고 생각합니다. 그러면 그럴수록 본능이 명하는 길을 내닫기 쉬운 것이 인간이고 그렇게 된다면 결국 인간이 금수와 다를 것도 별로 없을 거니까요.

그러기에 때로 그 삶의 난제와 거리를 유지하면서 바라보는 것이 필요해진다고 하겠습니다. 숲 속에서는 산이 잘 안 보이고 멀리서 봐야 산의 조망이 가능한 것과 같은 이치지요. 하기야 우리 고전문학의 시대에는 그 거리의 확보가 너무 스테레오타입처럼 되어 있어서 관념에 빠져든 흠이 없지는 않습니다만 그 태도의 가치 그 자체는 인정되어야 한다고 봅니다.

고전 시가에서는 몰입보다는 '먼 빛'을 추구하고 '머도록' 더욱 좋다고 한다든지, 눈물을 웃음으로 극복한다든지, 언어적인 해결을 모색한다든지 한 것은 아까 이미 말씀드린 바 있습니다만 이것이 바로 거리의 유지라고 생각합니다. 현실에 대한 진지하고 철저한 고뇌가 없이 거리만 유지하는 것은 저도 찬양하기 어렵습니다만 철저한 인식을 바탕으로 할수록 그 귀결은 인간적인 출구를 찾는 것이어야 할 것입니다.

그러나 그게 말처럼 쉽게는 안 되는 것으로 생각됩니다. 예컨대 김광섭(金珖燮)이 〈성북동 비둘기〉 같은 시를 나이 들어서야 쓸 수 있었다는 사실은 그런 사정을 보여준다고 생각합니다. 거리 두기라는 것은 몰입이 아니라 관조에서 가능하거든요. 그러니까 거리라는 것이 인간의 삶에 대한 통찰을 가능하게 하는 인식적 바탕이 마련된 후라야 가능하다는 말도 되겠는데 그렇다면 우리가 인간임을 드러내기 위해서도 더욱 더 필요한 것이 거리의 문제가 아닐까 합니다.

고전시가의 시관과 오늘의 우리 시

〔물음〕 이제 이야기를 정리할 때가 되어 갑니다. 우리 시의 뿌리를 찾는 일은 궁극적으로 우리 시가 나아갈 길을 모색하고 방향을 찾고자 하는 일이라고 할 수 있겠습니다. 선생님께서는 그 점을 어떻게 생각하시는지 말씀해 주시지요.

─이미 그렇게 되고 있고 또 그럴 수밖에 없는 일이기도 합니다만, 시는 다양해야 한다고 생각합니다. 우리 고전 시가도 그러했거든요. 시조라는 장르만 하더라도 황진이의 그것처럼 정서의 표출에 치중하는 노래가 있었는가 하면 이황(李滉)의 〈도산십이곡(陶山十二曲)〉처럼 무엇인가를 일러주고자 하는 것도 있었습니다.

그런가 하면 한 폭의 그림을 그리듯이 정경을 그려놓고는 아무 말도 덧붙이지 않는 시조도 있습니다. 굳이 이름을 붙여 분류하자면 표현주의적 경향이니 교훈주의적이니 정경론적(情景論的)인 경중정(景中情)의 시세계니 하는 분류가 가능할 것이고 여기에 단순한 쾌락 지향적인 해학의 시조라고 할 수 있는 사설시조의 세계도 추가시킬 수가 있을 것입니다.

이런 점에서 흥미 있는 본보기는 향가 작가로 알려진 월명사(月明師)와 충담사(忠談師)의 경웁니다. 잘 아시다시피 월명사는 〈도솔가(兜率歌)〉와 〈제망매가(祭亡妹歌)〉를 노래했는데 전자는 목적시고 후자는 순수시거든요. 충담사의 노래도 〈안민가(安民歌)〉는 목적시고 〈찬기파랑가(讚耆婆郎歌)〉는 순수십니다.

한 시인이 이렇듯이 이질적인 두 세계를 공유했다는 점은 우리에게 시사하는 바가 크다고 생각합니다. 물론 '충담'이니 '월명'이니 하는 이름이 과연 고유명사냐 아니면 보통명사냐 하는 논의도 학계에 제기되어 있습니다만 그 문제를 잠시 유보한다면 한 시인의 시세계가 지닐 수 있는 폭의 가능성에 고무적인 단서가 될 것입니다.

그런데 우리 시인들은 그러한지 어떤지 저는 잘 모르겠습니다만, 잘 모르는 딴에도 자기 세계의 우월성에 대한 고집이 외곬으로 몰아가는 경향이 있지 않나 하는 우려가 없지 않습니다. 한 유형의 시 세계에 대한 철저한 애정의 발로라고 이해는 합니다만 그것이 배타론으로 나아가서는 안되리라는 생각입니다. 특히 산업화의 시대가 분업화를 필연적으로 불러온 우리의 시대에 획일성보다는 다양성이, 부분적 전문성보다는 포괄성의 문제가 정신세계에서 추구되어야 할 필요성은 증대된다는 점에서 이 점을 강조하고 싶습니다.

〔물음〕 다양성과 포괄성을 강조하신 뜻은 이해가 됩니다. 그런데 다양성과 포괄성이 구체적인 시세계로는 어떻게 나타날 수 있는 것일까요? 근래 유행어가 되다시피 한 '세계성'의 문제와 관련하여 말씀해 주셨으면 합니다.

—시세계의 다양성이라는 당위만 가지고 말씀을 드렸습니다만 그 문제를 좀 더 생각해보기 위해서 정경론적인 시의 경우를 생각해 보면 좋을 것 같습니다. 가령 우리 시조 작품 가운데 이런 것이 있지요. '물 아래 그림자 지니 다리 위에 중이 간다/ 저 중아 게 서거라 너 가는 데 물어보자/ 손으로 흰 구름 가리키고 말 아니코 간다' — 이 시는 그냥 한 폭의 그림입니다. 동양화지요. 그런데 이런 그림을 박목월의 〈나그

네)에서 다시 대하게 되는 것은 하나도 이상할 것이 없습니다.

제가 알기로는 에즈라 파운드(E. Pound)가 못 견딜 정도로 매혹된 것도 동양시의 이런 기반이고 그가 주도한 회화적인 시세계의 구현도 여기에 영향받은 것으로 설명됩니다만, 그런 점에서 본다면 이미지즘은 먼 곳으로 돌고 돌아서 결국은 제 자리에 다시 돌아온 우리의 전통이라고 이해하는 것이 옳을 것이고 김광균(金光均)의 시편도 이렇게 설명해야 이해가 쉬울 것입니다.

그렇다고 한다면 고전과 현대의 접목은 어떤 기교의 차원에서 논의될 것이 아니라 이미 우리의 체질로 육화되어 있는 어떤 것을 다시 드러내는 일이라는 생각을 하게 됩니다. 이렇게 말한다고 해서 문화가 이미 있는 것의 반복에 국한한다는 뜻으로 오해하는 분이 없었으면 합니다. 이른바 문화라고 하는 것은 모방의 원리에서 이루어지는 것이기도 하고 그 가운데서도 전통이라고 하는 것은 긍정적 모방에 해당한다는 일반론을 전제로 하고 그런 요소들이 삶의 변화에 따라 새롭게 재창조된다는 점을 제가 도외시하고 있는 것은 아니니까요.

시인의 사명 확인을 위하여

〔물음〕 시를 쓰는 일은 결국 시인의 몫이라는 말도 가능하겠습니다. 물론 전문가라야만 시를 쓴다는 식의 전제는 아닙니다. 누구든 시를 쓰는 사람이면 그가 곧 시인이니까요. 결국은 같은 이야기가 될는지 모르겠습니다만 시정신의 구현은 시인의 몫이라는 점에서 시인의식이랄까 이런 쪽으로 이야기를 모아 본다면 어떻게 될까요?

—시를 보는 관점의 다양성에 관련해서 생각하게 되는 것이 시인의 사명이랄까 시인의 역할을 보는 눈에 관한 문제입니다.

고전적 환경에서는 시인이라는 개념은 없었던 것 같고 현대에 와서 직업적으로 분화한 명칭이 시인이 아닌가 생각되는 것이, 그 시대에는 누구나 노래할 수 있고 누구나 지을 수 있는 것이라는 인식이 강했거든요. 그렇지만 그 태도는 크게 차이가 있지 않았나 합니다. 하층 문화라고 할 수 있는 민요의 세계에서 우리가 만나는 것은 자신의 정서적 표출이거나 놀이와 흥겨움의 추구가 대종을 이룹니다. 그러나 상층 문화의 그것은 무엇인가를 일러 주려고 하지요. 전자가 표현적 본질을 겨냥한다면 후자는 전달의 본질을 겨냥하고 있는 셈입니다. 시조 작품 가운데서 교훈적인 것들이 그 구체적 옙니다.

그런 점에 비추어 볼 때 오늘날의 우리 시가 지향하고 있는 시인의 역할론 가운데는 상층 문화의 그것을 염두에 두고 있는 것이 많이 눈에 띕니다. 시를 가지고 무엇을 하려고 하는 경향은 이런 전제 위에서 이루어진 것이라고 볼 수 있겠습니다. 말하자면 선각자로서의 시인이라는 규정이지요. 이것은 필연적으로 목적시로 그 뱃머리를 돌리게 마련입니다. 그리고 그것은 이른바 개화기라는 시대에 최남선(崔南善) 같은 사람이 일찍이 보여 주고자 했던 시의식과도 같은 뿌리에 서게 됩니다. 민중을 지향한다고 하면서도 무엇인가를 설득하고 이끌어 가려는 시의 목소리는 근원적으로 선각자 의식에서 나온 것이라고 보아야 하겠지요.

〔물음〕 이제 이야기를 마무리해야겠습니다. 지금까지 하신 말씀을 총괄적으로 정리하면서 오늘날 그리고 미래에 이 땅에서 시를 쓰는 일이 어떠해야 할 것인지, 특히 세계성과 민족문화의 관계는 어떠해야 할 것인가 하는 말씀을 들으면서 대담은 마칠까 합니다.

─생각나는 대로 이것저것 고전 시가와 현대시의 접목 문제를 말씀 드렸습니다만 이 이야기는 궁극적으로 전통의 계승이랄까 되살림이랄까 하는 문제로 귀결될 것 같습니다.

그러나 여기서 우리가 주의해야 할 일은 전통 운운 할 때 필연적으로

부딪히게 마련인 문제가 '그렇다면 문화란 되풀이라야 하는가' 하는 문젭니다. 그래서 이런 오해를 막기 위해서 창조적 계승이라는 말도 씁니다만 생각처럼 명쾌하게 정리되는 용어도 아닙니다. 다만 저 자신이 인류의 역사나 문화를 단순한 반복으로는 보지 않는다는 입장을 분명히 해 두고 싶습니다.

또 한 가지. 우리의 열등감만은 이제 벗어날 때가 되었다는 얘기를 덧붙이고자 합니다. 국문학 연구에서는 근대 논쟁이니 서사시 논쟁이니 하는 것들을 거치면서 지금까지 생각해 온 '서구'라는 것과 '세계성'이라는 것을 동일한 것으로 생각하는 일이 허구이자 오류였음을 알아차리게 된 것이지요. 그래서 최근에는 서양에는 없는 서사의 양식이 동양 문화권에 보편적으로 존재한다는 사실에 자신감을 갖게도 되었습니다.

이런 점을 생각할 때, 가장 민족적인 것이 가장 세계적인 것일 수 있다는 다소 빛 바랜 명제를 떠올리게 됩니다. 흔히들 세계화라고 하면 전세계가 그렁저렁 비슷비슷하게 되는 것을 뜻하는 것으로 오해들을 하고 있습니다. 그러나 세계가 표준화하고 동일화하면 할수록 저 나름의 독자적 민족문화를 지니지 못하게 되면 세계라는 허구에 그리고 현실적으로 힘을 가진 세력에게 예속되고 마는 것입니다. 세계의 역사가 그러했습니다.

그러니까 세계화가 활발하게 진행되면 될수록 삶의 의의와 가치를 고양하기 위해서도 우리 시는 우리 시의 뿌리에 근거를 두는 민족문화의 길로 나아가야 마땅하다고 봅니다. 고전시가와 현대시의 접목을 논의하는 의의도 이런 데에서 더욱 강조될 수 있으리라고 생각한다는 말로 제 이야기를 마무리할까 합니다. 감사합니다.

【 작품 및 저서 】